EDUARDO MENDICUTTI

Nació en Sanlúcar de Barrameda (Cádiz) en 1948 y en la actualidad vive en Madrid. Sus obras, merecedoras de premios como el Café Gijón y el Sésamo, han sido traducidas a diversos idiomas y han cosechado un gran éxito de crítica y de público. A las tituladas *Siete contra Georgia* (La Sonrisa Vertical 54), *Una mala noche la tiene cualquiera, Tiempos mejores* y *Última conversación* (Fábula 20, 81 y 187), les siguieron *El palomo cojo* (Andanzas 145 y Fábula 163) y *Los novios búlgaros* (Andanzas 203), que inspiraron sendas películas homónimas dirigidas por Jaime de Armiñán y Eloy de la Iglesia, respectivamente. Asimismo, ha publicado el libro de relatos *Fuego de marzo* (Andanzas 254 y Fábula 137) y las novelas *Yo no tengo la culpa de haber nacido tan sexy* (Andanzas 313 y Fábula 206), *El beso del cosaco* (Andanzas 401 y Fábula 243), *El ángel descuidado* (Andanzas 484, Premio Andalucía de la Crítica 2002), *California* (Andanzas 565) y, la más reciente, *Ganas de hablar* (Andanzas 651).

Biblioteca

Eduardo Mendicutti
en Fábula

Biblioteca
Eduardo Mendicutti

Yo no tengo la culpa
de haber nacido tan sexy

FÁBULA
TUSQUETS
EDITORES

1.ª edición en colección Andanzas: octubre de 1997
4.ª edición en colección Andanzas: enero de 1998
1.ª edición en Fábula: febrero de 2003
2.ª edición en Fábula: junio de 2009

© Eduardo Mendicutti, 1997

Diseño de la colección: adaptación de FERRATERCAMPINSMORALES de un diseño
original de Pierluigi Cerri

Ilustración de la cubierta: detalle de *Sainte Marie Madeleine* (1988),
montaje fotográfico de Pierre & Gilles. © Pierre & Gilles, 1997.

Reservados todos los derechos de esta edición para
Tusquets Editores, S.A. - Cesare Cantù, 8 - 08023 Barcelona
www.tusquetseditores.com

ISBN: 978-84-8310-860-4
Depósito legal: B. 22.695-2009
Fotocomposición: Foinsa - Passatge Gaiolà, 13-15 - 08013 Barcelona
Impresión y encuadernación: GRAFOS, S.A. Arte sobre papel
Sector C, Calle D, n.º 36, Zona Franca - 08040 Barcelona
Impreso en España

Indice

En una noche oscura,
con ansias, en amores inflamada,
¡oh dichosa ventura!,
salí sin ser notada,
estando ya mi casa sosegada.

Juan de la Cruz

En una noche oscura,
con ansia, y en ardores inflamada,
en busca de aventura
salí, toda alocada,
dejando atrás mi celda sosegada.

Jaime Gil de Biedma

La iluminación

Hace seis meses, tomé una firme determinación: ser santa. Pero se ve que en el santoral no hay sitio para una santa tan sexy.

A lo mejor cuesta trabajo entender que una mujer tan sexy como yo se entregue a la santidad, pero esa decisión no la tomé porque me diese el siroco, sino porque, en una noche oscura, y hallándome enfrascada en labores de mantenimiento con productos de doña Margaret Astor, tuve una iluminación.

A san Pablo, como era machito, la iluminación le llegó mientras galopaba camino de Damasco; yo la tuve mientras me desmaquillaba. A las tantas, en mi casa, después de la segunda función. Estaba quitándome a conciencia —y nunca mejor dicho— la crema limpiadora con un algodón, cuando vislumbré de repente en el espejo mi carne mortal, mi cutis de cuarenta y nosecuantos años, toda mi verdad facial sin el engaño de la cosmética, y de pronto me encontré mirándome con mis ojos venideros, con la mirada que tendré cuando tenga los cincuenta, los sesenta, los setenta, y supe que mi cutis no podría aguantar con entereza el paso de los años, y tuve tanta lástima de mí que, la verdad, creí que me moría por no morirme, menos mal que de repente una luz interior me iluminó y pude ver que no podía dar marcha atrás, que el ansia de perfección no es un capricho que se cure con la edad ni un músculo que se atrofie con el tiempo, y pude oír que una voz misteriosa me llamaba a cuidar en prados deliciosos la belleza de mi alma, y me sentí arrobada, arrebatada, ajenada, arrancada de mí, y volé tan alto, tan alto que, ya digo, no me lo pensé dos veces y decidí que sería santa. La que más.

Porque ésa es otra: yo no iba a ser una santa corriente, yo iba a ser una santa de lujo. Una de esas santas que tienen deliquios, éxtasis, heridas en las manos como las llagas de Cristo, y que viven sin vivir en sí. Yo no iba a ser una santa cualquiera. Lo que ocurre es que yo no puedo, y tampoco quiero, ser una santa de mucho postín a cambio de dejar de ser la que soy.

Con el trabajito que me ha costado ser una mujer entera y verdadera. Con el coraje que me ha hecho falta. Sobre todo hasta que, hace diez años, tomé otra drástica decisión: operarme, dejar en el quirófano los últimos estorbos de una hombría equivocada, y convertirme por fin, de verdad y para siempre, en la mujer más sexy del mundo. Y es que mi vida ha sido eso, un rosario de determinaciones tajantes que sólo tenían la finalidad de ponerme cada vez más a mi gusto, cada vez mejor, más divina, que siempre me lo ha dicho todo el mundo, hija, Rebecca, tú siempre con tus manías de perfección. Así que, después de ese currículum, no iba yo a contentarme con un estatus de santa de segunda categoría. Eso sin contar con que, en cuanto tuve la iluminación, supe que lo mío era ser amada en el Amado transformada. Qué bonito.

Lo de la iluminación fue precioso. Me llevé una impresión grandísima, desde luego, pero no tardé nada en comprender que aquello era un privilegio, un premio gordo, como cuando el empresario del Copacabana de Biarritz se fijó en mi facha, en mi misterio, en mi sexapil y en mi irresistible ritmo corporal y me ofreció ipsofacto ser la estrella de su espectáculo *Les Corsaires;* pues esto de la iluminación fue igual, pero más profundo, más sobrenatural, más selecto. Ahora lo que se me ofrecía no era ser cabeza de cartel, sino subir a los altares.

Tengo que reconocer, de todos modos, que la iluminación me encontró, como suele decirse, predispuesta. Llega el momento en que una empieza a cansarse de tanto farandulear, le da vueltas a la idea de cambiar de vida, comprueba a diario los destrozos del almanaque en las de su quinta e incluso en las de quintas inverosímiles, aborrece los bares y los cabarés, le hastía el ambiente, está escarmentada de los hombres, desengañada de las amigas, agobiada por la competencia, debilitada por la edad, decepcionada por la moda de las últimas temporadas —que me sentaba fatal—, humillada por la tiranía de la carne y trastornada por la escabechina que causa entre allegadas y conocidas esa plaga innombrable que está diezmando el gremio. Llega el momento en que una se siente en un callejón sin salida y recibe como agua de mayo esa luz interior que te impulsa a alcanzar las más altas cumbres de la mística.

De la ascética, que parece cosa de picapedreros y criadas, servidora no quería ni oír hablar.

Por eso, apenas logré recuperarme un poco del impacto de la iluminación, me dije: Rebecca, mimarás tu alma, emprenderás la subida al Monte Carmelo, surgirás radiante de la noche oscura, alcanzarás la séptima morada, flotarás en un no saber sabiendo y te fundirás como miel en los brazos del Amado. Como, además, estábamos en los tres últimos días de representación del espectáculo y no tenía ningún contrato a la vista —circunstancia que, sin duda, contribuyó muchísimo a que la luz interior me encontrase tan deprimida como propensa—, saqué fuerzas de flaqueza, acabé las representaciones, me despedí de la empresa y del elenco, que no era precisamente el de *Les Corsaires* del Copacabana de Biarritz, y me acosté prontísimo porque a la mañana siguiente quería ir a la Cuesta de Moyano a comprar, en las casetas repletas de libros de lance, bibliografía especializada.

Fui. Con no poco esfuerzo, algo de suerte y muy meritoria perseverancia encontré mucho de lo que buscaba: *Las moradas,* el *Libro de su vida* y el *Camino de Perfección,* de santa Teresa; las *Poesías completas* de san Juan de la Cruz; *De los nombres de Cristo* y *La perfecta casada,* de fray Luis de León; el *Libro de la contemplación,* de Ramón Llull, y una Biblia que debía de ser protestante, porque no tenía notas a pie de página y tuve que leer el «Cantar de los cantares» guiada sólo por mi devoto recogimiento en el retrete de mi corazón. Todo lo leí, casi sin tiempo para otros menesteres de la vida cotidiana y hasta de la vida excelsa. Un día tras otro, asimilé dosis masivas de literatura mística. Se me olvidaba comer, se me olvidaba dormir, no oía el teléfono, no llamaba a nadie, no existía para otra cosa que no fuera leer y leer, y desear encontrarme con fuerzas para ir en busca del Amado por los bosques y riberas, sin coger flores, sin echar cuenta de los bichos, sin temor a romperme las medias y sin arrugarme frente a ningún fuerte y ninguna frontera. Prácticamente, no hacía otra cosa que no fuera leer y, de paso, aprender el lenguaje de los místicos, porque soltando plumas a troche y moche no hay bendita que logre culminar con éxito la conquista del castillo interior ni celebrar inefables nupcias con el Amado. A ver.

De vez en cuando, me concedía un respiro y entonces pensaba, por ejemplo, en cambiar de nombre. Se me antojaba de pronto que mi nombre artístico, Rebecca de Windsor, no era muy propio de una santa. Y renunciar a él tampoco me iba a traumatizar. A fin de cuentas, una se ha pasado la vida rebautizándose, porque tuve un nombre para cada cosa que fui, y a veces fui dos cosas al mismo tiempo y tuve dos nombres a la vez: hasta los once años me llamé solamente Jesús López Soler; de los once a los quince, los amigos de la calle o de la escuela, cuando querían mortificarme, me llamaban Vinagreta, porque el apodo de mi padre era Vinagre y para ellos era una forma chistosa de llamarme maricón; a los quince, a escondidas, empecé a vestirme de mujer y algunas noches hasta salía y me iba a los bares de la Colonia, con dos chaveas de mi barriada que hacían lo mismo que yo, y quería que me llamasen Sandra, como Sandra Dee; a los dieciocho años me fui a vivir a Cádiz y durante ese tiempo me puse y me quité un montón de nombres, sin duda porque tenía una bulla interior que me hacía cambiar todo el tiempo de personalidad; a los veinticinco me decidí a ir por la vida, de día y de noche, vestida como me sentía, entré en el mundo del espectáculo y en los carteles me anunciaba como Rebeca Soler; cuando, doce años más tarde, me operé y conseguí reinscribirme en el Registro Civil y reempadronarme como Rebeca de Jesús López Soler, me sentí tan bien, tan completa, tan radiante, que decidí buscarme para el arte un nombre maravilloso, un nombre que quitara el sentido y que le sentara como anillo al dedo a la mujer despampanante e inaudita que ya era, y se me ocurrió esa preciosidad de Rebecca de Windsor, un nombre que me ayudaba a sentirme majestuosa y que hacía que mi público estuviese seguro de que yo era de verdad una estrella. Pero, en los respiros que me concedía en medio de aquellas miríficas canciones entre el alma y el Esposo, me preguntaba, inquieta: ¿Es Rebecca de Windsor un nombre adecuado para una santa? Para una santa mística, además.

¿Y por qué no? ¿Qué otro nombre podía yo adoptar que fuese digno de toda la categoría espiritual que iba a poseerme en cuanto holgase, cual doncella por su gozo desmayada, en el conocimiento del Altísimo? ¿No era, en realidad, la experiencia mística, el éxtasis, algo muy parecido a una noche de éxito apoteósico en el Moulin Rouge de los buenos tiempos de París? Cierto que podía llamarme Rebeca de Jesús, que a fin de cuentas es el nombre que ahora figura en mi carné de identidad, pero entonces, cuando nos encontrásemos junto al resplandor y la hermosura del Señor, santa Teresa me diría, con más razón que un santo, que no soy más que una copiona, un remedo y un refrito. Y, después de todo, también es hora de que el santoral se actualice un poco e incluya nombres modernos y con gancho. Santa Rebecca de Windsor es un nombre para ir poniendo al día la onomástica de la eternidad, que la encuentro francamente estancada.

Estos paréntesis de humana debilidad no me duraban mucho, las cosas como son, y enseguida volvía a leer como una obsesa, no sin antes decirme: Rebecca, olvídate de lo que has sido —una mujer de bandera, por cierto—, olvídate de lo que eres, concéntrate en lo que vas a ser, la más mística de todas. Olvida los potingues, los modelazos, el tacón alto, la melena ahuecada, las candilejas, el alterne y la nueva cocina. A partir de ahora, llevarás la cara lavada, falditas y rebecas catequistas, calzado plano, cola de caballo o moño bajo y sencillo, y te comprarás la lencería en la ciudad del Vaticano. Renunciarás a los hombres, a sus pompas y a sus obras. Te concentrarás en la meditación y la contemplación. Amarás la soledad. Y te harás vegetariana, con lo que, de camino, te quedará un tipazo de muerte y alcanzarás tu peso ideal, lo que será una ventaja para la cosa de la levitación, digo yo. Todo eso me dije y todo eso procuré cumplir, así que nadie podrá decirme que no he puesto todo de mi parte para ser una mística de campeonato, pero es verdad que no tuve en cuenta lo sexy que soy de nacimiento.

Y es que durante mi fase de lectora empedernida noté que me salía de mí, que nada de lo mío en verdad me pertenecía, ni el peso, ni la estatura, ni los llamativos centímetros de las medidas clásicas de la mujer, ni el falso color rubio ceniza de mi pelo, ni esos andares que le devuelven a un muerto la respiración a poco que una se lo proponga. Estaba yo a todas horas como sonámbula, y tan empapada de los versos a lo divino y de las prosas a lo sublime que empecé a dirigirme a las pocas personas con las que hablaba de un modo rarísimo. De modo que, si llegaba tarde a una cita con el asesor fiscal que me lleva el galimatías de las declaraciones trimestrales, le decía que perdón, pero quedéme transida en una estrofa donde la amada en el Amado demudaba, con el pasmo que produce una mudanza así, hijo. Y cuando el callista, la última vez que me dio servicio antes de que yo emprendiese el periplo que luego se contará, tuvo que zarandearme porque él ya había terminado y yo continuaba traspuesta, me costó un triunfo volver a mis humanos cabales y le expliqué al pedicuro que todo se debía a la impresión causada en mis sentidos por la lectura de un párrafo en el que se describen los efectos que producen en el alma los más altos grados de la oración, los cuales hacen, de pecina tan sucia como una, agua tan clara que sea para la mesa del Señor, cosa que se entiende regular pero que, fíjate, te pone en trance. El callista me dijo:

—Te veo bastante zumbada, Rebecca. Más zumbada que el Quijote.

Sería de la empachera de literatura celestial, y de la mucha concentración que dicha literatura necesita: eso dijo el callista, antes de largarse, y eso me dije yo cuando me quedé a solas.

Me dije, francamente alarmada: todo lo que entra de golpe y en exceso puede quedarse encasquillado y pro-

ducir delirios prematuros que conduzcan no al taber-
náculo celeste sino al frenopático, así sean palabras deliciosas o privaciones incomparablemente placenteras de
la conciencia y de la voluntad, de modo que procura
tomártelo con calma, bonita, so pena de llegar a las
cumbres del amor sobrenatural completamente tarum-
ba. Cierto que era tal la impaciencia de mi corazón y
tan brioso el apetito de mi alma que, sabiéndome tan dispuesta, la sola idea de tener que avanzar paso a paso,
peldaño a peldaño, morada a morada, me daba escalofríos. No obstante, el callista tenía razón: no conviene
abusar de la literatura arrebatadora, porque acaba una
dando barzones por la Mancha, o por cualquier otro
paisaje polvoriento, de confusión en confusión y de espejismo en espejismo, viendo gigantes donde sólo hay
molinos y tomando por querubín al primer mocito rubio y reventón que te alborote las antípodas del entre-
cejo. Si quieres ser santa de verdad, me dije, y no una
volatinera perturbada, más vale que controles un poco el
subidón, espacies las lecturas, y dosifiques sin agobios
—aunque, naturalmente, sin descuidos— los embriagado-
res encuentros con el Amado. Rebosar no es bueno para
nada.

Claro que una propone y la predestinación dispone,
y andaba yo una mañana de compras por el dauntaun,
como dicen las yanquis, y con los pies en el suelo, que
no es prudente salir a gastarse los cuartos en estado de
prelevitación, cuando mis ojos descubrieron a pocos metros de donde me hallaba a una criatura con tantos y tan
abundantes dones adornada, con un perfil tan clásico y
un peinado tan moderno, con un cuello tan sólido, unos
hombros tan compactos, unos brazos tan contundentes,
unas manos tan cumplidas, una cintura tan irreprochable, una grupa tan prieta, unos muslos tan macizos y, a
pesar de todo, aunque tal vez —me dije— gracias a la mo-

destia y la discreción de su vestimenta, con un aura tan espiritual que, la verdad, deslumbróseme la vista, tambaleéme por un instante, y luego di yo en pensar que se trataba de un enviado del Amado para que le siguiese hasta donde el Amado estaba, o tal vez del Amado en persona, que había tenido a bien adquirir la apariencia de un culturista con sensibilidad, y que el camino que él llevase debía ser mi camino, aunque, según mi agenda, aún no me tocase quedárseme el sentido de todo sentir privado, pero ya he dicho que la que dispone es la predestinación. De manera que me puse a seguirle, qué remedio.

Si llego yo a saber que, aquella mañana, la predestinación me tenía reservada una caminata semejante, me habría puesto unos zapatos más cómodos, las cosas como son. Porque, tras el recadero o la imagen encarnada del Amado, la predestinación llevóme por calles y por plazas, a un ritmo no demasiado vivo pero sí constante, sin una tregua, sin compadecerse del sufrimiento de mis pies ni de la sequedad de mi garganta, hasta el punto de que me entró como un aturdimiento, yo creo que de debilidad, y apenas distinguí el lugar donde por fin se entraba, que entréme yo con él donde no supe y quedéme un buen rato no sabiendo, entre otras razones porque aquello estaba oscurísimo, y sólo al cabo de un esfuerzo comprendí que estábamos en una iglesia y descubrí, maravillada, que aquel compendio de músculos y espíritu estaba levitando. De verdad. Por lo visto —por la postura en la que se encontraba cuando le atacó la levitación, y en la que se había quedado a casi medio metro del suelo—, nada más entrar en la casa del Amado se había postrado de rodillas en un reclinatorio, había llegado en un santiamén al máximo grado de recogimiento dentro de sí, notó al instante que su alma tiraba de su cuerpo hacia lo alto, se abandonó a la llamada del Altísimo, y perdió al unísono, por completo y de repente todo peso y toda pesadumbre. Según él, lo normal en tales condiciones es levitar. Así me lo explicó más tarde, en mi casa, donde estuvimos hablando de algo de lo humano y de todo lo divino, desde que serví el café hasta las tantas de la madrugada.

Me dijo que se llamaba Dany. Le pregunté si era de Inglaterra o de Estados Unidos, y me dijo que ni de un sitio ni del otro, que era de Onteniente, provincia de Valencia. Pero a mí me había parecido distinguirle un acento extranjero en su manera de hablar en cuanto le abordé en el interior mismo de la iglesia, una vez concluido su estado de suspensión, consumado el descendimiento, apoyadas de nuevo las rodillas en la base del reclinatorio, y después de ver cómo regresaba a su condición musculosa y terrenal, cómo todo él salía asombrado de su ausencia, le daba como una tiritona, miraba desconcertado a su alrededor, se incorporaba, se daba la vuelta lentamente y emprendía el camino de la calle. Yo me interpuse en su andadura, le pedí por caridad que me escuchase, me indicó con un gesto muy airoso, casi episcopal, que podríamos hablar tranquilamente en el exterior del templo, y cuando, en medio de la acera, yo le dije cómo me llamo y él me dijo que se llamaba Dany le noté un deje de otro idioma. Pero él me aclaró, en el salón de mi casa, que a veces la experiencia mística produce en el habla esos efectos, que después de conversar en íntimo y jubiloso diálogo con el Amado es lógico que las palabras corrientes y molientes salgan trémulas y un poco desencajadas. No era, pues, un acento: era el rastro del lenguaje de la Amada y el Amado.

—Pero ¿de veras que me has visto levitar?

—No te quepa la menor duda.

—Entonces es que tienes madera de santa.

Habíamos comido en un coqueto y asequible restaurante italiano que descubrimos por casualidad, y yo le supliqué que me dejara tener el privilegio de invitarle, y a lo mejor por eso él luego me diría que percibir la ajena levitación es un privilegio reservado a las almas afines, de modo que me sentí doblemente privilegiada, y muy reconfortada por el hecho de que un cuerpazo como aquél pudiera desprenderse de su humana consistencia y elevarse como si fuera de algodón en rama, porque lo mismo sería yo capaz de conseguir con un cuerpazo como el mío. Ser tan sexy, me dije, no será un obstáculo. Ni siquiera para seguir a Dany en aquel viaje espiritual que él estaba a punto de emprender, por tercer año consecutivo, según me confesó, por monasterios y abadías de todo el país, alojándose en las hospederías que algunas órdenes religiosas ofrecían a peregrinos o buscadores de silencio y serenidad y a otras almas piadosas y empeñadas en el recogimiento, la oración, la contemplación y, en casos muy escogidos, la conquista del castillo interior. En cuanto me lo contó, le dije, sin titubear:

—Iré contigo.

Dany dio un respingo, que era evidente que no se esperaba tamaña decisión por mi parte —y eso que yo le había informado de que mi determinación de ser una santa de primera categoría era firme y me había embargado de bienaventurada impaciencia—, y después le mudó en pesadumbre la expresión un poco bobalicona que se le había quedado con el éxtasis y murmuró:

—Habría problemas.

—Cielo, estamos en temporada baja —le advertí—, seguro que no hace falta hacer reservas con muchísima antelación.

Entonces Dany me explicó lo que ocurría: en muchas de esas hospederías monásticas sólo admitían a hombres, no era posible que fuéramos juntos porque a mí no me dejarían entrar. Y entonces yo le abrí mi corazón y el jardín secreto de mi memoria, le relaté mi historial, puse en su conocimiento mi pasado masculino, le aseguré que la operación, a pesar de lo carísima que fue y del mucho empeño que yo he puesto en decirme a mí misma lo contrario, no ha logrado borrar del todo la resaca de mi antigua y misteriosa virilidad —porque, a fin de cuentas, si en todo hombre hay algo de mujer, y en toda mujer hay algo de varón, ya me contarán a mí qué tiene de extraño que perviva un fondito de hombría en un transexual—, y que era verdad que yo no podría comportarme como un camionero, pero de solterón sensible con un sobrino sano y espiritual, aunque deportista, sí que podía dar el pego estupendamente. Sólo tenía que echar mano, para cuando se presentara la ocasión, de un viejo carné de identidad que yo conservaba entre las reliquias de lo que fui, y de algún vestuario masculino lo suficientemente desahogado para disimular los pertinaces excesos de mi feminidad. De acuerdo: corría el riesgo de entrar en el santoral hecha un fantoche, pero todo podría arreglarse después mediante un par de apariciones a alguna pastorcita, con un vestuario ideal.

Dany quedó muy impresionado por mi confesión y por la foto del carné de identidad que aporté como garantía de que no tropezaríamos con dificultades para hospedarnos juntos en los monasterios o abadías que más convenientes fueran para que nuestras almas se aquietasen, se agrandasen, se incendiasen y se empleasen a conciencia en el amor con el Amado. Y, además, tuvo que admitir que él mismo había reconocido que yo tenía madera de santa, pues no en vano mis ojos interiores habían sido capaces de apreciar su admirable levitación, y que soportaría durante el resto de su vida, incluida seguramente la eternidad, un fuerte cargo de conciencia si, por su culpa, yo perdiera o demorase mis nupcias con el Amado. Porque el Amado tampoco iba a esperarme *ad calendas grecas,* le dije.

Así que Dany, aunque a regañadientes, acabó por aceptar que nada se perdía por intentarlo, pero que yo debía estar dispuesta a emprender el camino al día siguiente, muy de mañana. Ya era tardísimo cuando llegamos a tan prometedora conclusión, y lo lógico era que Dany, que había dejado su ligero equipaje en la consigna de la estación de Chamartín, durmiese en mi casa las pocas horas que su riguroso itinerario espiritual le permitiera. Dany preguntó:

—¿Dónde puedo descansar un rato?

Fue inútil que le ofreciera mi cama, dijo que incluso se le antojaba demasiado lujoso mi sofá; el tapizado, desde luego, es una monería, y yo lo encuentro comodísimo. Pero finalmente aceptó el sofá como última concesión a la molicie. Lo malo fue que, antes de acostarse, y sin esperar a que yo me retirase a mis aposentos, se desnudó.

Sobrecogíme. Quiero decir que me quedé muerta. Dany, sin duda, vivía ya muy distanciado de las tentadoras protuberancias de su figura, pero yo aún era casi completamente de carne y hueso. Yo acababa de iniciar la búsqueda de mis amores con el Esposo, todavía estaba en mantillas, no se me podía someter a una prueba semejante. De ahí que me sobrecogiera de tal modo, y de ahí que respirase hondo hasta tres veces, y que sacara fuerzas de flaqueza y le dijese, tartajeando, a Dany:

—Dany, por Dios, no vuelvas a desnudarte delante de mí de esa manera. Me siento erecta.

Dio un respingo:

—¿Que te sientes qué?

—Erecta.

Dany no daba crédito.

—¿Pero tú no estabas operada? —me preguntó, desconcertadísimo.

—Hijo, sí —admití yo, aturdida—. Será una erección psicosomática.

Dany hizo un gesto muy dramático, como el de las santas de las estampas cuando, con el demonio encima, rechazan una horrorosa tentación. Pero yo le dije que me diese una oportunidad, que mi madera de santa sería capaz de superarlo todo, que seguramente la culpa la tenía aquel carné de identidad de cuando yo era otro, que ese otro se había desbocado incomprensiblemente dentro de mí, que no volvería a ocurrir nada parecido, que cuando quisiera darse cuenta ya estaría yo pendiente en exclusiva de los ojos deseados que llevaba en mis entrañas dibujados. Y, antes de que tuviera tiempo de ponerme pegas, corrí a encerrarme en mi dormitorio.

Me arrodillé. Traté de recuperar toda la emoción que sentí el día en que tuve la iluminación. Tentada estuve de maldecirme por ser tan sexy, pero comprendí a tiempo que, bien encauzado, todo debe ponerse al gozoso servicio del Amado y que, a poco que el Amado pusiera algo de su parte, no habría en los calendarios una santa más santa que yo.

Primera morada

El monasterio de Santa María de Bobia es gigantesco, pero muy sobrio, nada llamativo. Tiene forma de cruz, un color pardo casi idéntico al de los montes que lo rodean y, cuando lo ves desde la carretera comarcal y accidentadísima que pasa a menos de un kilómetro, te parece que aquello está abandonado desde hace un montón de tiempo. De la carretera sale un camino que, sin duda, está como está para que el cuerpo se te acostumbre enseguida a la penitencia y entres en ese lugar de recogimiento y oración perfectamente sacudida de molicie, modorra, melindres y medrosidades. De hecho, cuando aparcas frente a la hospedería, te bajas del coche, aspiras hondo para que se te ventilen los pulmones con el aire transparente de la sierra, te llevas las manos a las caderas y haces un poco de estiramiento de cintura, notas tanta ligereza interior que comprendes que todas las curvas y todos los baches del camino sirven para que te dejes en ellos todas las miserias de tu carne mortal.

—¿Habrá alguien aquí? —me preguntó Dany.

—¿Es que no notas —le pregunté yo, algo escandalizada— la presencia inconfundible del Amado?

Dany enseguida rectificó y dijo que sí, que la notaba estupendamente.

—De todas maneras —añadió—, no hay ni un solo coche. Me parece que vamos a ser los únicos huéspedes.

—Estupendo —dije yo—. Así tenemos al Amado para nosotros solos.

Junto a la puerta de la hospedería había una argolla de la que Dany tiró con tanta fuerza, tres veces seguidas, que yo temí que terminase armando un estropicio. Desde el interior del monasterio llegó el sonido escandalizadísimo de una campana que, por lo mucho que desafinó, no estaba nada acostumbrada a aquellos ímpetus. Y es que cuando Dany aplica su corpachón a tareas terrenales és que no calcula, así que puede causar estragos y, si andas cerca, te llevas unos sustos de muerte. Y si no que se lo pregunten al fraile que se asomó por la mirilla alarmadísimo y censurando, con una mirada entre atónita y descompuesta, tamañas brusquedades.

—Ave María Purísima —dije, con toda la dulzura de la que es capaz cualquiera que sepa que va camino de ser santa.

—Ave María Purísima —contestó el fraile, algo desencajado.

En realidad, el fraile no conseguía apartar la vista de Dany y la verdad es que no tuve nada claro si su invocación a María Santísima era una piadosa respuesta a la mía, o una incontrolada exclamación de asombro por lo que tenía delante y a lo cual no daba crédito. Y eso que Dany iba sencillo.

Llevaba Dany un pantalón de loneta tipo safari, con un montón de bolsillos no sólo en el delantero y en el trasero sino en los laterales y hasta media pierna, con lo que abultaban todavía más sus muchos abultamientos, porque, si bien todos aquellos bolsillos estaban reventones, no era porque los llevara llenos de cosas, sino por servir de desahogo a tantísima musculatura como Dany tenía por todas partes. Llevaba también un niqui blanco que, aunque le marcaba salvajemente los pezones, le daba a su torso una cierta serenidad, incluso cierto candor que convertía en piadosos sus suculentos pectorales, hasta el punto de resultar perfectamente compatibles con el arrobamiento. Una cazadora de color tabaco y tela de gabardina y hechuras generosas lograba dulcificarle mucho los hombros y los brazos. Pues bien: a pesar de todo, era evidente que el fraile estaba en ascuas.

—Este es un lugar de retiro y meditación —dijo, pero con la voz tan encogida que no me quedó nada claro si era una advertencia para nosotros o un recordatorio para sí mismo, sumido, como yo creo que estaba, en la debilidad y la vacilación.

—A eso venimos precisamente, padre —dije yo al momento, modesta pero decidida, y procurando que la ansiedad de mi corazón quedara patente.

Entonces él nos aclaró que no era padre, sino hermano lego, que su lugar estaba por designio del Altísimo en el ala del monasterio dedicada a hospedería, y que en el cuidado y vigilancia de las humildes pero escamondadas celdas en las que no cabían ambiciones ni pejiguerías terrenales, sino sólo plegarias y otras selectas labores del espíritu y la inteligencia dirigidas al enriquecimiento exclusivamente interior, hallaba él consuelo para su poquedad humana y estímulo para su anhelo de perfección. Y que, si era cierto que buscábamos la paz de nuestras almas y el acercamiento a nuestro destino inmortal, habíamos estado acertadísimos al elegir aquella austera pero contrastada y prestigiosa posada del Señor, muy recomendable además por su relación calidad-precio.

—Son —dijo— tres mil pesetas por persona y noche en celda individual, cinco mil por dos personas en celda doble, y cuatro mil por persona en celda doble con uso individual. Pueden elegir cualquiera de las tres opciones, estamos en temporada baja.

—¿Comidas incluidas? —preguntó Dany, dejando por

un momento de pensar en su alma para pensar en su corpachón.

—Por supuesto —dijo el hermano lego—. Aunque las refacciones estarán siempre caracterizadas por la sencillez y moderación que se les supone a la dieta monástica.

—Convencida estoy —me apresuré a decirle— de que las refacciones esas sobrarán para el mantenimiento de mi carne mortal. Alimento espiritual es lo que yo ansío, padre.

Dany me dio un codazo. Como no calcula, yo creí que me había roto una costilla. Y, después de todo, llamarle padre en lugar de hermano lego no era hacerle de menos, sino hacerle de más. Claro que también el que te hagan de más, cuando tú estás cultivando tu humildad como un huertecillo de modestas aunque delicadas verduras, no deja de ser una faena. De manera que, no sé si porque el hermano lego dejó que entrase en su alma un ramalazo de resentimiento y se puso farruco, o porque tampoco una puede dejar de ser una mujer de bandera de la noche a la mañana, aquellos ojos monásticos me dirigieron una mirada mitad compasiva, mitad incrédula. Claro que si con eso el hermano lego pensaba desanimarme y hacerme desfallecer, aviado estaba. Rebecca de Windsor no se desanima ni desfallece por tan poca cosa. Cierto que, como digo, yo no había tenido tiempo material para quedarme como una sílfide, pero desde luego había realizado un meritorio esfuerzo de sobriedad en el vestir que afectaba tanto al corte como al color de las prendas que había elegido para el viaje, y la prueba estaba en que, en aquel momento, a la puerta de la hospedería de Santa María de Bobia, llevaba puesto un camisero muy simple de color cobalto, de cuello cerrado por delante y tímidamente desbocado por detrás —y no sólo para no sofocar el airoso arranque de mi espalda, que es una de las cosas más bonitas y refinadas que tengo, sino para que el vestido no pareciese del todo un hábito y a mí me entrase la depresión—, las mangas en ranglán y hasta dos centímetros por debajo de los codos —lo que siempre queda discreto y favorecedor, sin caer indecentemente en la coquetería—, el talle alto y en suave desnivel de arriba abajo y de delante atrás, lo que permitía, a pesar de la inevitable salud de mi pechera durante tantos años bien apuntalada, difuminar bastante las redondeces que una dieta estricta, aunque equilibrada, aún no había logrado domesticar. No tengo que decir que el largo era estrictamente chanel, que es de una elegancia a la par prudente y combativa, y el calzado estrictamente cómodo, unos botines planos y con cordones, cerrados hasta el tobillo y que, sin ser estrictamente deportivos, tampoco eran estrictamente formales. Un prodigio de mesura, armonía y camuflaje era yo, vamos. Así que no había razones objetivas para que el hermano lego me mirase de aquella forma, como si la intuición le bastase para descalificarme como mística en ciernes, cuando cualquiera sin prejuicios de curilla interrupto podía apreciar en todo su valor la transformación que se había operado en mí, que, por las pintas, iba derecha a la quietud y el sosiego del alma, de donde después se parte para el éxtasis sin vuelta de hoja. Debo añadir, para más inri, que me había cortado el pelo en plan lesbiana con buen gusto, muy corto pero con volumen suficiente para conservar un aire de simpática feminidad, que tampoco era cosa de que el Amado confundiera a la Amada con un bombero. Pues bien: a pesar de todo, el hermano lego o me encontraba más falsa que un lacoste de Bangkok, o me consideraba todavía demasiado sexy.

—El alimento espiritual no está hecho para todas las bocas ni todos los estómagos —dijo el hermano, que ya empezaba a resultarme un poco sieso—, pero también es cierto que el hambre espiritual es una buena penitencia, y toda penitencia nos mejora.

A él, desde luego, parecía difícil mejorarle. Cuando abrió la puerta y lo vimos de la cabeza a los pies, resultó que era casi tan alto como Dany y nadie habría dicho que estuviese precisamente delgado, pero daba la impresión de tener las carnes sueltas, despegadas del esqueleto, como si el metabolismo lo tuviese tan descacharrado que ni poniéndose a pan y agua podía el pobre adelgazar, todo lo que conseguía era que las carnes se le fueran por un lado y los huesos por otro. En tiempos seguramente tuvo la cara redonda y los labios gordos y colorados, pero ahora lo llevaba todo descolgado y descolorido, casi tanto como el hábito entre beis y verdoso y que daba la impresión de estar demasiado planchado y muy poco lavado. Tenía los ojos grises y desconfiados y me miró como los peristas miran las alhajas que compran, como si estuviera calculándome los quilates o buscándome el contraste para confirmar que yo era de verdad lo que se temía: una mujer de rompe y rasga. En cambio, no conseguía sostenerle la mirada a Dany. Enseguida bajaba los ojos, como si entonces fueran los quilates los que le estuvieran escudriñando a él.

—La caridad —dijo, después de apartar por tercera vez consecutiva la vista del pectoral despampanante de Dany, y clavándome una mirada de experto en hostelería— se paga por adelantado.

Por nuestra parte, le aseguré, ni el menor inconveniente. Entonces se hizo a un lado con mucha ceremonia y dejó la puerta libre para que entrásemos en el recibidor de la hospedería. Era una habitación grande y casi desamueblada y allí se palpaba ya —me dije yo— la placidez y el recogimiento, para que las almas destempladas como las nuestras —al menos, como la mía— se fueran aclimatando, primero, a los inevitables escalofríos que acompañan al trance del desprendimiento y, más adelante, a las tórridas temperaturas del éxtasis. Y es que la mística, según yo había podido colegir, es como las Canarias: tierra de vivos contrastes. Por tanto, la tibieza que reinaba en el recibidor había que entenderla como aperitivo de sacudidas más extremas en el termómetro del alma una vez que el alma se aventurase al otro lado de aquellos muros.

—¿Celda doble, celdas individuales, o celdas dobles para uso individual? —preguntó el hermano lego, con mansedumbre, pero manejando con mucho desparpajo el teclado del ordenador.

El ordenador, como un arcángel punki, parecía fuera de lugar en aquella antesala de la experiencia mística. Allí el ordenador pegaba menos que un condón en un bautizo, las cosas como son. Estaba sobre el mostrador de madera oscura y línea severa, en uno de los extremos, y formaba con el mueble una especie de monstruo de cuerpo seco y formal y cabeza mecánica y estrafalaria, como si el guardián de aquella primera morada hubiera decidido de repente modernizarse de cabeza para arriba. Sacaba un poco de situación ver aquel chisme allí. Todo estaba en penumbra, aunque no sé decir si por falta de verdadera luz o por defecto de mis ojos, mayormente los interiores. Que bien pudiera ser que en la estancia hubiera luz más que suficiente, y el problema estaba en que yo llegaba con la firme determinación de ser santa por la vía del éxtasis, pero con los ojos todavía enturbiados por los achaques terrenales, entre los que sería tonto no reconocer una incorregible curiosidad, cierta tendencia a ponerme criticona y un poquito de miopía. Claro que, por otro lado, el ordenador lo veía estupendamente. Y no podía evitar que me pareciese un pegote y que se me notase mucho que me lo parecía.

Se me notaba tanto, que el hermano dijo, con una severidad muy poco caritativa:

—Dios también está entre los ordenadores.

Me ruboricé. Ya sé que puede parecer incongruente con mi temperamento y mi ánimo decidido y hecho a plantarle cara al lucero del alba, pero es que, aparte de lo antipático que era aquel señor, comprendí que mis humores aún se hallaban lejos de estar domesticados, que mi carácter extravertido seguía jugándome malas pasadas, y que me encontraba todavía lejísimos de alcanzar la divina dejadez que no se altera porque un monje lego te mire mal, los huéspedes de todas y cada una de las siete moradas figuren en un ordenador como los de cualquier hotel playero de tres estrellas, o haya que pagar la celda por adelantado. En eso, desde luego, también me llevaba Dany muchísima ventaja. Dany seguía impertérrito. Y eso fue precisamente —el que yo no interrumpiera su desarrollo místico con mis torpezas— lo que me llevó a decidirme por celdas separadas, aunque las preferí de capacidad doble, más que nada porque si nos llegaba el momento de levitar siempre agradeceríamos un poco de desahogo.

Las celdas estaban en el primer piso de aquella ala del monasterio y el hermano —o el ordenador— nos las asignó la una frente a la otra, separadas por el pasillo. La de Dany daba a una alameda alargada que bajaba hasta un río bastante raquítico que pasaba por allí, como un hormiguero verde y sombreado en medio de la solana. Desde la mía, por una ventana tan estrecha que daba hasta fatiga mirar por ella, apenas se veían un par de arcos del claustro y el patio interior de tierra en el que crecían algunos cipreses. Las celdas no tenían más de seis metros cuadrados, y eso que eran dobles, pero en cambio los techos eran altísimos, de manera que Dany no tendría problemas si, propulsado por el deseo de gozar cuanto antes de las gracias del Amado, se ponía a levitar como un helicóptero. El hermano, agobiado de pronto por una modestia tan estricta que le impedía levantar la mirada del suelo, nos dio a cada uno nuestra llave y dijo, en un susurro:

—Mi nombre es hermano Benedicto. Aquí no se necesita nada, salvo el gusto por la meditación y la oración. Son las seis y cuarto, a las siete es la cena, en el refectorio. A las siete menos cinco estaré en el recibidor. No se retrasen.

El hermano Benedicto se dio media vuelta, sin mayores protocolos, pero se tomó su tiempo para llegar a las escaleras y dejarnos a solas en aquel lugar en el que yo esperaba que empezase mi subida al Monte Carmelo. Claro que el secreto estaba en saber por dónde empezar.

Miré a Dany como supongo que mira un náufrago a quien puede sacarle del apuro. Pero me percaté al segundo de que a Dany lo consumía el ansia de estar tan embebido, tan absorto y de todo su sentido tan privado que no estaba dispuesto a perder el tiempo en auparme un poco a mí. Sublime egoísmo, supongo. De modo que enseguida se encerró en su celda y me dejó sola en la oscuridad, como la pobre Audrey Hepburn en aquella película en la que hacía de ciega, aunque es verdad que a ella la asediaba un asesino y a mí mi lamentable vida por mis pecados detenida, lo cual me hacía estar a punto de romper en coplas del alma que pena por ver a Dios y con un mal tan entero que muere porque no muere. Cierto que tenía cuarenta minutos por delante. Y que cuarenta minutos pueden ser una eternidad, sobre todo si una no tiene sus pinturas y sus potinguitos para ordenarlos en el tocador —en el caso, y ésa es otra, que hubiera tocador—, ni un equipaje abundante y variado que haya que disponer en el ropero. Lo único que yo tenía allí era a mí misma, sexy y pecadora Rebecca de Windsor, y unas ganas locas de entrar en trance. Pero, claro, hay que ser ya muy santa para entrar en trance en cuarenta minutos.

Creo que el trance estuve a punto de tenerlo cuatro o cinco horas después, mientras dormía. A lo mejor no es muy reglamentario mezclar el sueño con el deliquio, pero hay que tener un poco de manga ancha con las principiantas, me parece, tampoco iba a pretender ni yo ni el Amado que pasara directamente de mi suciedad a su limpieza por arte de birlibirloque. Supongo que es mucho más natural, para una aprendiza, quedarse traspuesta y luego ir entrando con suavidad en el trance. Puede que a una mística ya veterana y con muchas horas de vuelo —y nunca mejor dicho— el trance la pille de sopetón y en cualquier parte, pero una pobre novicia supongo que tiene bula para ayudarse un poco con el estado onírico. Lo malo fue que, aunque creo que estuve a punto, ni siquiera con la ayuda del estado onírico conseguí que el trance cuajara.

Cuando, a la mañana siguiente, se lo conté a Dany, él me dijo:

—La cena no te sentó bien.

Qué brusco, por Dios. Yo pensaba que quien se halla en escalones más elevados y más próximos al tálamo del Esposo tenía una delicadeza, un tacto a la hora de orientarte, de señalarte las equivocaciones, de mostrarte el camino por el que ir tú también subiendo escalones y aproximándote al tálamo en cuestión. Pues, por lo visto, estaba equivocadísima. Es verdad que, nada más ponernos en camino en mi coche, después de pasar por la estación de Chamartín para recoger sus cosas en consigna, yo me había dado cuenta de que Dany era una criatura de poco hablar, que no era nada comunicativo ni nada adulador, pero comprendía que con la mística corres el riesgo de volverte un poco rancia, o al menos de parecerlo a ojos frívolos o simplemente profanos, porque hay mucho contraste entre la tremenda vida interior del místico y la horrorosa superficialidad de la vida del resto de los mortales. El contraste no se nota tanto si el místico o la mística es de natural jacarandoso y dicharachero como santa Teresa, y si logra hacerlo compatible con el misticismo. Tengo que reconocer que yo esperaba lograrlo. Incluso esperaba lograr el más difícil todavía: ser la más mística de todas sin dejar de ser expresiva y locuaz, sexy y vistosa. En lo último, Dany podía servirme de ejemplo, porque a sexy y a vistoso pocos le podían ganar. Lástima que el misticismo no le dejara ser un poco más simpático. Claro que yo no me lo guardé y se lo dije:

—Que el Amado me perdone, Dany, pero eres un cardo.

El se limitó a encogerse de hombros y a poner una cara semiborde que, sin duda, quería decir: los místicos somos así, bonita, lo tomas o lo dejas.

Y decidí que lo tomaba, a pesar de todo. Nunca he soportado no ya que me desprecien —siempre he sabido ponerme en mi lugar y nunca he permitido que los demás me coman ni un centímetro de mi terreno—, sino ni siquiera que se den ínfulas conmigo, pero la mística, según los libros que leí, tiene una primera fase que incluye no sólo el desapego de los bienes y los halagos terrenales, sino el aguantarse los ramalazos del temperamento, así que me guardé el genio en el revoltillo de la perdición y me dispuse a analizar lo que pudo haber fallado en aquel amago de arrobo místico que tuve la noche anterior.

Pudo haber sido la digestión, de acuerdo. Dany no fue amable, pero a lo mejor dio en el clavo. La dichosa tercera refacción, como se le llamaba a la cena en aquel sitio, consistió, de primer plato, en una menestra de verduras a base fundamentalmente de calabacines y puerros bastante bravíos, no sé si por haber sido recogidos prematuramente o porque les faltaba más de un hervor, manchada aquí y allá por trocitos de zanahoria que, por el contrario, estaban demasiado cocidos, como si hubieran ido a parar a la menestra procedentes de algún guiso del día anterior; porque el viaje me había abierto el apetito, pero en circunstancias normales no me habría importado nada guardar aquella noche un ayuno parcial. Claro que, en circunstancias normales, el ayuno habría sido casi absoluto si se tiene en cuenta que, de segundo plato, nos sirvieron una tortilla de pan, que yo no me lo podía creer, aunque al principio pensé que era tortilla de patatas, porque tenía la misma forma circular y la misma pinta que la tortilla española de toda la vida, pero el sabor enseguida se lo encontré curioso, y no desde luego por el perejil y la cebolla, sino porque la miga de pan frita es muy poco consistente y da algo de grima. Con cosas así, o eres ya muy mística, o el estómago se resiente. Sobre todo si se tiene en cuenta que, a las siete de la tarde, en aquellas primeras semanas de marzo, los días se alargaban ya lo suficiente como para que lo que de verdad te apeteciera fuese entretener la inquietud estomacal —una mística nunca debe tener hambre, supongo— con un té con pastas, y no con aquel comistrajo excesivo para merienda y raquítico, además de bastante grimoso, para cena. La verdad, es posible que se me descompusiese la digestión. Y con la digestión descompuesta no es fácil que un trance espiritual llegue a buen fin, eso hay que admitirlo. Dany podía tener toda la razón. Porque incluso lo único realmente comestible de toda la cena, unos pastelitos de manteca rellenos de cidra —cien por cien caseros o, mejor dicho, monacales—, tenía la santa virtud de engoñiparte, con lo cual no había forma de caer en el exceso, aunque del ardor de estómago no te librabas. Y entrar en trance con ardor de estómago no parece viable.

De todos modos, aquel primer chasco también podía deberse a que, en la primera morada —que así lo había leído yo y me acordaba divinamente—, mi alma estaba aún tan metida en cosas del mundo, y tan preocupada por la hacienda o la honra o los negocios, que por mucho que el alma lo deseara no podía gozar de la hermosura del Amado, ya que no conseguía escabullirse de tantísimos impedimentos. Por descontado, eso era peor que un simple problema digestivo, pero menos ordinario. Era un inconveniente más estructural, como se dice ahora, pero siempre queda más fino luchar contra eso que contra una ardentía. De todos modos, hay que reconocer que lo que cuenta es el resultado, y el resultado fue que yo creía estar viviendo a tope mi primer encuentro con el Amado y, en realidad, la muchacha fogosa y comprometida que yo fui me jugó una mala pasada.

Después de la cena, en el refectorio, hubo un rato de recogimiento y tengo que admitir que se me cerraban los ojos de puro cansancio. Toda mi vida me ha pasado igual: a eso de las siete o las ocho de la tarde —y sea invierno o verano, otoño o primavera—, como esté en un sitio cerrado y sin moverme, y no digamos ya si estoy sentada o recostada y todo está en silencio, me entra un sueño superpesado. En general, el único modo de espabilarme un poco es dar una vuelta, hacer algo de ejercicio, tomar el aire, zascandilear. Pero en el monasterio de Santa María de Bobia, después de la cena y de la media hora de meditación que le sigue, toda la comunidad se retira a sus celdas y Dany me dijo que, aunque a los clientes de la hospedería no se les exige seguir el reglamento al pie de la letra, él no pensaba ser una excepción. A mí también me pareció una buena idea para empezar la subida al Monte Carmelo con buen pie. De modo que pasé directamente del sopor sin duda placentero del refectorio al sopor más placentero aún de mi celda, y al cabo de un tiempo que no sé calcular, pero que desde luego no creo que fuese larguísimo, me encontré sumida en ese estado que a una misma no acaba de convencerle ni como sueño ni como vigilia, porque todo te parece a la vez muy real y muy ficticio. Entonces ocurrió.

Me vi en la puerta de un pajar, monísima, muy fresca, recién bañada en una cascada de agua pura de montaña, perfumada con lavanda simplemente, vestida con un modelito adlib que me había comprado en Ibiza hacía siglos y que ya no usaba para no ser llamada antigua, aunque seguía favoreciéndome una barbaridad, y estaba apoyada en el tronco de un magnolio. Respiraba yo de manera muy sensual cuando, de pronto, como un fulgor, moreno, sonriente, apareció él. La mañana, ya de por sí luminosa, se puso más luminosa todavía.

Venía solo por el camino que llevaba derecho al pajar. No se movía como un junco porque eso es una mariquitada: se movía como un hombre se tiene que mover. Una vaca soñadora le salió al encuentro y él la saludó como si la conociera de toda la vida. Qué porte, me dije. Qué aura desprende. Cómo me mira. Cómo le ríen los ojos y cómo sabe que yo lo noto desde la distancia. Qué magnetismo derrama. Y cómo me desea. Porque yo me sentía muy deseada. Yo empecé a temblar como un pez que sabe que el gusano que baila frente a él está clavado en un anzuelo que será su perdición, pero no sabe ni quiere resistirse y, en el pajar, a mis espaldas, la paja empezó a crujir reclamando nuestros cuerpos, o sea, la unión del Amado con la amada.

Cuando llegó a dos metros de mi piel, su piel ya me quemaba. Mi respiración se hizo el doble de sensual. Un hormigueo apasionado me fue creciendo por mis bien torneados muslos hasta el pórtico de la gloria. Empeza-

ron a sonar campanas en el aljibe secreto, allá donde las
aguas se desbordan y te inundan con su gozo. El amplió
su sonrisa. Cada paso que daba hacia mí era como si me
desabrochara un corchete del vestido. Yo no quería moverme: sabía que aquella postura, apoyada en el magnolio, me favorecía. Tampoco quería desmayarme. Me
llegaba, como un tigre de Bengala, el olor que despren-
día. Su mirada era caliente y temeraria como el jefe de
un comando palestino. Su aliento era tan dulce como el
aroma de un melón de Murcia. Sus ojos tenían un brillo
reconcentrado y espeso, como el oro de ley. Cuando
alzó su mano, la acercó a mi cara y acarició con la parte
de fuera de sus dedos mis mejillas, a mí me dio un calambre y traté de incorporarme ágil como una gacela, rápida como un lince, instantánea como un muelle, para
que él pudiese ponerme la mano donde quisiera. Pero no
conseguí despegarme ni un centímetro del tronco del
magnolio. Inmediatamente pensé: el lumbago. Entonces
él, cariñoso y socarrrón, me susurró al oído:

—Tranquila. Déjame a mí.

Yo gemí:

—Por Dios, que me pierdes.

—Tú no sabes —me dijo— lo perdida que estás.

La paja del pajar ya no crujía: pegaba gritos. Yo llevaba en el pelo jazmines recién cortados; a mordiscui-
tos, me los fue quitando uno por uno. Una cascada de
agua pura de montaña empezó a caerme a mí en el
monte del gozo. El modelito adlib era de escote bañera;
con los dientes me lo fue despegando hasta dejar libres
mis esculpidas bóvedas pectorales, que temblaban como
tórtolas asustadas por los disparos de un cazador en una
mañana de otoño. Por un esguince mental se me coló el
sentido común que me dijo: «Niña, que estamos a principios de marzo, a ver si vas a resfriarte». De modo que,
dulcemente, yo fui a protestar, pero él cortó de cuajo mis

protestas con un beso de tornillo. Sus labios eran firmes como grilletes y suaves como brevas de Mazagón. Su mano derecha se hizo un hueco entre el magnolio y mi cintura y yo creí que se me quebraba el talle. Artritis, pensé. ¿Acaso estaba yo tan achacosa —me dije, horrorizada— que iba a echar a perder aquel momento tan sublime? Pero él ya me apretaba contra su cuerpo con mucha fuerza y entonces sentí toda su hermosura. Yo nunca había sentido tan cerca una hermosura tan grandísima. Me dislocó. Me volví pantera, todo el cuerpo se me hizo garra, sus ropas terminaron hechas jirones en un santiamén, el vestido adlib también acabó enseguida hecho trizas, porque los dos éramos de pronto de lo más felinos, aunque él más fuerte, así que me cogió en brazos, una ráfaga de viento terminó de desnudarnos, era imposible que la mañana se volviera más luminosa, la paja del pajar cantaba a voz en grito el *Aleluya* de Haendel, la mañana reventaba de tanta luminosidad, un coro de serafines vestidos de verde oliva salmodiaba melodías misteriosas aunque algo marciales y, en el momento en que él buscaba mi puerta de los suspiros, se produjo aquella revelación brutal y entonces, cuando yo esperaba ver por fin el rostro del Amado, le reconocí: no era el Amado, era ¡el Che Guevara!

Dany sin duda tenía razón. Una digestión difícil es capaz de, en lugar de ponerte mística, ponerte revolucionaria.

Pero no tengo ningún derecho a renegar de la muchacha fogosa y peleona que fui. Después de todo, lo que me había pasado tenía su lógica. Hubo un tiempo en que mi ídolo era el Che Guevara, aunque ahora estoy recicladísima, como todos. Comprendo que resulta llamativo el haber tenido unos gustos tan guerrilleros y acabar empeñada en alcanzar el misticismo, pero más vale eso, digo yo, que terminar como otros, haciéndose chalés cada vez más grandes a costa de pisarle el cuello a quien haga falta. Si el viejo Vinagre estuviera vivo, y si pusiera a un lado los pros y a otro lado los contras, a lo mejor el pobrecito mío no acababa de entenderlo, pero no se avergonzaría de mí.

Todavía era noche cerrada cuando volví a mis cabales de sopetón y comprendí que había dado el gatillazo místico. A las cinco, la comunidad se levantaba para rezar maitines, pero aún no eran ni las cuatro y a mí me dio por pensar que, en aquel instante, no había despierto ningún ser humano a quien poder contarle lo que me había pasado, lo desanimada que me sentía y la falta que me hacía un poco de consuelo y de orientación. Dany seguro que estaba a dos metros del suelo y en delicioso coloquio con el Altísimo. El hermano Benedicto quizá tuviera un sueño agitado, porque una pareja como la que formábamos Dany y yo era capaz de agitarle el sueño a cualquiera, pero seguro que ya tenía mucha práctica en la tarea de resistir las tentaciones, buscar en la tormenta y la oscuridad el rostro del Esposo y perseverar en el afán de perfección a pesar de los pesares. Yo, en cambio, estaba desvelada, sofocada, deprimida, desorientada y sola. Y sabía que no era bueno para el proyecto que tenía de salirme de mí ponerme a recordar, porque los recuerdos te amarran a lo que fuiste y no te dejan volar libre y sin peso ni pesares, pero la memoria no es tan fácil de sujetar, así que allí estaba yo, a oscuras, en la celda, tumbada boca arriba y con los ojos abiertos, recordando.

A mí siempre me había hecho tilín el Che Guevara. Nadie lo comprendía, claro. A las otras niñas —quiero decir a la Sarita y a la Marilín, con las que compartí casa durante algún tiempo en Cádiz, y a la Débora, que era uno de los chavas de mi pueblo que se venía conmigo a la Colonia, los sábados por la noche, a cancanear en la Venta El Colorao— las volvía locas el Troy Donahue o el Alain Delon y otros artistas de ese estilo, y ponían sus fotos pegadas por todas partes, pero yo tenía un cartel grandísimo del Che en la cabecera de mi cama, un cartel que me había regalado Metralla, el mejor amigo de mi padre, cuando fue a París con otros hombres de la provincia, en autobús, para no sé qué cosa del Partido. A mí me gustaba aquella cara como de campo, pero con una cosa espiritual por dentro, y aquella barba medio a la virulé, como si le sobraran pelos por unas partes y le faltaran por otras, que a mí me parecía una señal clarísima de coraje y de personalidad. Y no es que yo le hubiera hecho ningún asco al Troy Donahue y al Alain Delon, pero con ellos habría sido una cosa de capricho, una relación sin profundidad, un pasar el rato y ponerme morada, desde luego, pero sin que por eso fuera a cambiar mi vida. En cambio, estoy convencida de que, de haberme tropezado bien y a gusto y largo y tendido con el Che, yo me habría convertido en otra mujer. Para empezar, seguro que me habría vestido de otra manera. Más sobria, con menos floripondios, incluso puede que con camisola y bombachos de guerrillera, porque naturalmente yo me habría echado con él al monte, pero como no se me presentó la oportunidad, como ninguno de los hombres que me caían cerca se parecía ni por el forro al Che Guevara, tuve que acomodarme a los gustos del común de los mortales y fui acumulando un vestuario selecto, lujosito y con muchas dosis de creatividad. Vestirme bien y cada vez mejor era, al fin y al cabo, una manera de irme perfeccionando, de no quedarme estancada, de no conformarme con cualquier cosa, de ir cada vez a más y llegar lo más lejos posible. Durante mucho tiempo, no tuve otra manera de conseguir eso. Los niños se convierten en hombres hechos y derechos y pueden ser médicos, científicos, escritores, alcaldes, actores o astronautas, y las niñas se convierten en mujeres hechas y derechas y pueden, aunque casi siempre con más fatiguita, ser médicas, científicas, escritoras, alcaldesas, actrices o astronautas; pero yo era un niño para todo el mundo y, sin embargo, quería ser una médica conocidísima, una científica famosísima, una escritora fenomenal, una alcaldesa queridísima por el pueblo, una actriz divina, una astronauta muy lista y muy valiente y, además, guapa de morir. También quería ser Miss España y casarme con un millonario americano. No era fácil precisamente conseguir todo eso, y ni siquiera una sola de esas cosas, cuando te llamas Jesús, acabas de hacer la primera comunión vestido de recluta de Marina y tu padre, en cuanto se ajumaba un poquito —y eso ocurría casi a diario— se liaba a decirle a todo el mundo que su hijo había sacado los cojones de Vinagre y acabaría sacándoles con sus propias manos las asaduras a los ricachones para que por fin tuvieran justicia los obreros y los campesinos. Mi padre era muy buena gente y trabajó desde chico en lo que pudo y cuando pudo, y en el trabajo era siempre muy formal y apagadito, pero con el vino toda la fuerza se le amontonaba en la boca y se le calentaban las fatigas de toda una vida y soltaba los disparates por arrobas, aunque nunca pasaba de ser un triquitraque. Eso sí, siempre tenía público y la gente lo jaleaba, seguramente porque todo el mundo sabía que era más inofensivo que un gorrión disecado y que si aquel hijo tan mirajazmín que tenía era el que iba a traer la revolución, aviada estaba la revolución. Y es que yo creo que mi padre, cuando hablaba de mí, en realidad no hablaba de mí, del hijo que tenía, sino del hijo que le habría gustado tener, y eso desde muy temprano, desde que yo era un renacuajo, porque yo era un renacuajo la primera vez que mi padre me pilló con el paso cambiado, vestido de una manera que el pobre se quedó sin respiración.

Me acuerdo de que era por Navidades y mi madre andaba en la cocina haciendo pestiños, le salían estupendamente y después se los compraban en una confitería de la calle Espartero que los vendía al triple de lo que le pagaba a mi madre. Supongo que mi padre no tenía trabajo en aquel momento, porque de lo contrario no se habría presentado en casa a la hora en que lo hizo, a eso de las cuatro de la tarde, contentito, sin haber almorzado y en compañía de Metralla. Metralla y mi padre eran uña y carne desde mocitos y no sé cómo se las arreglaban, pero, cuando uno tenía trabajo, el otro también, y si uno se quedaba en paro al otro le pasaba lo mismo inmediatamente. Mi madre decía que estaba segura de que lo hacían aposta, que no se apañaban el uno sin el otro y que ninguno de los dos quería que se le quemara la sangre sin que al otro se le quemara también. Cuando trabajaban, el primero que daba de mano esperaba al otro el tiempo que hiciera falta en el almacén de Macario, que tenía bodega en la parte de dentro y no cerraba nunca, a cualquier hora del día o de la noche había hombres bebiendo y jugando a las cartas y se podía comprar cualquier cosa, desde una bombilla a un papelón de manteca de lomo o algún remedio para la ardentía. Si alguna vez mi padre no podía ir, por algún motivo de muchísima consideración, me mandaba a mí a decírselo a Metralla, y si era Metralla el que no tenía más remedio que faltar a la cita, mandaba a Loli, su niña mayor, con el recado. Metralla era muy sangregorda y tenía que beber una exageración para que se le notase, pero era el primero en jalear a mi padre cuando se le disparaba la lengua y se ponía a despotricar contra los ricachones y a dar por hecho el triunfo del comunismo. Metralla decía que él era un comunista sin prisas, y mi padre, en cambio, un comunista con bulla, y que seguramente entre lo uno y lo otro estaba la virtud. Metralla siempre me revolvía el pelo, como consolándome, cada vez que mi padre, cargadito de vino, me hacía ponerme derecho delante de él, levantar el puño y prometer no dejar de los ricachones ni la raspa para que el pueblo tuviese por fin todo lo que los ricachones le habían robado. Y, como no hay mayor ciego que el que no quiere ver, mi padre no veía que yo, con el puño en alto, no parecía un miliciano dispuesto a dar su vida por la revolución, sino más bien una maripópins a la que, de pronto, el viento se le había llevado la sombrilla. Mi padre no quería enterarse.

Aquella tarde, sin embargo, se enteró. Vaya que si se enteró. Luego se olvidó o hizo como que se le olvidaba, pero Metralla estaba delante cuando mi padre me vio a mí vestido de aquella manera y me parece que, después de aquel día, mi padre no se atrevía a mirarle a la cara cuando decía aquello de que yo había sacado sus cojones, los cojones de todos los hombres de su familia, y que iba a darles a los ricachones su merecido. Y la verdad es que mi padre, cuando me vio, se quedó sin saber qué decir. Yo me di cuenta perfectamente y lo recuerdo todo la mar de bien, y eso que no tenía ni seis años. Habíamos almorzado solos mi madre y yo, y mi madre luego se había liado con los pestiños y yo me fui a la habitación que teníamos en la casa para que sirviera de todo: de cuarto de estar, de comedor, de cuarto de costura de mi madre y de dormitorio mío, porque allí teníamos una cama turca que se abría de noche para que yo me acostase, y en esa cama estuve durmiendo hasta que me fui a Cádiz, incluso cuando empecé a irme con la Débora y la Gina a la Colonia vestidas como *Las chicas de la Cruz Roja,* que era una película que por entonces tuvo muchísimo éxito, y nos vestíamos y nos desvestíamos y nos pintábamos y despintábamos en casa de la Gina o, mejor dicho, en la casa grande de la finca donde los abuelos de la Gina vivían como guardeses, y la Gina vivía con ellos, y la casa grande estaba casi siempre cerrada, así que nosotras nos metíamos en la alcoba principal, con un armario de luna grandísimo, y de allí no salíamos hasta que nos encontrábamos idénticas a las artistas de la película, y cuando volvíamos, a las tantas, había que quitarse todo aquello, que muchas veces me daban ganas de quedarme allí a dormir, que la Gina y la Débora muchas veces se quedaban y me decían que no fuese tonta, que me quedase yo también, pero yo todas las noches, por tarde que fuese, volvía a casa, y más de una vez no era ya ni de noche, porque clareaba, pero no sé por qué, a lo mejor porque me daba miedo que algún día no me dejasen entrar, yo quería siempre dormir en mi cuarto, en mi cama turca, bien arropado, y no sólo por las sábanas y los cobertores, sino por mi madre, también por mi padre —aunque la verdad es que no recuerdo que mi padre me arropase alguna vez de verdad—, por todo lo que había dentro de aquella casa. Al cabo de muchos años, el día que volví a ver a mi madre, cuando entré en aquel cuarto y lo encontré igualito que lo dejé cuando me fui a Cádiz sin saber que no iba a volver hasta al cabo de muchísimo tiempo, me puse a recordar todo eso, las noches que volvía a las tantas después de los alternes en la Colonia con la Débora y la Gina, las noches que me pasé en vela y sin saber por dónde tirar, todas las pesadillas que tuve en aquella cama turca, las ganas de contarle a mi madre todo lo que no hacía ninguna falta que le contase porque seguro que mi madre lo sabía, las ganas de ponerme de nuevo delante de mi padre como aquella vez, cuando yo tenía cinco o seis años, cuando mi padre volvió con Metralla a las cuatro de la tarde, sin avisar, y los dos entraron en el cuarto y me encontraron con una tela negra liada al cuerpo, una tela negra como un vestido que me llegaba casi hasta los pies, una tela negra con la que mi madre se quería hacer una falda de vestir, y un pañuelo también negro en la cabeza, que ahora me da la risa cuando pienso en la pinta que un niño de cinco o seis años tendría con aquel trapajerío, pero también me da mucha lástima cuando me acuerdo de la cara que se le puso a mi padre. «Coño», fue lo único que acertó a decir. Era como si se hubiera dado un golpe en la boca del estómago y se hubiese quedado sin respiración. Yo creo que a lo mejor pensó que era cosa del vino.

Entonces Metralla quiso ayudar un poco, se puso en cuclillas a mi lado, me dio dos o tres puñetazos muy flojitos en la barbilla, como diciéndome machote, después vamos a echar una peleíta de entrenamiento, y me preguntó:

—¿De qué te has vestido, picha? ¿De capuchino?

A mí me hizo mucha gracia la tontería que había dicho Metralla.

—¿No te has vestido de capuchino?

Ahora comprendo que Metralla hizo todo lo posible para que yo dijese que sí, que de eso era de lo que me había vestido. Pero yo, con una sonrisa que sé que era nerviosa, dije que no con la cabeza.

—Entonces —insistió, y a mí me parece que sabía que estaba metiendo la pata—, ¿de qué vas vestido?

Yo dije:

—De Pasionaria.

Miré a mi padre, muy contento, y recuerdo que pensé que le había pasado algo, que le había dado un ataque a la cabeza y no se podía mover, ni hablar, ni siquiera cerrar la boca. Ahora comprendo que al pobre le daría un jamacuco, aunque a lo mejor lo que tuvo fue un grandísimo conflicto interior, a lo mejor se encontró en una tesitura muy dramática, sin saber si enfurecerse al descubrir que su hijo era maricón o si emocionarse porque su hijo quería ser como Pasionaria. Aquello sí que era un dilema. Mi padre era un fanático de Pasionaria, en cuanto se le calentaba la boca le echaba unos piropos exageradísimos, decía todo el tiempo aquello de que más vale morir de pie que vivir de rodillas y al pobre se le saltaban las lágrimas cuando llegaban noticias de Dolores, unas noticias que se cuchicheaban los hombres y las mujeres del Partido y que mi padre, en casa, nos contaba a voz en grito a mi madre y a mí, después de sacar del fondo de un cajón del ropero de su dormitorio una vieja foto en la que se veía a Pasionaria echando un discurso con mucho coraje, una foto recortada de un periódico, y mi padre entonces decía un montón de veces que era la mujer más guapa del mundo. Yo quería parecerme a ella.

Ahora quiero parecerme a santa Teresa y, bien mirado, viene a ser lo mismo. La una y la otra, cada cual en lo suyo, fueron las más importantes y las más ejemplares. El tiempo ha pasado y una no ha tenido más remedio que cambiar con la edad, una se ha ido ajustando lo mejor que ha podido a la revolera de este mundo, una, con dieciséis o diecisiete años, no iba a irse a la Colonia, a tontear con los camperitos, vestida de negro riguroso como Pasionaria, y eso que el negro riguroso es elegantísimo y Pasionaria lo llevaba como nadie, que veías una foto suya y al ver aquella sobriedad y aquel empaque de mujer del pueblo te entraban escalofríos, pero hay que reconocer que para ir a sacarles las bullas a los muchachitos de la parte de La Algaida y de Bonanza no era lo más adecuado, así que nunca hasta ahora, desde aquel día en que me descubrió mi padre cuando yo tenía cinco o seis años, me había vestido tan austera y tan estricta. Sin embargo, mis ganas de mejorar no han cambiado. El tiempo y la vida me han dado revolcones, como a todos, pero yo no me voy a conformar con ser una persona del montón, ni mucho menos un fantoche con pintura hasta en la vesícula. Me fui de casa, puse un cartel del Che Guevara en la cabecera de mi cama y al mismo tiempo empecé a vestirme con mucha gracia y mucha imaginación, me hice artista y me esmeré en mi arte, me operé porque me hacía falta para no morirme pegada a unas hechuras que no eran mías, llegué lo más arriba que podía llegar y ahora lo que quería era seguir subiendo, y nadie podía decirme que no tenía derecho a intentarlo. ¿Que iba a costarme trabajo? Más de lo que me había figurado, por lo visto. Pero nadie ni nada me iba a quitar las ganas y el merecimiento de encajarme en la séptima morada.

Decidí que no me iba a afectar el que Dany se pusiera antipático y, encima, sobrado de sí. Naturalmente, después de escuchar de mala gana los pormenores de mi batacazo espiritual, me dio a entender que su éxtasis, por el contrario, había sido verdadero y delicioso. No descendió al detalle, y eso que yo me puse a darle la murga en cuanto salimos del refectorio después de la primera refacción, o sea, el desayuno. Teníamos toda la mañana por delante y los dos estuvimos de acuerdo en que un paseo por los alrededores del monasterio, además de ventilarnos, nos ayudaría a matar el tiempo con sana deportividad hasta que el hermano Benedicto estuviera disponible. Dany le había dicho que quería hablar con él sobre los cilicios y otros instrumentos de penitencia que se hiciesen en el monasterio. El hermano Benedicto le dijo que a las diez en punto estaría en el recibidor de la hospedería, aunque le advertía ya que no tenían mucho surtido.

—¿Pero te has sentido verdaderamente transportado? —insistí yo, procurando combinar con acierto la ansiedad y la admiración, después de que él se refiriera a su éxtasis con la tranquilidad con la que una ricachona con solera se refiere a sus mansiones, sin darle mayor importancia.

—Ya te he dicho que sí, mujer —me contestó él, y la verdad es que lo hizo con bastante mansedumbre—. Pero no me pidas que te lo explique, porque no tiene explicación.

Y es que Dany había cambiado de táctica. Seguía distante, supongo que porque no es fácil salvar el abismo que media entre alguien que tiene fáciles y deliciosas levitaciones y alguien capaz de confundir en sueños al Esposo con el Che Guevara, pero tuvo que comprender que no iba a ganar nada poniéndose desabrido con una neófita, sobre todo si tenía en cuenta que, por ejemplo, el coche en el que viajábamos era precisamente de la neófita, y que a la neófita se le podía subir al moño el temperamento si recibía dos veces seguidas una mala contestación. Así que su nueva táctica consistía en seguir sin darme explicaciones de lo suyo y en encontrarle explicaciones crudamente terrenales a lo mío, pero haciéndolo con mucha suavidad y con la excusa de que el sublime descarrilamiento interior escapa a toda explicación posible. Ni que una fuese tonta.

Habíamos llegado en nuestro paseo hasta el borde del río. Allí, la tierra monda y lironda de los alrededores se aliviaba con manchas de yerba silvestre y algunos juncos un poco pálidos, pero duros y tirantes. El cielo estaba despejado, pero no era intensamente azul, tenía más bien una tonalidad grisácea que yo encontré en perfecta consonancia con el estado algo confuso de mi ánimo. A fin de cuentas, ilusa de mí, había previsto para mi alma una entrada fulgurante en el castillo interior, y todo se había reducido a tener un sueño calenturiento, con un mito muy pasado de moda haciéndome de galán. De ahí tanta avidez y tan santa envidia por conocer los pormenores de los deliquios que había tenido Dany la noche anterior, pero la mayor preocupación de Dany era que no se nos hiciese tarde para la entrevista que tenía concertada con el hermano Benedicto.

—¿Y tú te diste cuenta de cuándo empezaba ese transporte y de cuándo terminaba, y de lo que había durado, y recuerdas lo que sentiste mientras duró?

Yo estaba decidida a aprovechar todo lo que pudiera el pequeño detalle de que el coche en el que viajábamos era mío y la repentina paciencia de Dany.

—Mujer, algo siempre notas —dijo él—, pero luego no te acuerdas de mucho, y lo que recuerdas no lo puedes explicar.

Y de ahí no había manera de sacarlo.

Yo le dije que podía intentarlo por lo menos, que podía hacer un esfuerzo para consolarme de mi fracaso con el conocimiento de su experiencia gozosa, pero él me dijo que para eso estaban ya los libros de santa Teresa y los versos de san Juan de la Cruz y que si no me los hubiera dejado en Madrid ahora no estaría pidiéndole a él hazañas imposibles. Pero yo no había querido cargar con toda mi bibliografía mística por dos razones: primera, porque ya era hora de pasar de la teoría a la práctica y de emprender el vuelo por mi propia cuenta, y, segunda, porque había confiado en él, en Dany, porque había esperado que él fuese mi guía, mi consejero, mi ejemplo y, en las primeras y más difíciles moradas, mi estímulo y mi paño de lágrimas. Entonces dijo Dany:

—El recogimiento, de todos modos, siempre es recomendable.

Se sentó sobre la yerba, se recogió en sí mismo, dándome a entender que se entregaba a un ejercicio ligero pero muy útil de meditación —como quien hace un poco de gimnasia de mantenimiento—, y me dejó de paso la responsabilidad de avisarle cuando estuvieran a punto de ser las diez para ir al encuentro del hermano Benedicto.

Entonces ocurrió algo que, de haber estado yo menos atarugada por el empeño de pillar un éxtasis y por percatarme de que la cosa no era tan sencilla, me habría servido de pista segura de lo que al final del viaje acabaría por descubrir. Y es que empecé a escuchar voces y risas que bajaban por el camino que bordeaba el monasterio y terminaba en una rotonda allanada junto al río, a poco más de doscientos metros de donde estábamos Dany y yo. Como tampoco estaba tan confundida como para tomar cualquier sonido por música celestial, comprendí enseguida que era gente del pueblo que habíamos visto al otro lado de la carretera el día de nuestra llegada. Y, en efecto, por el camino bajaba alrededor de una decena de individuos, todos varones y que, en su mayor parte, parecían jóvenes y vigorosos, que sólo había que ver cómo se movían y alborotaban y con cuánta energía y buen humor se daban empellones y se gastaban bromas los unos a los otros.

—Tenemos compañía —dije yo en voz alta, pero sólo por escucharme a mí misma, por costumbre incluso, porque es algo que siempre se dice cuando dos personas están solas en algún lugar y traman algo, aunque sea decentísimo, y aparecen otros. Desde luego, no lo dije para que me oyese Dany, entre otras razones porque estaba convencida de que Dany se hallaba tan dentro de sí que no podía escuchar más que la conversación que él mismo tuviera con su alma.

Sin embargo, Dany me oyó estupendamente, abrió los ojos, volvió la cabeza en dirección al camino, puso cara de mucho contento —pero sin perder el control y la compostura— y de mucha satisfacción, como si viera recompensada su concentración y atendidas sus plegarias, y dijo:

—Son ángeles.

Tuve tal sobresalto que me dio un calambre en el cuello y no lo podía mover. Dany se había quedado mirándome con una cara de felicidad tan convincente que una de dos: o se estaba pitorreando de mí y exageraba la expresión de santa Bernardette en plena aparición que se le había puesto, o de verdad desvariaba hasta el punto de ver ángeles bajando por el camino y le embargaba la dicha de ser visitado por aquellas celestiales criaturas. Yo tuve que mover todo el cuerpo para mirar de nuevo al grupo de pueblerinos que sin duda habían decidido echar la mañana en el campo, junto al río, y me pareció que no podían ser más terrenales. La mayoría iba en calzón corto y vi unas piernas estupendas.

—Son zagales —dije.

Otra vez me oyó Dany sin ninguna dificultad. Se marcó una caída de ojos que ni Charles Boyer en una de la Metro y luego me sonrió con condescendencia. Yo estaba decidida a que la paz y la dulzura de corazón se me fueran asentando, y además tenía montado un tendón en el cuello que me limitaba mucho los movimientos, pero de buena gana le habría planchado de un manotazo aquella sonrisita tan perdonalilas. Claro que para ser una mística hay que empezar controlando el temperamento, pero eso no significa que haya que ver orquídeas donde hay yerbajos ni escuchar ruiseñores donde suenan grillos. Las piernas de aquellos muchachos eran divinas, desde luego, pero no precisamente porque fueran seráficas.

—Son ángeles —repitió Dany, y la verdad es que me entró la duda de si estaba sonámbulo o estaba embelesado.

—Son zagales —dije yo, terca y creo que hasta un poquito encorajinada.

Es verdad que no todos eran zagales propiamente dichos, porque había cuatro o cinco bastante camastrones, pero la mayoría rondaba los veinte años, rebosaba salud, tenía a ojos vista unas ganas locas de desbocarse, y puede que escondiera un alma exquisita, que no sería yo la que dijese que no, pero allí lo que destacaba era la carne mortal y, además, de primera categoría. Había, en concreto, uno medio pelirrojo, y con unas patorras tan rurales y tan airosas al mismo tiempo, que de lo que daban ganas era de echársele encima y liarse con él a bocados.

Me alarmé, como es natural. ¿Dónde se ha visto a una mística en semejante descompostura? Bueno, me dije, la mística es descompostura por definición. El secreto a lo mejor estaba en descubrir por qué Dany se descomponía por arriba y yo me descomponía por abajo. ¿De quién era el error? ¿En qué cuerpo, en qué mirada, en qué cabeza estaba el fallo? Allí donde Dany veía ángeles, arcángeles, querubines, serafines, tronos y potestades yo veía chavalotes de pueblo; aquellos que para Dany eran espíritus alados, para mí eran cuerpazos mortales y en calzonas y, para colmo, en la edad del reventón y con unos muslos como para repicar a destajo y floreando.

—Son ángeles.

—Son zagales.

Dany no pudo evitar tambalearse un poco cuando se levantó. Era como si estuviese aturdido por aquella visión de bienaventurados que revoloteaban por la rotonda como en una pintura de Murillo. En realidad, o al menos en la realidad que yo tenía al alcance de mis ojos, la patulea de muchachos se había puesto a jugar a la pelota con unos bríos que ponían la carne de gallina. Entonces caí en la cuenta de que era domingo y que habíamos quedado en asistir a la misa solemne que el prior del monasterio oficiaba a mediodía, si es que Dany no se empeñaba en que los ángeles lo raptasen y lo transportasen en cuerpo y alma junto al trono del Señor. El pelirrojo de las piernas como campanarios cogió la pelota, regateó a un contrario, avanzó flechado hacia la portería del enemigo y pegó un zambombazo que el portero ni olió el cuero, como dicen los locutores deportivos. Todos los del equipo del pelirrojo celebraron con él con mucho abrazo, mucho estrujón y mucho griterío apache el gol que acababa de marcar. Y Dany decidió, en su delirio, que él también quería celebrarlo.

—¡Aleluya! —dijo, y corrió a engancharse a la melé.

A mí me dio un vuelco el corazón cuando vi la cara que pusieron los del equipo del pelirrojo al percatarse de la montaña de músculos que de repente les había caído encima. A un morenito bastante pinturero al que yo había visto manejar el balón con mucha finura, la pierna derecha se le quedó aplastada debajo de los pectorales compactos de Dany. El morenito se puso a armar un escándalo endemoniado. Todos los demás, tanto los de un equipo como los del otro, empezaron a tirar de los brazos y de las piernas de Dany, para quitárselo de encima al morenito. Pero Dany no se movía. Dany estaba en la gloria. Sonreía como si vislumbrara el resplandor incomparable del Amado en medio de un coro de ángeles. Un ángel cuarentón, taponcete, cejijunto y con una calvicie galopante le dio el primer puntapié. Dany no se defendió. Al contrario, se diría, por el apacible contento de su expresión, que ya sólo era beatitud lo que le quedaba por delante. Las patadas empezaron a lloverle como chuzos de punta. Se agarraba con mucho fervor a las piernas furiosas de los ángeles: seguro que quería que le raptasen y le transportasen junto al trono del Señor. Empezó a sangrar. Yo hice lo poquito que pude.

—Dejadlo —supliqué—. Está en un trance.

—Qué trance ni qué trance —dijo el ángel cejijunto—. Tiene una cogorza del copón, el hijoputa. Temprano empieza.

Me puse a pedir socorro. Vi que el hermano Benedicto bajaba corriendo, campo a través. Los ángeles, entonces, decidieron abandonar a Dany entre las miserias de este mundo. Dany intentó incorporarse y seguirles, pero sólo consiguió levantar un poco el corpachón martirizado y, antes de desplomarse de nuevo, el morenito aprovechó para abandonarle también, a la pata coja. Cuando el hermano Benedicto llegó a donde estábamos y vio el aspecto de Dany, no fue capaz de abrir la boca ni para preguntar por lo que había pasado, pero Dany, con grande arrobo, dijo:

—Eran ángeles.

Yo no tenía ninguna gana de mirarle al hermano Benedicto a los ojos, pero tampoco quise pasar por lo que no era ni presumir de un trance que no había vivido, así que confesé:

—Eran zagales.

A lo mejor había sido una cuestión de veteranía. De veteranía en la mística, quiero decir. El Amado, me dije, puede servirse de apariencias asombrosas y acercarnos a él por caminos inesperados, pero para eso seguro que había que adentrarse un poco más de lo que yo me había adentrado hasta el momento en el castillo interior. Como mística, Rebecca, estás en pañales, me espeté. Pero el hermano Benedicto, después de hablar con Dany mientras le curaba en la modesta enfermería del monasterio y explicarle que la comunidad no fabricaba mayores instrumentos de penitencia que aquellos cilicios elementales que ya conocía —y que yo vi por vez primera cuando a Dany lo desnudamos, para curarle, entre el hermano Benedicto y yo—, pronosticó que ambos avanzaríamos en la escalada hacia el novamás en materia mística, cual era nuestro propósito, si lográbamos alojamiento en la abadía de San Esteban de Los Patios, a poco más de treinta kilómetros de Santa María de Bobia.

Segunda morada

El padre hospedero atendía a una pareja cincuentona con muy buena pinta —él, entrecano y con elegantes gafas de concha, vestía pantalón de lana fría color musgo, jersey a juego y de cuello redondo y con todo el aspecto de ser de cachemir, camisa de algodón de cuadros verdes y vainilla, y nabuk de ante en tono tabaco; ella, bajita pero bien formada y con una media melena divinamente teñida de rubio ceniza, llevaba un sastre de cheviot de corte exquisito, camisa de seda en un rojo sangre, y un chal de lana en gris marengo dejado caer sobre uno de los hombros con muchísimo estilo— y, al mismo tiempo que indicaba a la pareja dónde tenía que firmar en las fichas de recepción, trataba de resolver con las dosis justas de amabilidad y firmeza, inalámbrico en mano, las continuas peticiones de reservas. Era evidente que la hospedería de San Esteban de los Patios estaba muy solicitada.

—El Señor les bendiga —dijo, algo rutinariamente en mi opinión, el padre hospedero—. ¿Qué desean?

—Alojamiento —dije yo, y procuré que saltara a la vista que lo que nos llevaba a buscar refugio en aquel lugar no era el estrés ni los dictados de la moda en materia de vacaciones, sino la sensibilidad de nuestras almas.

El padre hospedero sonrió. Una ha visto esa sonrisa muchas veces en jefes de recepción de hoteles de semilujo de la costa, en temporada alta. Quiere decir exactamente: pues no pides tú nada, bonita. Claro que el padre hospedero, cuando volvió a abrir la boca, no dijo eso, sino:

—La hospedería está completa en este momento. En estas fechas no suele haber problemas, pero hoy lo tenemos todo ocupado o reservado para deudos de don Rodrigo González de Aguirre, gran benefactor de nuestra abadía. Está agonizando.

—¿Y lleva agonizando mucho tiempo? —preguntó Dany, con muy poca delicadeza.

El padre hospedero le dirigió una merecida mirada de reproche. En verdad, por mucha que fuese nuestra urgencia espiritual y la sensibilidad de nuestras almas, tampoco se trataba de matar cuanto antes a un señor para que quedasen habitaciones libres. De todas maneras, la hostelería es muy caprichosa y lo mismo tienes un lleno sin precedentes y un gentío en lista de espera, que te quedas con el establecimiento más vacío y menos solicitado que una güisquería en Argel. Así que el padre hospedero, sin ensañarse para nada con la falta de tacto de Dany, nos sugirió:

—En el pueblo hay una fonda decente, limpia y barata en la que podrían pasar unas cuantas noches, hasta que nuestro benefactor entregue su espíritu al Señor. La verdad es que no creo que el Señor tarde mucho en llamarle a su seno. En sus últimas voluntades pide morir aquí y lo trajeron hace dos días, pero ya no conoce. Después de los funerales y del entierro, que será en el cementerio que tenemos dentro de los muros de la abadía, la mayoría de los deudos desocupará las habitaciones. Llámenme cuando quieran.

Abrió un cajón del mostrador de recepción, sacó una tarjeta y me la dio. PADRE GREGORIO, HOSPEDERO. La tarjeta, en papel reciclado, tenía sus filigranas de diseño. Estaba impresa en vertical; en la parte superior, centrado, tenía grabado al agua un curioso logotipo, algo así como una cordillera formada por dos montes achaparrados y simétricos y, entre ambos, uno más espigado e irregular; el nombre y el cargo del padre Gregorio, y el teléfono de contacto que figuraba al pie de la tarjeta, estaban impresos en un gris perla bastante sutil, y a todo lo largo del borde vertical izquierdo discurría una línea de puntos, también en gris perla, cuya función era estrictamente decorativa. En la abadía de San Esteban de los Patios se cuidaban los detalles.

—Y no olviden —añadió el padre Gregorio— indicar en la fonda que van de mi parte.

Por lo visto, también se cuidaban, con evangélico desparpajo, las comisiones.

Dany le pidió entonces al padre hospedero dos favores: permiso para visitar la abadía y comenzar, de ese modo, a embriagarse los sentidos con la luz, el olor y los sonidos y silencios del claustro, el refectorio, la biblioteca, la iglesia y el resto de las dependencias de aquel consulado del paraíso, y conocer los instrumentos penitenciales que se fabricaban en la abadía y que tenían justa fama entre todos los interesados en alcanzar experiencias sobrenaturales con la necesaria ayuda del castigo que merece nuestra pecadora condición. Noté que el hermano hospedero quedaba bastante impresionado por el impulsivo fervor de aquel ejemplar con un físico que, a primera vista, parecía poco compatible con la espiritualidad, pero, así y todo, nos advirtió que la visita debería reducirse a los patios y la iglesia, porque el obligado recogimiento de la vida monástica mal soportaría el trajín de visitantes con más o menos devota disposición, y que, en cuanto a los instrumentos de penitencia, lo mejor era que, al acabar la visita, nos pasáramos por la tienda de productos y recuerdos.

—Hacemos también una miel cien por cien natural —dijo, muy comercial, el padre Gregorio. Luego, nos indicó la puerta por la que debíamos entrar.

Los patios que daban nombre a la abadía de San Esteban eran tres. En el primero, de piso de adoquín y paredes encaladas, sin ningún lujo arquitectónico, había unos chopos muy tristes y transparentes podados con esmero, aunque a mí me parecieron delicados de salud; tres o cuatro veladores metálicos y pintados de blanco, y con sillas a juego, indicaban que era un lugar en el que se consentía la tertulia o, al menos, la plática piadosa entre quienes visitaban la abadía o se alojaban en el antiguo hospital de peregrinos convertido en casa de espiritualidad, si bien, en aquel momento, allí no había nadie, ni paseando en solitario ni conversando en grupo. En el segundo patio, de planta rectangular, había unas arcadas laterales de muy poquita prestancia, con sólidas pero poco airosas columnas de mármol y techo sostenido con vigas de madera; había a cada lado tres puertas pequeñas y de madera sencilla, y no había modo de deducir si se trataba de celdas para huéspedes externos o de graneros, almacenes, lavaderos o cualquier otra dependencia por el estilo. Lo que parecía claro era que aquellos dos primeros patios fueron construidos como antesalas tardías del tercero. Y es que el tercer patio era espectacular.

Yo no sé nada de estilos arquitectónicos, pero San Esteban de los Patios es una abadía con material informativo y publicitario muy bien maquetado, muy bien impreso y con un texto conciso y lo suficientemente distante de un lector profano como para que te impresione. De aquel patio tan llamativo, el folleto que habíamos cogido en recepción decía que estaba enmarcado por un claustro de estilo cisterciense con influencias gótico mudéjares y cubierto con veinte bóvedas de crucería sencilla, cuyos arcos se apoyan en robustos contrafuertes. El conjunto, desde luego, era de mucho efecto y yo enseguida comprendí que en aquel lugar podían ocurrir cosas muy sublimes y enjundiosas. Y no sólo porque las bóvedas, los arcos y los contrafuertes pusieran mucha solemnidad y mucha sensación de aguante y dureza en el conjunto, sino porque de verdad se notaba que aquellas piedras tenían mucho visto y mucho guardado, que en aquella abadía, en sus muchos años de existencia, había pasado de todo y allí seguía ella, impertérrita, recargada, poderosa, dispuesta a meter en vereda a los descarriados más escandalosos y a sacar de sus casillas, en el sentido místico de la expresión, a los más encogidos y materialistas. En aquel sitio se adivinaba que hubo, había y seguiría habiendo mucho disloque.

—Este sitio tiene muy buena pinta —dijo Dany, y a mí me pareció que aquella forma de hablar era demasiado de andar por casa para alguien que andaba ya en un misticismo avanzado.

En este tercer patio, además, no estábamos solos. En dirección a nosotros vimos avanzar a dos parejas que guardaban una simetría digamos invertida, y me explico: la pareja que iba delante estaba formada por un cuarentón rubio y fornido, muy alto, de carnes duras y bien repartidas, según podía notarse por la camisa amarilla de manga corta y el pantalón de tela de gabardina que llevaba —ropa demasiado veraniega para la época en que estábamos—, y por una muchacha casi veinte años más joven que él y casi medio metro más baja, muy pálida, con una melena larga y lacia de color azabache y uno de esos vestidos largos mexicanos, con la pechera bordada, de color añil; la otra pareja, por el contrario, se componía de una mujer grande y huesuda, de pelo muy corto y rojizo, maquillada con evidente dedicación aunque con resultado algo estrambótico —colores demasiado violentos y contorno de ojos y de labios demasiado atrevido— y vestida con un traje pantalón de corte bastante duro y de color pizarra, que contribuía muchísimo a que aparentase los cincuenta años bien cumplidos que sin duda tenía, y un caballero de edad similar, de no más de un metro sesenta, calvo, de cara redonda, regordete, con un bigotito muy bien recortado y largas y oscuras pestañas, y vestido como si acabara de escaparse de una boda de hace cuarenta años.

La mujer grande caminaba detrás de la muchacha pequeña e incolora, y el hombre alto y recio tapaba por completo al señor bajito y atildado, de manera que a la muchacha pequeña y al señor bajito sólo los vi cuando pasaron a nuestro lado, aunque sólo durante unos segundos, porque enseguida a la chica la tapó por completo su pareja y al señor lo desdibujó, como si se lo tragase, la suya. Luego, cuando quedaron de espaldas a nosotros, el efecto también era muy raro: la mujer alta y huesuda suprimía por entero a la muchacha del vestido añil, mientras que el hombre bajito le ponía al tiarrón de la camisa amarilla, de cintura para abajo, un estrafalario contoneo de color marengo. La impresión que yo saqué fue que, entre aquellos cuatro, había potaje.

—Seguro que son parientes del que se está muriendo —dijo Dany.

Le miré. Me di cuenta de que estaba pensando lo mismo que yo, que aquellas dos parejas seguro que organizaban juegos morbosos y que allí dentro se encontraban a sus anchas, pero a él no debía de parecerle muy serio que se utilizase una abadía para dar rienda suelta a los caprichos más retorcidos de la carne, así que prefería pensar que el moribundo les tocaba algo y estaban allí por compromisos familiares o por puro interés. Por lo que podía deducirse, el moribundo estaba forrado.

Vimos a otras personas que paseaban por el patio con la parsimonia y el recogimiento que corresponden a la práctica de la meditación, o que lo cruzaban a buen paso, como si estuviesen atareados. Una señora bastante mayor, con un precioso pelo blanco y muy bien cortado y marcado, parecía haberse quedado de piedra en medio del patio, como si el trance la hubiese pillado camino de la iglesia o de su celda. Un muchacho con gafas y seguramente menos joven de lo que aparentaba, con pinta de no haber prestado jamás mucha atención a los aspectos materiales de la vida, paseaba enfrascado en la lectura de un libro de tan pocas páginas que sólo podía explicarse tanta concentración si leía una y otra vez la misma línea, a lo mejor la misma palabra. Otro muchacho, éste con una cara de golfo y un cuerpo de judoka que ponían un contraste de humanidad joven y sana en aquel ambiente de tradicional espiritualidad, con mono azul de trabajador manual, con muchas prisas, casi tropieza conmigo y, cuando me miró, a punto estuvo de conseguir que a mí me diese un vahído de esos de los que no sales hasta que te hacen el boca a boca. Bueno, la verdad es que no sólo me miró: también me sonrió. Qué prueba. Menos mal que, en aquel momento, Dany y yo habíamos llegado al otro extremo del patio y estábamos a punto de entrar en la iglesia.

Dentro había una penumbra homogénea y muy tibia, que me resultó de gran alivio. Era una iglesia grande y bastante historiada, aunque me parece a mí que en lo artístico dejaba bastante que desear. En cada lateral había cuatro confesonarios muy sobrios, con poco gancho: a mí, para confesar, siempre me ha gustado que el confesonario sea acogedor, con un reclinatorio que, sin ser demasiado cómodo, tampoco te desuelle los codos y las rodillas, y con una celosía ni demasiado tupida ni demasiado desahogada, lo suficientemente apretada la rejilla como para que la cara del confesor se llene de misterio y empaque, y lo suficientemente abierta como para que no tengas la sensación de estar contándole tus pecados a una alcancía. A aquellas horas, de todas maneras, no había nadie confesándose. Había, sí, media docena de personas arrodilladas y en una actitud muy devota, de modo que Dany y yo nos acercamos al altar mayor no sólo con muchísimo respeto, que eso hay que darlo por descontado, sino caminando con tanto cuidado que yo, al menos, casi no sabía si me estaba moviendo o no. En el centro del retablo del altar mayor había un Crucificado de tamaño natural y, a la derecha del Crucificado, dentro de una urna de cristal, la reliquia por la que es famosa la abadía de San Esteban de los Patios.

Tengo que decir, de todas formas, que yo no sabía que San Esteban de los Patios era famosa por una reliquia, y creo que Dany tampoco. De hecho, los dos nos quedamos muy sorprendidos cuando vimos lo que había dentro de la urna, aunque la sorpresa de Dany se debió a que no podía imaginarse lo que era aquello, y la mía, por el contrario, a que enseguida supe lo que era; bueno, no lo que era exactamente, porque a mí me parece que habría hecho falta una fantasía calenturienta para adivinarlo, pero sí que, nada más verlo, supe dónde lo había visto antes. De modo que Dany preguntó:

—¿Qué será esto?

Y yo dije, muy rápida:

—Lo que está grabado en la tarjeta que acaba de darnos el padre hospedero.

Hablábamos en un susurro, para no molestar el recogimiento de quienes rezaban o meditaban en la iglesia. Yo saqué la tarjeta que el padre Gregorio nos había dado, con su nombre y su teléfono de contacto, y le mostré a Dany el grabado al agua, aquello que yo había tomado por tres montañas y que no eran montañas, sino piedras. Tres piedras blancas y bien pulimentadas, del tamaño de un puño cerrado y casi idénticas las dos pequeñas, y un poco más grande y alargada, y colocada en vertical, la que aparecía entre las otras dos. En la urna había una plaquita metálica con una frase grabada, pero yo no llevaba encima las gafas de leer, que es un achaque de la edad al que le tengo una tirria grandísima, así que Dany fue el que leyó lo que ponía allí y me dijo, muy impresionado:

—Son tres de las piedras que usaron los salvajes paganos para lapidar a san Esteban el Protomártir, patrono titular de esta abadía.

A Dany entonces le cambió la expresión. Todo lo que hasta entonces había sido ansiedad se convirtió en placidez, todo aquel disgusto que yo le había notado —aunque lo quisiera disimular— se le disolvió en la cara en un santiamén y dio paso a una beatitud que a mí, la verdad, me pareció un poco exagerada, porque tampoco las tres piedras tenían un aspecto arrebatador, eran tres piedras corrientes en las que no se notaba nada la antigüedad y que no conservaban huellas visibles del martirio de san Esteban, y no es que yo pusiera en duda la autenticidad de la reliquia, pero no acababa de comprender por qué Dany se encontraba de pronto tan motivado. Cerró los ojos, inclinó levemente la cabeza, dejó que el sosiego se hiciera cargo de toda su musculatura, alojó en sus labios una sonrisa que cualquiera con menos escrúpulos que yo habría interpretado como señal de un gusto mucho menos espiritual de lo que sin duda era y se olvidó de mí, de la hora, del tiempo que había pasado desde que comimos por última vez y de que convenía ir pronto a la fonda que nos había recomendado el padre Gregorio, no fuera también a llenarse con motivo de los funerales pendientes de aquel señor que no acababa de morirse.

—Dany, por Dios, que es tardísimo. Anda, deja el grueso del deleite para después.

Ni caso. Jalaba yo de la ropa que él vestía —un polo de punto de color granate, en el que sus músculos superiores podían sentirse bastante confortables, y un pantalón negro de pinzas que le disimulaban algo los músculos inferiores cuando se estaba quieto, porque cuando se movía quedaba claro que la decencia absoluta habría aconsejado que utilizase una talla más— y trataba con todo ello de desconcentrarle un poco, a sabiendas de lo mucho que a Dany le molestaban las ropas dadas de sí. Pero estaba visto que el deleite era de mucho calibre, que todos sus sentidos habían emigrado de sopetón a los albores de la cristiandad, que su alma se había trasladado como por ensalmo al interior del cuerpo apedreado del Protomártir, y que no estaba dispuesto a que le interrumpiesen tan sabrosa experiencia por nimiedades tales como la hora, la comida, una habitación donde guarecerse y una cama donde dormir, y un polo de punto de color granate con las costuras deformadas a tirón limpio. No sé si un terremoto habría conseguido en aquel momento que Dany volviese de su vertiginoso viaje interior y se hiciera cargo de las servidumbres normales de esta vida.

Largo tiempo tuvo que pasar hasta que Dany regresó a su condición habitual, y no del todo. Es verdad que, cuando abrió los ojos, alzó la cabeza, puso en su sonrisa un deje de melancolía y me miró, me reconoció sin dificultad y admitió con mucha sensatez, cuando yo se lo advertí, que ya era hora de retirarse, pero se quedó como aturdido, como si no acabara de encajar en este mundo, como si el trance que acababa de vivir le hubiese dejado mareado, lo que tampoco tenía nada de extraño si se piensa que una de las piedras con las que habían lapidado a san Esteban, y que él había sentido rebotar contra su propio cuerpo, podía haberle acertado en un mal sitio. Mientras volvíamos, a través de los tres patios, a la recepción de la hospedería, yo fui mirándole a ver si se le notaban descalabros en las sienes o en algún otro lugar de la cabeza especialmente delicado, pero no tenía magulladuras visibles. Y es que, según me explicaría más tarde el propio Dany, las magulladuras más embriagadoras y que más secuelas dejan son las interiores.

En la recepción de la hospedería, el padre Gregorio se asombró mucho al vernos, al parecer se le había olvidado que, con su permiso, estábamos desde hacía casi dos horas en el interior de la abadía. Enseguida se fijó en que Dany se tambaleaba un poco y, para ayudarle a ahuyentar los malos pensamientos, le aclaré que había tenido un trance, y había sido el trance tan fuerte y tan placentero que los efectos le duraban todavía. El padre Gregorio, poco dado a creer en prodigios de buenas a primeras, quiso saber si el trance lo había tenido frente al sagrario, frente al jazmín que cubría el último arco del claustro, o frente a alguno de los nichos de la capilla funeraria. Yo le dije:

—Frente a ninguna de las tres cosas. Lo que le transportó fue la reliquia que hay en el altar mayor, dentro de una urna.

—¿Saben ustedes lo que es?

—Desde luego. Tres de las piedras con las que lapidaron a san Esteban el Protomártir.

El padre Gregorio sonrió, complacido. Luego, para dirigirse a Dany, levantó mucho la voz, como suele hacerse cuando se habla con un extranjero.

—¿Le interesan todavía —le preguntó— nuestros instrumentos de penitencia?

Dany aún no se encontraba con aliento suficiente para contestar preguntas de carácter práctico, pero yo, poniéndome en su lugar, dije:

—Puede estar seguro, padre Gregorio, de que ahora le interesan más que nunca. No sé por qué me parece que en esta abadía, y con penitencia intensiva, va a encontrarse él como pez en el agua.

Entonces el padre Gregorio, con una amabilidad en mi opinión bastante mundana, nos rogó que le acompañáramos a la tienda de productos y recuerdos.

La tienda, situada al otro extremo de la recepción y desprovista de escaparates o vidrieras por las que los huéspedes pudiesen ver su interior, era pequeña y estaba abarrotada de postales, estampas, objetos de cerámica y, dentro de una alacena con las puertas de cristal, tarros de miel y compotas que el padre Gregorio nos celebró mucho; le prometí que nos llevaríamos algunos al término de nuestra estancia. Luego, con mucha ceremonia, abrió un cajón de un mueble bajo que había en un rincón, medio disimulado entre el resto del género de la tienda, y sacó una especie de látigo de mango y flecos de cuero, con nudos muy artísticos pero nada tranquilizadores, y pequeños bolindres blancos salpicando todo el artilugio. El padre Gregorio, con orgullo mal disimulado, dijo:

—Este es el producto estrella de nuestra casa.

A mí me parecía estremecedor, pero a Dany se le puso de repente cara de coleccionista vicioso ante una pieza única. No pudo evitar que se le fueran las manos impacientes hacia aquella atrocidad y el padre Gregorio aclaró:

—Es caro.

Carísimo. Cuando el padre Gregorio dijo el precio yo no pude contenerme y dije que eso era un robo, pero el padre Gregorio, comprensivo, se puso a explicar las cualidades del cuero, de la confección —de rigurosa artesanía— del diseño, y su condición de piezas únicas y muy codiciadas. Naturalmente, no me lo explicaba a mí, se lo explicaba a Dany, y en cualquier caso Dany ya no estaba dispuesto a soltar aquello ni aunque lo lapidaran de modo literal. Para rematar, el padre Gregorio dijo:

—¿Ven estas piedrecitas blancas? Están sacadas de las tres piedras que hay en nuestra iglesia y, en su día, estuvieron en contacto directo con la carne tumefacta de san Esteban el Protomártir.

Yo vi lo que pensaba Dany sólo por la cara de fruición que se le puso entonces: «Esto es para sibaritas».

El padre Gregorio, muy astuto, adivinó inmediatamente que yo iba a protestar, y no sólo porque me diese coraje ver a Dany reblandecerse como un sacristán senil por un suplicio que en el fondo se me antojaba bastante cochambroso, sino porque, por restringida que fuese la producción de aquellos látigos, de la reliquia no iba a quedar ni rastro.

—¿Ha oído hablar del milagro de los panes y los peces? —me preguntó el padre Gregorio, con muy mal estilo, antes de que yo pudiese abrir la boca—. Pues esto es lo mismo.

Comprendí que no iba a servir de nada el que yo me pusiera a discutir con el padre Gregorio, cuando estaba clarísimo que Dany no se pondría nunca de mi parte. Dany, además, llevaba el dinero justo para pagar aquel instrumento monstruoso.

—Si van a utilizarlo los dos —advirtió el padre Gregorio, con retintín—, es conveniente que compren uno para cada uno. Por razones sanitarias.

Y esta vez no tuve que hablar para que se me entendiese todo: si algún día me diese por utilizar aquello, no sería precisamente yo quien tendría que preocuparse por el estado de su salud.

Ni loca. Le dije a Dany que conmigo no contase para martirizarme el tipo a latigazos, que ni loca. Que bien estaba taparse las exuberancias y la gracia de las formas para no ir por ahí cacareando el poderío, que bien estaba sacrificar el vestuario que con tanto tino resaltaba todo lo mejor de mi figura y dejaba en un segundo plano lo que quizá dejase un poco que desear, para no armar la marimorena por donde pasáramos y porque una comprende que, en cuanto se arregla un poco, es la tentación en persona, y que yo estaba dispuesta a controlar los andares y el resto de la expresividad corporal, sin duda un poquito remarcados por tantos años de artisteo y de cuidado superexigente de la imagen, no digo yo que no, que a fin de cuentas eso hay que tomarlo como una deformación profesional, que, igual que los futbolistas acaban patilitris y los caballistas patizambos, nosotras, las artistas con mucho juego en el cuerpo serrano, acabamos con el contoneo y el contorno a lo mejor un poco más expresivos de lo normal, y no hay que tomarlo por descaro ni por indecencia, es casi más bien una secuela del oficio, pero vale, el impacto que provocas es el que es, de manera que bien está que una se arrebuje un poquito los lucimientos y los desparpajos en los movimientos y en las poses, pero de ahí a dejártelos desmadejados y en carne viva hay un abismo, Dany, hay un abismo. Eso le dije.

Y es que, durante los tres días y las tres noches que pasamos en la fonda que nos recomendó el padre Gregorio, Dany no paró de maltratarse el cuerpo a latigazos. Habíamos conseguido dos habitaciones, la una junto a la otra, aunque tuvimos que pagarlas a precio de habitación doble y de doble uso, porque los dueños dijeron que, si no, salían ellos perjudicados, y a Dany le faltó tiempo para estrenar el látigo de cuero, con piedrecitas que participaron en primera línea en la lapidación de san Esteban, que había comprado en la abadía. A mí se me ponía la carne de gallina. Al principio, por el sonido que yo escuchaba, me parecía que el látigo rebotaba contra los músculos de Dany, pero después era como si, a cada latigazo, las tiras de cuero y las piedrecitas blancas se le quedasen clavadas en la carne, y cada vez más dentro, y Dany cada vez tenía que tirar con más fuerza para arrancárselas, o al menos eso era lo que yo me imaginaba, y le dije a Dany que no me cabía en la cabeza, que un cuerpo como el suyo no era ningún pecado, que era una bendición de Dios, pero él me dijo que era una bendición del Holiday Gym, que había desperdiciado su vida durante mucho tiempo en la sala de musculación, que es verdad que había llegado a tener un cuerpo definidísimo, pero a cambio de descuidar por completo la alimentación de su alma, y que el resultado allí estaba, a la vista de todos, un físico apabullante que hablaba a gritos de su idolatría, que su cuerpo había sido durante demasiado tiempo el único dios al que había adorado y al que había ofrecido los sacrificios más increíbles, que sólo había vivido para engrandecerse los bíceps, los pectorales, los dorsales, los abdominales, y que la verdad era que aún tenía tentaciones de sentirse orgulloso de lo duros y lo bien formados que tenía los glúteos, y de lo marcadas que aún conservaba las piernas, y eso que el español es por genética de pierna poco agradecida con los ejercicios, pero que un entrenamiento tan intenso como equilibrado había hecho prodigios en sus extremidades inferiores, que tenía yo que haberle visto en sus buenos tiempos, cuando quedó segundo en la fase nacional de Mister Olimpia en talla media, que de haber sido sólo dos centímetros más bajo habría quedado campeón absoluto de la otra categoría, y que el que tuvo retuvo, que podía comprobarlo con mis propias manos, que él se metía ahora en un gimnasio y en tres días volvía a estar como en su mejor época, y eso que él había sido un niño más bien enclenque, que ya sabía que yo no me lo podía creer, un niño acomplejado, un niño que se avergonzaba de ser como era, una ramita de perejil, hasta que un día, con quince años, apretó los dientes, cogió todos sus ahorros, se fue a un gimnasio que había en su calle, se tragó las ganas de echarse a llorar cuando el monitor le dijo que seguramente le cundiría más si se dedicaba al baile español, y se puso a entrenar con un empuje y una perseverancia que entonces acabaron por ponerle como un toro, pero que ahora le pesan, ahora le remuerden la conciencia, ahora se arrepiente, ahora se desgarra cuando piensa que eligió el camino equivocado, el de cultivar su cuerpo en lugar de cultivar su espíritu, y que ojalá tuviese el mismo ímpetu y la misma tenacidad para conseguir que su cuerpo perdiese volumen, fibra, definición, apariencia, porque su cuerpo era una barrera que tenía que destruir, una coraza de la que tenía que librarse, una ofensa que tenía que lavar, una culpa por la que tenía que hacer penitencia, y no sabes lo bien que me siento cuando me doy latigazos, Rebecca, no sabes lo aliviado que me encuentro después y el gusto que da. Eso me dijo.

Durante los días que estuvimos en la fonda, llamábamos a la abadía a primera hora de la mañana, a primera hora de la tarde y a primera hora de la noche. El padre Gregorio, muy circunspecto, nos decía siempre que no había novedades, que don Rodrigo González de Aguirre no terminaba de morirse. Y cada vez que el padre Gregorio nos decía eso, yo colocaba a mi conciencia en un verdadero aprieto: me descubría de repente deseando que aquel señor se muriese de una vez, porque yo estaba convencida de que, si por fin podíamos alojarnos en la hospedería, a Dany se le pasaría un poco aquella manía de matarse a zurriagazos y, de paso, a mí dejaría de una vez de picarme la curiosidad. Claro que, si a mí me picaba la curiosidad era, sobre todo, porque

Dany no paraba de jaleármela. Dany me decía que tenía que probar, que no podía imaginarme la diferencia que había entre poner tu carne mortal en cuarentena por el sistema más bien ligero de camuflarla un poco bajo una indumentaria nada favorecedora, que era lo que yo estaba haciendo, y darle su merecido sin contemplaciones, que era lo que hacía él, látigo en mano. Era, me dijo, para que lo entendiese, como podar un poco los matojos dañinos o arrancar de raíz la mala yerba. Y es que, cuando yo conseguía sacarle un rato de su habitación, dábamos un paseo por las afueras del pueblo, que sólo tenía de particular una tranquilidad un poco empalagosa, y entonces hablábamos. Yo le decía que a mí me pasaba lo contrario que a él, que yo estaba contentísima del fachón que había conseguido, que también a mí me había costado mucha fatiga y mucho ánimo y un dineral, que también yo era un chiquillo esmirriado y con unas ganas locas de ser de otra manera, y que es verdad que al principio mi cuerpo sólo cambió de una manera psicológica, quiero decir que bastaba con que me pusiera una blusita mona y una falda que me marcase bien la cintura y zapatos de tacón y un maquillaje juvenil y artístico al mismo tiempo y un peinado gracioso para que yo me sintiese dueña de un busto de anuncio de sostenes, de unas caderas de bailarina hawaiana, de una melena como la de la Rita Hayworth y hasta de un chochito como el de Grace Kelly, que me imaginaba yo que era lo más fino que podía haber en chochitos, y eso me daba bastante seguridad en mí misma, cosa que siempre se nota, sólo había que ver cómo se ponían de frenéticos los muchachitos de la Colonia cuando aparecíamos por allí la Débora, la Gina y yo, y los que no eran tan muchachitos, que se corrió la voz y había noches en que la Venta El Colorao estaba de bote en bote, pero de hombres solos, mocitos y casados, y nunca me olvidaré de la noche en que se presentó allí una gachí muy ordinaria pero con mucho de todo y todo en su sitio, en busca de su hombre, y no se puede contar la que se organizó, que la gachí acabó en pelota picada y preguntándole a gritos a su hombre si no tenía bastante con aquello, con todo lo que a ella le sobraba, que si era tan flojo y tenía tan poco aguante que se engoñipaba con una hembra de verdad, y el hombre no sabía dónde meterse, y el caso es que era un jaco de muchos quilates, uno de esos miurazos de allí que salen altos y apretujados y con un color de mermelada de albaricoque que quita el sentido, pero la gachí también era mucha gachí, que hasta yo me quedé boquiabierta del pedazo de hembra que puede haber debajo de la bata de percal de cualquier maricari de barrio, y la verdad es que aquella noche yo me dije déjate de monsergas, bonita, que eso es lo que tú quieres para ti, ese poderío en las prendas de la mujer, aunque luego te refines, que desde luego mi intención era refinarme, pero la base es la base, y la necesidad es la necesidad, y la desesperación no se calma con cuatro figurines monísimos y un cargamento de pintura, eso sólo ayuda un poco al principio, pero después tú misma te pides más, y empiezas con las pastillitas, y con los apliques, y con la silicona, y empiezas a darle vueltas a la idea de la operación, y comprendes que es el único camino, y mientras tanto te esmeras en estar vistosa, así que yo también he hecho por mí misma muchos sacrificios, porque mi cuerpo era lo único que me podía salvar, y todo lo que le puse y todo lo que me gasté lo doy por bien empleado, y ésa es la diferencia, que yo no me arrepiento, que, si yo no hubiera hecho todo lo que hice, ahora estaría asfixiada, que yo no digo que la penitencia no tenga su parte positiva y que, mientras el cuerpo sufre, el alma lo agradece, pero mi cuerpo ha sido siempre mi mejor amigo, gracias a lo que ha ido cambiando y mejorando mi cuerpo yo me he sentido cada vez mejor, y sería un contradiós echarle ahora la culpa de no ser lo suficientemente espiritual o de no levitar lo suficientemente deprisa, sería un contradiós, Dany, avergonzarme ahora del cuerpo que tengo. Eso le decía.

Y el caso es que a Dany no se le notaba nada lo que se estaba machacando los músculos. Si yo me hubiese castigado con aquel látigo ni la décima parte de lo que se estaba castigando Dany, seguro que ahora estaría lisiada, y de querer perseverar en mi continuo afán de perfección tendría que contentarme con ser atleta paraolímpica, pero Dany, cuando salíamos a pasear por los alrededores del pueblo, andaba con el mismo garbo, se movía con el mismo empaque, tenía los mismos músculos reventones y, desde luego, no había quien se cruzara con él sin echarle una ojeada más o menos descarada, pero siempre glotona. Yo le dije que tenía mucha suerte, y que a fin de cuentas aquel cuerpo que tanto parecía estorbarle y humillarle de repente no había sido obstáculo para que tuviera éxtasis, que yo misma le había visto levitar con mis propios ojos, y él me dijo que seguramente yo le había visto levitar con los ojos del alma, y que en cualquier caso él quería sentir una ligereza mucho mayor y que para eso la mejor solución era cogerle aquella especie de tirria que él le estaba cogiendo a su cuerpo, y que sus razones tenía, porque con todos aquellos músculos él sólo había querido taparse, esconderse, parecer el que no era, y que, si toda esa energía que empleó en desfigurarse la hubiese empleado en admitirse y ponerse a merced del Esposo, seguro que ahora llevaría tiempo en un deliquio continuo, con un físico esbeltísimo, coronado de adelfas y con los ojos en blanco todo el tiempo, pero el lastre de su musculatura hacía que sus arrebatos fuesen ahora trabajosos, nada fluidos, y nada duraderos, y que me lo advertía porque yo aún estaba a tiempo de entrar en el castillo interior no sólo ligera de equipaje, sino también de curvas y de peso, y eso, Rebecca, a la hora de elevarte se nota una barbaridad. Eso me dijo.

Pero yo le dije, ya sin pizca de curiosidad por lo aliviado que según Dany se encontraba uno después de esmorecerse a latigazos y del gusto que daba, que a mí me había pasado lo contrario que a él: con aquel cuerpo yo había querido parecerme a lo que era. Así que ahora no iba a dar marcha atrás, ahora no iba a entrarme la psicopatía de pensar que lo que yo soy me estorba para llegar a lo más alto, ahora no iba a darle la razón a los que hubieran hecho cualquier cosa para que yo siguiera siendo siempre Jesús López Soler aunque me hubiese muerto de tristeza, ahora yo quería que mi cuerpo me acompañase, ahora yo quería que mi cuerpo estuviese conmigo y conmigo lo disfrutase cuando por fin me diese un parajismo como el que le dio una vez a santa Teresa, que estuvo sin sentido cuatro días, y cuando el sufrimiento se convierta en gozo, con multitudes de ángeles alrededor, y se levante en mi interior un vuelo, que no hay otra forma de explicarlo, y cuando en ese volar haya movimiento pero no haya ruido, y cuando me lleve a los brazos del Amado, entonces yo quiero tener este cuerpo a mi verita, y quiero que también él se sienta en la gloria, y quiero que dé gloria verlo, y quiero que él esté orgulloso de mí y que yo también esté orgullosa de él, y que, si el tiempo se le echa encima, no le entren remordimientos, que no se arrugue por dentro aunque se arrugue por fuera, porque este cuerpo me salvó y me permitió sentirme divina hasta cuando pudo y ahora yo no voy a martirizarlo a latigazos, Dany, ahora yo no voy a martirizarlo, le dije, como si fuera un estorbo. Ni loca.

Al amanecer del cuarto día, las campanas de San Esteban tocaron a duelo. Y era tal nuestra impaciencia que yo, en cuanto comprendí el significado de aquel tañido, me incorporé con los bríos de un soldado al toque de diana, pero Dany aún se dio más prisas porque, antes de que mis pies tocaran el suelo, ya estaba él golpeando con los nudillos la puerta de mi habitación.

—Por fin ha entregado su alma al Señor —dijo Dany, en cuanto abrí la puerta, y pude ver que ya estaba completamente vestido.

Después me confesaría que, durante todo el tiempo que habíamos permanecido en la fonda, sólo se había quitado la ropa el tiempo imprescindible para lavarse someramente lo más necesario y para mudarse deprisa y corriendo, porque no pudo ni por un momento librarse del agobio que sentía al imaginarse llegando tarde a algún sitio muy selecto y reservado —y no estaba nada seguro de que fuese la abadía— y perdiendo algún deleite extraordinario que tampoco era capaz de precisar.

Yo, en cambio, tuve que tomarme mi tiempo para no aparecer en el funeral de don Rodrigo González de Aguirre hecha un fantoche. Para colmo, me encontré en una disyuntiva. Por un lado, me parecía apropiado y convincente acudir de negro riguroso, porque a fin de cuentas se trataba de un oficio de difuntos, pero por otra parte, y teniendo en cuenta que aquel muerto no era de mi familia, un luto demasiado estricto podía ser excesivo e incluso mosqueante para los allegados en general, y para la viuda, si la tenía, en particular. Si me presentaba de negro cerrado de la cabeza a los pies, corría el riesgo de que todo el mundo pensase que yo era la querindonga secreta de aquel córpore insepulto.

Me decidí por una ajustada y elegantísima combinación de grises. Una falda plisada en marengo clásico, a juego con un jersey de cuello vuelto en un gris tormenta, y una chaqueta de entretiempo de ojo de perdiz resultaban, con unas medias de malla muy fina virando al pizarra y unos zapatos negros de tacón bajo pero nada toscos, francamente inmejorables. Es cierto que Dany casi se descose de los nervios por el tiempo que yo eché en quedar como en un retrato en blanco y negro de un fotógrafo de postín, pero mereció la pena. En el funeral de don Rodrigo González de Aguirre podía haber alguna más compungida que yo, pero no más conjuntada.

En realidad, compungida yo no lo estaba en absoluto. Primero, porque el difunto me tocaba tanto como el cuñado del primo del mozo de comedor de una amiga de la infancia de la reina de Inglaterra, y segundo porque un benefactor tan generoso de la abadía seguro que iba a encontrarse abiertas de par en par las puertas del cielo. Por consiguiente, lo suyo era que compungido no estuviese allí absolutamente nadie, aunque tampoco me esperaba lo que me encontré, la verdad. Al final resultó que la única que iba discreta, pero inconfundiblemente funeraria, era yo.

La iglesia de la abadía de San Esteban de los Patios, el día del funeral de don Rodrigo González de Aguirre, era prácticamente una explosión de color. Estaba de bote en bote, de manera que el padre hospedero no había exagerado nada al decirnos que los deudos de aquel señor eran multitud y habían colapsado la hospedería, y todos los asistentes iban vestidos con colores alegres. Como, además, casi todo el mundo resultaba muy chic, o por lo menos se había esmerado en parecerlo, aquello no parecía un funeral, aquello parecía un cóctel. Un cóctel de mañana, desde luego. En los primeros bancos estaban las fuerzas vivas y sus señoras, o las fuerzas vivas y sus maridos, porque gracias a las feministas las mujeres ya no hacen sólo de acompañantes. A la derecha del altar mayor, un numeroso grupo de niños y niñas, seguramente de la escuela de la localidad, ponían la nota entrañable vestidos con los trajes populares. A la izquierda, en reclinatorios con mucho golpe de caoba y terciopelos, el abad —al que yo encontré parecidísimo a Rainiero de Mónaco— y otros frailes principales de la abadía no se habían puesto encima nada de colorines, pero sonreían todo el rato con mucha naturalidad, como si la muerte del benefactor no les hubiera supuesto ningún trastorno, sino todo lo contrario. Vi, hacia la mitad de la nave, a la pareja con buena pinta —él, cincuentón y canoso y con una clara predilección por vestir como si estuviera a punto de salir de cacería; ella, más joven y más bajita, pero bien formada, con un conjunto tal vez poco luminoso en comparación con el vestuario dominante— que se estaba registrando en la hospedería cuando Dany y yo llegamos por primera vez. También estaban, aunque en un lugar muy discreto —en los bancos de una de las naves laterales—, las dos parejas que guardaban entre sí una simetría invertida y con las que nos cruzamos en el tercer patio de la abadía, cuando el padre Gregorio nos permitió que la visitáramos: la mujer alta y el hombre bajito llevaban chaqueta azul y pantalón crema, y el hombre grande y la muchacha pequeña habían optado por algo mucho más informal, vaqueros blancos y unas sudaderas a rayas multicolores que en sí tenían gracia, pero que en un funeral tipo cóctel quedaban completamente fuera de lugar. A la viuda del difunto —si es que había viuda— y a los huérfanos —si es que había huérfanos— no se les veía por ningún sitio, o al menos yo era incapaz de distinguirlos. Frente al altar, sobre un catafalco muy historiado y adornado, y dentro de un ataúd que tenía que haber costado una fortuna, al difunto, amortajado con el uniforme de una de esas órdenes antiquísimas a las que sólo puede pertenecer gente de mucho pedigrí, y a pesar de que sobre el pecho le habían puesto el gorro del uniforme con un montón de plumas de escándalo, yo le encontré cara de mal humor.

—Usted ha venido por devoción, ¿verdad? —me dijo alguien al oído.

Era una voz muy femenina y muy sensual. Giré un poco la cabeza a la derecha, a ver quién era. Di un respingo. Quedé atónita. Me dije: no puede ser. Le di un codazo a Dany, que estaba a mi izquierda, arrodilladísimo. El codazo le dio a Dany en el hombro, pero él ni se inmutó. Acababa de empezar la misa de Réquiem, en latín. Me arrodillé. La mujer que me había hablado se arrodilló a mi lado, a mi derecha. Volví a mirarla. La mujer que me había hablado no era lo que se dice guapa, pero tenía una cara con mucha personalidad, e iba vestida exactamente igual que Marlene Dietrich en *El expreso de Shanghai*.

Volví a darle un codazo a Dany, esta vez en las costillas, pero la mujer vestida como Marlene Dietrich me dijo:

—No se esfuerce. Esto es algo entre usted y yo.

Yo me dije: ya está, aunque parezca mentira esta señora es la viuda, y como me ha visto tan sobria y de un color tan sufrido se ha pensado lo peor, que yo era la querida del muerto. Le di otro codazo a Dany. Ni caso. La mujer vestida como Marlene Dietrich sonreía como se sonríe cuando una sabe que tiene la sartén por el mango. Sonreía, además, sin mirarme, con los ojos entrecerrados, muy en plan lagarta fina, con estilo. Me dije: juega conmigo, pretende que yo misma me eche la soga al cuello. Tenía que aclarar enseguida aquel malentendido. Así que tragué saliva, carraspeé un poco, procuré que en la cara se me notase que yo era la inocencia personificada, me incliné un poco hacia ella, aunque sin mirarla abiertamente, y susurré:

—No se confunda, señora. Yo a su difunto esposo ni lo conocía.

La mujer vestida como Marlene rió entonces exactamente igual que Marlene en *El expreso de Shanghai*. Me horroricé, claro. Pero, por lo visto, todo el mundo estaba tan abstraído que nadie oyó o nadie quiso dar por oída la risa desinhibida y desenfadada de la mujer. La mujer dijo:

—Lo sé perfectamente, querida. Y usted debe saber que yo no soy la viuda de ese señor.

Qué alivio. Y qué curiosidad. Porque había que tener valor para presentarse en un funeral, aunque fuese en un funeral tipo cóctel, con aquellas pintas. Y no lo pude remediar, no pude contener la espontaneidad innata en mí, no tuve tiempo de considerar que la santidad y la curiosidad mundana se llevan pésimo. De modo que me salió el lado sociable, esa facilidad para las relaciones públicas que siempre he tenido, me puse en plan amiga instantánea y le pregunté:

—¿Entonces quién es usted?

Ella no es que se pusiera solemne, pero sí un poco más formal —aunque sin perder del todo aquella sonrisa de mujer de mundo—, y me dijo:

—Yo soy su alma.

—¿Que eres qué? —la tuteé sin darme cuenta.

Ella entonces, sin necesidad de levantar la voz, sacó a relucir su indudable y atractivo carácter.

—Su alma —dijo, achulándose un poco—. El alma del finado. El alma de ese señor que está ahí, de cuerpo presente. Yo soy el alma de don Rodrigo González de Aguirre.

Me quedé estupefacta. Primero, porque poquísima gente tiene la oportunidad de hablar con el alma de alguien de tú a tú; segundo, porque el alma de aquel muerto parecía muchísimo más joven que el propio muerto, de hecho cualquiera la habría tomado por el alma del hijo del muerto; y tercero, porque para ser el alma de un señor, y además de un señor tan empingorotado y de tanta alcurnia como aquél, tenía una pinta de aventurera alocada que, la verdad, era para quedarse como me quedé, pasmadísima.

Eso sí, el pasmo fue la mar de intenso, pero no me duró mucho. Quiero decir que fue un golpe de pasmo, un golpe que me dejó indiscutiblemente aturdida, pero me recuperé casi al instante, como esos futbolistas que caen de una forma muy dramática y una cree que han entrado en coma, y se levantan a los dos minutos, tan campantes. Bueno, los futbolistas a lo mejor le echan a su descalabro un teatro grandísimo, y en cambio el mío fue un pasmo auténtico, de manera que la rapidez de mi recuperación quizás haya que tomarla como milagrosa. O quizá fuera normal a más no poder. A fin de cuentas, yo llevaba más de tres semanas —entre la preparación y el viaje— volcada casi por entero en las cosas del espíritu y tampoco parecía ilógico que, una vez superado el choque inicial, confraternizase con cuantas almas me salieran al paso como si las conociese de toda la vida. De momento, allí estaba el alma de don Rodrigo, y con unas ganas locas de cháchara.

—Hija, te conservas estupendamente —le dije—. Se ve que el difunto te trató a lo largo de toda su vida la mar de bien.

El alma del muerto me miró y, como no decía nada, yo también la miré. Tenía cara de guasa.

—Tú no sabes lo que yo he tenido que pasar —me dijo.

Tenía clase. Cuando una mujer tiene clase es capaz de confesarte que las ha pasado canutas y, sin embargo, parecer que se ha pasado la vida de crucero en crucero, sin parar de beber champán. El alma del muerto no se estaba tirando un farol. Lo cual hacía mucho más asombroso y meritorio aquel aspecto de locatis peliculera que tenía, vestida de aquella forma. No dije nada, entre otras cosas porque ya me daba un poco de apuro aquel parloteo que nos traíamos en medio de la misa de Réquiem, pero hice un gesto muy expresivo que quería decir: nadie lo diría, hija, tienes aspecto de haber sido una mujer muy mimada.

Un curita jovencito y muy mono salió a leer unos salmos en los que el alma corría por un prado muy verde en busca del Esposo. Pensé: será el alma de algún otro, porque lo que es el alma del muerto que nos ocupa lo que tiene es unas ganas de desquitarse que salta a la vista. El salmo era una preciosidad, pero al alma del muerto no le pegaba nada. Claro que eso sólo lo sabía yo, los demás seguro que estaban convencidos de que el alma de don Rodrigo González de Aguirre triscaba ya por valles y laderas, con una tuniquita muy sencilla y el pelo suelto, y con la cara lavada naturalmente, impaciente por arrojarse en los brazos del Amado. En cambio, el alma de don Rodrigo seguía arrodillada junto a mí, vestida como Marlene Dietrich camino de Shanghai, maquillada con bastante atrevimiento pero con muchísimo gusto y dispuesta a realizarse un poquito antes de quedar transida por los siglos de los siglos en el regazo del Esposo. Para mí, que hubiese almas tan decididas y tan independientes no dejaba de ser una novedad.

Como si me leyese el pensamiento, el alma de don Rodrigo dijo:

—El Esposo seguro que no se lo toma a mal. Y si se lo toma a mal, mira, ya es hora de que se vaya acostumbrando. También las almas tenemos derecho a una vida propia.

—Qué alma tan reivindicativa eres, hija —exclamé, sinceramente impresionada.

Ella sonrió. Supe que sonrió porque en la misa tocaba levantarse y las dos nos levantamos al mismo tiempo y aprovechamos para mirarnos. Era, quizás, el alma más estrafalaria que una podía echarse a la cara, pero, aparte de mucho estilo, tenía fuerza en la mirada, tenía mucho carácter en la expresión, se veía que estaba dispuesta a llegar hasta el final. Me caía bien. Así que yo también sonreí y creo que ella comprendió que había encontrado una amiga.

—Puedes creerme, querida —se sinceró, siempre sin perder el estilazo—: no ha resultado nada sencillo ser el alma de ese señor durante setenta y cinco años.

Me imaginé lo peor, de modo que le pregunté:

—¿Te maltrató?

Ella hizo un gesto de gran dama ahuyentando un mal recuerdo y dijo:

—Me reprimió.

Nos sentamos, como todo el mundo. Había llegado el momento del sermón y el cura que celebraba la misa empezó a elogiar muchísimo al muerto. A mí me dio un escalofrío, y Dany lo tuvo que notar, pero yo prefería ya que él no se diese cuenta de nada: me llevaría mucha ventaja en la subida al Monte Carmelo, pero seguro que no estaba preparado para un encuentro tan atípico como el que yo estaba teniendo con el alma de aquel difunto. Me dio otro escalofrío. Era impresionante escuchar el diluvio de alabanzas que don Rodrigo González de Aguirre, de cuerpo presente, estaba recibiendo en el sermón, y tener sentada al lado a su alma confesándote que aquel supuesto dechado de virtudes, en realidad, se había pasado la vida reprimiéndola.

—¿Qué quieres decir —le pregunté, con el corazón medio encogido— cuando dices que te reprimió?

Nos pusimos cómodas. Cómodas dentro de lo posible, porque el banco era durísimo, pero nos apretamos la una contra la otra, supongo que para crear un clima de confidencia y para reforzar la intimidad, y el alma de don Rodrigo me dijo:

—El siempre fue muy estricto, muy severo, muy señor. Pero desde que tuvo uso de razón, yo, su alma, quise ser como Marlene Dietrich en *El expreso de Shanghai*. Figúrate el drama.

Me lo figuré. Me costó trabajo, porque no era fácil imaginarse a un prohombre admirado y seguramente temido por todos, a un clásico protector de viudas y huérfanos, a un benefactor de abadías, a un padre de familia ejemplar, a un cristiano viejo, a un español intachable en permanente conflicto con su alma, deseosa de ser mujer fatal. No era fácil, pero me lo figuré: una lucha interior desgarradora.

—Pobrecito —dije yo.

—Pobrecita yo, guapa —dijo el alma—. Tú no sabes lo que es morirte de ganas de ir por ahí hecha una lagarta de alto copete, arregladísima, con unas pestañas interminables, con una caída de ojos de gran efecto, con una voz ronca, muy turbadora, para decirle a un pretendiente íntegro pero con poco mundo: «Han hecho falta muchos hombres para llamarme Shanghai Lily»; eso, por si no lo sabes, es lo que le decía la Dietrich al galán de la película, que se llamaba Clive Brook. Tú no sabes lo que es soñar día y noche con ir por ahí en ese plan, y que te repriman sin contemplaciones.

Ahora la que sonrió con una mezcla de guasa y lástima fui yo. Pero no le dije que de algo de eso, precisamente, sí que sabe una servidora. Y no se lo dije porque no era cosa de ponerse allí, en plena misa de difuntos, a comparar fatigas que, después de todo, eran minucias comparadas con la fatiga máxima de morirse, y porque, a fin de cuentas, lo suyo había sido peor que lo mío, o por lo menos había sido más largo. Toda la vida de un señor que había llegado a los setenta y cinco, sin que el alma del señor pudiera ser lo que quería: una tragedia. De todos modos, si lo del alma era tremendo, el señor a mí también me daba mucha pena.

—Pero ese hombre —dije yo—, en su intimidad, sufriría muchísimo.

—Muchísimo —admitió el alma del señor—. Yo creo que por eso dejó en su testamento orden estricta de que a sus funerales no viniese nadie vestido de negro. En sus funerales quería mucho color. Seguro que ha querido tomarse la revancha por lo gris que fue toda su vida.

—Lo siento —dije, muy sincera—. No lo sabía.

De pronto, aquel hombre que se había muerto sin darse jamás el gusto de hacer lo que su alma le pedía me caía bien. Era como uno de esos antepasados que una tiene y a los que acaba cogiéndoles cariño cuando descubre que tenían el mismo defecto, la misma enfermedad, el mismo fario o la misma pena que una. Es verdad que le había hecho bien hecha la puñeta a su alma, pero seguro que no fue por su gusto, sino porque no pudo ser de otra manera. Las cosas, por suerte, han cambiado una barbaridad, aunque lo que es sufrir, se sigue sufriendo. Aquel hombre tuvo la mala fortuna de que el alma le saliera *drag-queen* fuera de temporada: lo pasaría fatal. Aunque no se le notase. Aunque en toda su vida no se permitiera otro desahogo que aquel de pedir mucho color en su entierro. Bien mirado, me dije yo, no dejaba de ser un entierro como muy a lo Marlene Dietrich.

El funeral estaba terminando. De nuevo nos habíamos puesto todos de pie y la ceremonia había tomado un aire específicamente fúnebre: después de todo, aunque para cualquier cristiano el encuentro con el Señor es motivo de júbilo, aquello no dejaba de ser un funeral, y seguro que había personas muy afectadas. Yo seguía sin distinguir a la viuda y a los hijos, pero me dio apuro preguntárselo al alma del finado, me parecía de tan mal gusto como preguntarle a la segunda mujer de cualquier mortal por la primera mujer del susodicho. Lo que sí le pregunté al alma del muerto fue:

—¿Tienes planes?

—Viajar —dijo ella—. Conocer hombres. Jugar con sus sentimientos. Y cuando alguno se me ponga a lloriquear, diciéndome que por mi culpa se fue a la guerra y que ha cambiado horrores desde que le dejé, le contestaré, como le contestaba la loca de la Marlene a Clive Brook, que yo también he cambiado: «De peinado, querido».

Le miré el peinado. Lo tenía cuidadísimo. Desde luego, para ser el alma de un caballero de Castilla había salido muy creativa y muy suelta.

El coro de la abadía entonó un *Requiem* polifónico de mucha sonoridad y mucho virtuosismo. El abad dio la venia para que se cerrara el ataúd. Luego, seis seglares jóvenes y fornidos lo alzaron en hombros. La comitiva emprendió una marcha lenta y llena de recogimiento por el pasillo central de la iglesia, camino del patio. Muchas personas se santiguaban con devoción al paso del féretro, y algunas cabeceaban con pesadumbre en señal de despedida. Yo noté que el alma del difunto estaba emocionada, aunque trataba de disimularlo con aquel aire de artista de cine con fama de comehombres. Cuando el féretro pasó por delante de nosotras, ella tragó saliva, se humedeció los labios, tensó y destensó los músculos faciales para que el rostro le quedase limpio de tensiones emotivas, se volvió hacia mí y me preguntó:

—¿Vienes al cementerio? El panteón es una obra de arte.

A mi espalda, Dany, como si hubiera escuchado la pregunta, me dijo:

—Vámonos enseguida a la hospedería, no sea que nos quedemos de nuevo sin habitaciones.

No hizo falta que yo dijese nada. El alma del muerto sonrió, muy comprensiva.

—Ha sido un placer —dijo, y me dio dos besos muy estilosos.

—Mucha suerte —dije yo. Y no sé por qué me acordé en aquel momento de mí misma el día que dejé mi casa, el día que dejé a mi gente, para irme a Cádiz, a empezar a vivir como lo había soñado desde que tuve uso de razón.

En vela, pero con los pies en el suelo, me pasé las tres noches siguientes. Y es que la abadía de San Esteban de los Patios, de noche, era como yo me he imaginado siempre que tiene que ser el Purgatorio. De día no es que aquello fuese Disneylandia, pero había un cierto ajetreo de frailes y huéspedes que iban de un lado para otro, entregados a algún trabajo manual o a la lectura o a pasear tranquilamente sumidos en la meditación, y hasta eso, dar barzones por los patios con la mente ocupada en desentrañar los misterios espirituales, levanta su rumorcillo y distrae el oído de quien, como una servidora, todavía lo tiene muy sensible a los bullicios de este mundo. Sin embargo, en cuanto se ponía el sol —y en aquella época del año el sol se ponía allí a las seis de la tarde— sobrevenía una calma tan absoluta, pero tan melindrosa, que a un oído tan cogelotodo como el mío no había sonido que se le escapase. Y mientras los sonidos eran relajados y armoniosos, como en los rezos y las salmodias de vísperas y completas, una se podía ir poniendo en situación, pero cuando empezaban a salir de todas las celdas y todas las habitaciones aquellos ruidos de latigazos, y los ayes lastimeros —cuando no los gritos desgarradores—

de todos los que se flagelaban o se dejaban flagelar, yo me ponía mala y ya no podía ni pegar ojo ni sumergirme en la fuente que mana y corre. Bueno, la verdad es que ni siquiera daba con la susodicha fuente. Entonces me liaba a pensar en lo bien que se lo estaría pasando el alma decidida y liberada de don Rodrigo González de Aguirre.

Y pensaba con mucha aplicación en el alma de don Rodrigo para ver si de esa forma dejaba de pensar en lo otro. Porque ya no se trataba sólo de que oyese, como los oía, los lamentos y gritos de dolor, es que no podía quitármelos de la cabeza. Quiero decir que, el primer día, tardé mucho en reaccionar, pasó por lo menos una hora antes de que me pusiera en los oídos unos tapones de cera que siempre llevo conmigo porque desde renacuajo he sido de sueño ligero —aunque estaba convencida de que, en la placidez de los monasterios en los que planeábamos hospedarnos, no los iba a necesitar—, y quedó clarísimo que llegué tarde, porque era como si los ayes se me hubieran clavado en la memoria, y allí estaban, impertérritos, aunque los tapones de cera me dejasen, como me dejaban, sorda como una tapia. Y al día siguiente, y al otro, no sirvió de nada que me encajase los tapones a las cinco de la tarde, porque es cierto que dejé de escuchar todos los sonidos corrientes, los agradables y los desagradables, pero desde el momento en que todo el mundo, después de completas, se retiraba —a sus celdas, los monjes; a sus habitaciones, los huéspedes— empezaba yo a oír aquel concierto de gemidos, con algún alarido intercalado, que era exactamente el mismo que el que yo siempre me he imaginado como típico del Purgatorio.

Qué angustia. Me imaginaba yo los cuerpos retorciéndose, pero sin parar de castigarse, porque tenían que purgar sus culpas. Me imaginaba a aquella pareja que tenía una pinta tan fenomenal —el cincuentón canoso y la cuarentona bajita, pero bien formada— turnándose con el látigo, y la veía a ella desnuda y amarrada al sobrio cabecero de madera de la cama, con su media melena pringosa como una aljofifa después de fregar un quirófano, con todo el cuerpo en carne viva, con la voz ronca por el sufrimiento, pero sin dejar de pedir más latigazos porque estaba a punto, lo que se dice a punto de levitar; y lo veía a él, al principio él no iba completamente desnudo, llevaba un taparrabos de cuero que le sentaba como un guante, y desde luego se conservaba divinamente para la edad que tenía, se le marcaban bastante los músculos cada vez que pegaba el latigazo, y estaba empapado en sudor, a veces la sangre de ella le salpicaba y era como si a él se le acabara de reventar un grano, pero la verdad es que él no perdía el estilo en ningún momento, ni siquiera cuando perdía la cabeza y se ponía a chillar y a decirle a ella que ya estaba bien, que también él quería sufrir, que también él quería purgar sus culpas, que también quería estar completamente desnudo, amarrado a la cama, cosido a latigazos, y entonces él la desataba a ella y ella se resistía y pedía más y él la sacaba de la cama a empujones y se tumbaba y empezaba a pegarse latigazos —lo que, en aquella postura, resultaba complicadísimo— hasta que ella iba entrando en razón y comprendía que ni siquiera en la penitencia hay que ser agonías y cogía el látigo y él empezaba ya a pegar unos gritos que rompían el corazón. Claro que, para gritos, los que pegaba la muchacha pequeña y pálida mientras el hombretón rubio le daba latigazos. Yo los oía. Los oía como si ellos estuvieran dentro de mi habitación. El hombretón rubio, completamente en cueros, desde luego era un adonis. Pero daba miedo ver cómo pegaba a la chiquilla, y eso que la chiquilla estaba tan de acuerdo con que le pegase que, cuando el latigazo le acertaba en el estómago, ella se lo abrazaba para que el látigo —y, de paso, los trozos de las piedras que lapidaron a san Esteban— se le quedase clavado el mayor tiempo posible. Entonces el hombretón protestaba, como es lógico, porque él también quería ser flagelado, como quería ser flagelada la mujer alta cuando el hombre bajito ya era lo que se dice un guiñapo, y eso que el hombre bajito no gritaba como un réprobo, el hombre bajito gemía como un perrillo con calentura, y como el hombre bajito no estaba para nada y la muchacha pequeña tampoco, y sobre todo no estaban para liarse a latigazos con la mujer alta y el hombretón rubio, respectivamente, el hombretón rubio y la mujer alta cogían los látigos y salían al pasillo y se buscaban con verdadero frenesí, y allí mismo, en el pasillo, cuando se encontraban, se ponían a flagelarse como fieras el uno al otro, y toda la hospedería se llenaba de sus ayes desgarradores, y aquellos ayes se enredaban con los ayes de la pareja con una pinta fenomenal, y con los de Dany, que también salía de su habitación, a ver si alguien le daba con el látigo más fuerte de lo que se daba él, y yo me lo imaginaba todo con una claridad que se me ponía un cuerpo malísimo, y no servía de nada que me empujase como una fanática los tapones de cera que me había puesto en los oídos, al contrario, cuanto más me empujaba más ayes oía, y no sólo los de Dany y los del hombre cincuentón y la mujer cuarentona y el hombretón rubio y la muchacha pequeña y la mujer alta y el hombre bajito, no sólo ésos, sino muchos más, todos los que llenaban la abadía como llenan el Purgatorio, en cuanto se ponía el sol. Así durante tres días. Y el cuarto día me planté y me dije: Rebecca, esto no es lo tuyo.

También se lo dije a Dany, sin la menor contemplación:

—Hoy mismo nos vamos. A mí esto me bloquea la experiencia mística como no te puedes ni imaginar.

Dany intentó hacerse el remolón y se puso a explicarme los buenísimos resultados que da la vía punitiva durante las primeras moradas. Pero yo le dije que a mí la vía punitiva sólo me daba escalofríos y que yo me imaginaba la santidad, y especialmente la santidad mística, de una forma mucho más poética, sin aquella carnicería horrorosa, con mucha luz y un aire muy limpio, con una piel muy tersa, con unas posturas sencillas pero elegantes, con una música suave y con suspiros producto del embeleso, no con aquellos alaridos más propios de un aldea en tiempo de matanza que de un vergel frondoso donde la amada —enajenada, desde luego, pero dulcemente— retoza con el Amado.

—Rebecca —me dijo él—, el éxtasis no es una verbena. Tiene una primera fase muy dura, puesto que el alma debe liberarse de las miserias del cuerpo y para eso hace falta que el cuerpo sufra.

Pero yo no quería que mi cuerpo sufriera. Ya me privaba yo lo suficiente de las cosas que me pedía el cuerpo como para, además, darle una paliza. Mi cuerpo podía ponérseme farruco y decirme, con razón: ¿para esto querías el cuerpo que tienes, desgraciada? Bien estaba no darle emociones mundanas ni caprichos, pero de ahí a dejarlo para el arrastre había un trecho. Y mi alma seguro que tampoco era demasiado tiquismiquis. Como además mi alma ya tenía corrido todo lo que en esta vida se puede correr —y no como el alma de don Rodrigo González de Aguirre, que, en cuanto pudo volar por su cuenta, salió escopeteada a alternar y a conocer mundo—, tenía mucho ganado, o debería tenerlo si en aquello de la mística había justicia, para gozarse mutuamente con el Amado, adentrándose con él en la espesura sin necesidad de dejarse antes el cuerpo hecho una llaga.

—Tiene que haber un sitio —le dije a Dany— donde se pueda combinar el descanso honesto y sano, e incluso un poco de ejercicio de puro mantenimiento, con el cultivo intensivo de la espiritualidad.

Dany intentó protestarme, pero yo rebusqué en mi bolso las llaves del coche, comprobé ostensiblemente que las tarjetas de crédito estaban en su sitio, hice un comentario candoroso sobre lo urgente que era encontrar en alguna parte un cajero automático porque estábamos sin *cash,* y a Dany debió de iluminarle en aquel momento el Espíritu Santo sobre el camino a seguir, porque, con cristiana resignación y docilidad de chico de compañía, fue y dijo:

—Está bien. Yo conozco el sitio que buscas.

Claro que por lo visto había un inconveniente: los padres benedictinos del santuario de San Juan de La Jara, cuyas instalaciones contaban incluso con certificado de calidad de la Unión Europea, sólo admitían a hombres.

Tercera morada

Cuando por fin me vi instalada en una habitación preciosa con impresionantes vistas a la sierra de La Mortera y a las peñas de Armijo, me alegré de lo que había hecho. Lo que no podía imaginar era el desbarajuste interior, y sobre todo el reloqueo hormonal, que aquello iba a ocasionarme.

Es verdad que tuve muchas dudas, porque era como plantarse de sopetón en un pasado remotísimo, igual que en esas películas en las que el piloto de un avión supersónico y con todo el cacharrerío a la última se encuentra de repente en un paisaje prehistórico y empiezan a pasarle cosas que sucedieron hace millones de años. Por eso nada más tener la ocurrencia tuve también un reventón de remordimiento, y empecé a darle vueltas, a decirme que a lo mejor no tenía ningún derecho a mudarme a vivir a mi propia prehistoria, que también eran ganas de jugar con fuego, que a nadie con dos dedos de frente y una mijita de consideración consigo mismo se le ocurre, al cabo de los años, echarse al cuello la soga con la que estuvieron a punto de ahorcarlo, o embadurnarse de nuevo la cara con un potingue que casi le arruina el cutis para siempre por culpa de una reacción alérgica. Pues algo parecido a eso era quizá lo que yo estaba a punto de hacer.

En el otro plato de la balanza estaban los deleites incomparables que, según la propaganda del albergue de

San Juan de La Jara, se llegan a establecer entre el amigo y el Amado. El folleto, profusamente ilustrado con fotografías muy artísticas y sugestivas de las instalaciones que el santuario ponía a disposición de los huéspedes —piscina, frontón, pista de tenis, gimnasio completísimo y sauna, además de salas de lectura y de un salón social destinado «a disfrutar de la mutua compañía sin menoscabo alguno de la virilidad»—, hablaba de los gozos de la divina camaradería, del delirio exclusivo que está reservado en el verde embeleso de la vida celestial al amor de los amigos, de los sublimes espasmos que proporciona la fraternidad bien entendida y mejor elevada hasta las cumbres del espíritu, y de los manjares que celosamente se guardan para el amigo en la alacena cuya llave sólo tiene el Amado. Leías tan embriagadora y espiritual provocación y, claro, se te ponían los dientes largos.

—Tú verás —me dijo Dany, que no quería irritarme, pero tampoco privarse de la satisfacción de recordarme que, si estaba en aquel aprieto, era porque yo me había empeñado—. O te decides o ya podemos ir buscando un albergue de menos nivel.

Me decidí. En principio, nuestra intención fue acercarnos a Palencia, que era la población más cercana con empaque suficiente para que pudiéramos sacar dinero de un cajero automático y comprar ropa de mi talla en alguna buena tienda de confección de caballeros, pero por el camino fuimos a dar a un pueblo no muy grande aunque con todo lo que necesitábamos. Sólo había una oficina bancaria, pero tenía cajero y admitió sin rechistar mi tarjeta. En las afueras, pegada a la gasolinera, una tienda amplia y bien surtida, aunque decorada como la casa de una asistenta por horas admiradora ferviente de Ivana Trump, ofrecía no sólo a los habitantes del pueblo, sino a los de toda la comarca —estaba concurridísima—, cualquier cosa que una familia a la antigua pudiese necesitar. Todo estaba desordenadísimo, o quizás ordenado de una manera incomprensible para el forastero, pero nosotros íbamos a tiro hecho y preguntamos por ropa de hombre. Estaba al lado del mostrador de la charcutería y tuvimos que esperar a que el dependiente, un rubiales apenas metido en la treintena y con un cuerpo de minero australiano, despachara los avíos del cocido a una señora con un parche muy aparatoso en un ojo.

—Talla para usted no tenemos —dijo el dependiente desde lejos, señalando con la cabeza a Dany.

—Uy, no es para él —dije yo, y me fui al encuentro del rubiales soltándole un poco la rienda a mi feminidad, que tampoco era cosa de que aquel ejemplar tan reluciente sacara de mí una impresión equivocada, diera la voz en el pueblo de que allí había una tortillera muy jaquetona y salieran los mozos a la carretera a apedrearnos.

Improvisé una historia bastante convincente. Le expliqué que un hermano mío estaba de novicio en el santuario de San Juan de La Jara desde hacía dos años y medio, pero que había tenido la desgracia de perder la vocación, quería salirse y necesitaba ropa de seglar, porque la que llevaba cuando entró en el convento ya no le servía. Se trataba, naturalmente, de comprarle una ropa muy discreta, porque el que hubiera perdido la vocación no significaba que quisiera dedicarse a la tonadilla, y yo estaba segura de que en aquel comercio tan apañado y tan surtido iba a encontrar lo que buscaba: un conjunto de chaqueta y pantalón en un gris lo más sufrido posible, un jersey de cuello alto y mejor negro que gris, más que nada para evitar la monotonía, un par de camisetas de algodón sin mezcla de fibra porque mi hermano bastante disgusto tenía con haberse quedado sin vocación y no había ninguna necesidad de que acabara con la piel escocida por lo alérgico que era a lo sintético, calcetines también de algodón y también negros o grises, y zapatos cómodos, mejor mocasines y desde luego negros, que no hay nada más feo que un hombre de gris o negro y con zapatos marrones.

—¿Tampoco le sirven a su hermano los zapatos? —preguntó, sin asomo de sarcasmo, el rubiales. Como muchos hombres con pinta de mineros australianos, en el fondo era un bendito.

Entonces se me ocurrió otra historia preciosa.

—Es que los zapatos que tienen ahí los monjes —le dije— son de la comunidad. Además, sirven para que los monjes hagan penitencia. Todas las noches, dejan los zapatos en la puerta de la celda, y el padre prior los cambia según Dios le da a entender. Por la mañana, cada uno tiene que ponerse el par que le haya tocado y soportar durante todo el día la incomodidad de unos zapatos que le están grandes o el martirio de unos zapatos que le vienen pequeños. A veces, claro, los zapatos son de su número y ese día descansan de penitencia.

—¿Y si al cabrón del prior le da por poner delante de una puerta un zapato de un número y otro de otro? —preguntó el rubiales, evidentemente convencido de que aquello, más que una penitencia, era una perrería.

—Eso me parece que sólo lo hace en cuaresma —dije yo—, cuando todos los monjes llevan zapatos de distinto número, porque no hay descanso de penitencia que valga.

El rubiales, muy impresionado por todas aquellas revelaciones, se puso a nuestra entera disposición y se esmeró con su mejor voluntad en encontrar lo que le había pedido. Claro que estaba el problema de la talla.

—Mi hermano es prácticamente igual que yo, parecidísimo de hechuras, aunque en hombre, como es lógico. Algo que me vaya bien a mí seguro que le sirve, aunque sea para salir del paso.

El rubiales me dedicó una mirada experta. Yo noté que se me hacía un nudo en la boca del estómago, porque hacía ya bastante tiempo que no me sentía mirada de aquel modo. Mis formas de mujer temblaron como tiembla un polluelo cuando sabe que están a punto de echarle mano. Rebecca, me dije, hay que ver lo frágil que eres todavía: basta con que un hombre te mire con ojos un poquito penetrantes para que se te derritan los fundamentos de la personalidad. Estremecida, me aconsejé a mí misma disimular y pensar en otra cosa. Después de todo, la mirada del rubiales era una mirada técnica, la mirada de un profesional, igual de seria y puntillosa que la mirada de un médico. Claro que al rubiales se le estaba poniendo una cara que parecía la de alguien a quien poco a poco empezaran a estrangular. Estaba visto que la mirada del rubiales empezaba a descubrir maravillas debajo de mi discretísimo vestuario de aquella mañana. Llevaba yo un blusón de color cobalto e inspiración mahometana, muy apropiado para calmar el fanatismo de un talibán, y una falda recta de cuadros pequeños en grises y azules; sobre los hombros, una rebeca granate que, en mi opinión, me daba un aire de catequista seglar muy delicado, capaz de confundir miradas impertinentes. El problema de la mirada del rubiales era precisamente que no se podía considerar una impertinencia. El rubiales miraba porque no tenía más remedio que hacerlo para calcular la talla de la ropa que queríamos comprarle, pero era la mirada de un experto y no tenía más remedio que descubrir la verdad: la mujer arrolladoramente sexy que una era. Menos mal que el rubiales era un profesional, así que no se entretuvo en el miramiento más de la cuenta, tragó saliva y dijo:

—Talla cincuenta y dos.

A todo esto, Dany se empeñaba en probarse unos chalecos bastante imaginativos, llenos de cremalleras por todas partes, pero de talla tan pequeña para él que no le pasaban del codo. De pronto, nada parecía tener ni pies ni cabeza. Yo andaba buscando una ropa de hombre que había aborrecido toda mi vida, porque vestirme con esa ropa era por lo visto el único modo de tener levitaciones en un entorno monástico de mucho nivel, y Dany se ofuscaba con prendas típicas de efebos esbeltos, como si esa ropa pudiese conseguir el milagro de que él dejase de ser el mastodonte que era. Nosotros queríamos ser profundos y elevados, pero algo tan de andar por casa como la ropa parecía de repente nuestra única tabla de salvación. Daba mucha lástima ver a Dany obcecado en seguir probándose aquellos chalecos que eran todos iguales y todos minúsculos para aquella explosión de musculatura, pero supongo que también daba mucha lástima verme a mí tratando de elegir entre todas las chaquetas, todos los pantalones, todos los jerséis de cuello alto y todas las camisas que el dependiente rubiasco iba amontonando sobre el mostrador. El dependiente volvió a mirarme con la aparente formalidad de un guardia civil de tráfico, pero yo sentí que me miraba por debajo de la ropa. Todo era muy dramático y muy raro: el dependiente intentaba verme vestida de hombre, y yo estoy segura de que lo único que conseguía era verme cada vez más mujer.

—Creo —dijo, sin conseguir controlar del todo la voz— que cualquiera de estas cosas puede servir. ¿Quiere usted probarse algo para hacerse una idea?

Naturalmente, le dije que ni loca. Y creo que se lo dije con demasiado ímpetu —como esos hombres que, cuando les preguntan si alguna vez llegarían a acostarse con otro hombre, arman una escandalera horrorosa y dicen a gritos que ni muertos—, se lo dije como intentando espantar de un empujón el antojo de vestirme de hombre otra vez. Allí estaba aquella ropa y ahora no me daba miedo, ni me daba rabia, ni me daba asco. Parecerá una locura, porque a mí misma me lo parecía, pero la pura verdad es que me daba hasta un poquito de morbo. Seguro que el rubiales estaba viéndome vestida con aquella ropa y se le estaban desbocando los caprichos entre las piernas. Dany no dejaba de coger y dejar chalecos, como si todos no fueran iguales ni de la misma talla. El rubiales dijo:

—Con una chaqueta de tres botones, que son las que se llevan ahora, todo el mundo está abrigado y elegante.

Lo dijo despacio, con la voz muy amortiguada y con mucha seriedad y mucho comedimiento. Lo dijo mirándome de una manera que yo noté que no estaba pensando «en todo el mundo», sino en alguien muy concreto y particular.

—Para que siente bien una chaqueta de tres botones —dije yo, tratando de mantenerme distanciada de aquella ropa— hay que ser un poco hundido de pecho. En cuanto el hombre tenga un poco desarrollados los pectorales, le cae como un tiro.

El rubiales, sin dejar de mirarme, se llevó despacito las manos a los pectorales, se los restregó un poco con una parsimonia que a mí se me antojó muy voluptuosa, y dijo:

—A mí de aquí no me falta. Y cuando me pongo una chaqueta así, no tengo ninguna queja.

Dany seguía a lo suyo, ahora se empeñaba en imaginarse dentro de unas sudaderas que le estarían pequeñas hasta a su ángel custodio. Yo no quería mirarle los pectorales al rubiales con demasiada atención, pero la verdad es que eran unos pectorales bastante graciosos y apetecibles; no eran desmesurados como los de Dany, pero sí apretaditos, respingones y con aspecto de ser muy cómodos si una apoyaba en ellos las sienes. El rubiales tampoco apartaba la vista de mi pechera.

—Hasta a usted —dijo, con las palabras un poco turbias por el esfuerzo que tenían que hacer para salirle por la boca— le sentaría bien una chaqueta de ésas.

Yo me turbé. En realidad, llevaba turbada casi una hora, pero ahora me turbé más porque de pronto me imaginaba desbocándole la lascivia a aquel mocetón colorado porque él me imaginaba vestida de hombre. Era como si la mirada del rubiales me llegase tan adentro que conseguía ver hasta lo que yo había dejado de ser, lo que yo no había sido nunca porque me había empeñado en no serlo ni parecerlo; me había plantado ya en su imaginación una chaqueta y me veía superpuesta al tío que pude haber sido, y aquello, vaya por Dios, lo ponía cachondo. Estaba clarísimo que se derretía de ganas de verme con una de aquellas chaquetas puesta. Era angustioso, pero le dije:

—No creo que diese el pego. No es por presumir, pero una es de pechera muy prominente, aunque no lo parezca.

Horrorizada, me di cuenta de que la frase me había salido en un tono muy sensual. O escapaba de allí lo antes posible, o todo lo que hubiera avanzado hasta entonces en mi propósito místico podía quedarse en agua de borrajas. Poco tenía que haber fraguado aún mi desarrollo espiritual, si la mirada de un hombre bastaba para ponerme en semejante aprieto. Cierto que no era una mirada corriente, que era una mirada llena de curvas y recovecos y se metía por donde yo me pensaba que ya no podía meterse mirada alguna, pero precisamente por eso me sabía en peligro, precisamente por eso tenía que alejarme de aquellos ojos tan retorcidos, tan morbosos, tan humanos, y buscar refugio en los dominios donde el Esposo todo lo ve sin necesidad de querer desnudarte con la forma en que te mira.

Me acomodé bien la rebeca, como si hubiera bajado

de golpe la temperatura, y me volví para decirle a Dany que era hora de irnos. Aquello me sirvió para domesticar la sensualidad y recuperar el dominio de mí y la compostura. Expeditiva, le dije al rubiales:

—Me llevo ese pantalón, ese jersey, ese paquete con tres camisetas, cuatro pares de calcetines negros y esa camisa blanca por si acaso. Además de la chaqueta de tres botones, claro. Y no hace falta que se ponga ahora a buscar los zapatos, ya me las apañaré. Bueno, quiero decir que ya se las apañará mi hermano, naturalmente.

El rubiales dudó un momento. Pero una sabe cómo pararle los pies a cualquier botarate que se piense que, porque una es vistosa, todo el monte es orégano; de algo tenían que servir casi veinte años de farandulear, con lo que en ese mundillo hay que bregar para poner a cada uno en su sitio. De todos modos, el rubiales era un corderito en comparación con los lobazos que a una le han salido en la vida. Bajó los ojos, hizo una muequita de resignación que le quedó bastante simpática, inmediatamente recuperó la vena profesional, y se puso a meter en una bolsa, con mucho miramiento, todo lo que le había indicado. Es verdad que dejó la chaqueta para el final, y que, cuando la cogió para meterla en la bolsa, y antes de doblarla, tuvo un último arranque, como esa mejoría repentina que tienen los moribundos y que es la señal inconfundible de que ha llegado el final. Me miró otra vez a la cara, se le pusieron ojitos de mendigo, y me suplicó:

—Pruébesela, por favor.

Me conozco y sé que lo que no me saca un duro me lo saca, a poca cancha que yo le dé, un tierno. Por eso no me entretuve en contemplaciones. Le dije:

—¿Cuánto se debe?

El rubiales, por lo visto, estaba acostumbrado a perder. Sonrió, pero lo hizo como despistado, como si no se le ocurriera qué otra se podría hacer en aquel momento. Utilizó con mucha soltura una calculadora y dijo:

—Treinta mil quinientas. Le he hecho un diez por ciento de descuento.

A eso se le llama, creo yo, regodearse en la adversidad. En ese momento, además, llegó Dany con uno de los chalecos cuya talla al parecer estaba dispuesto a merecer algún día, y el rubiales también le descontó un diez por ciento. Yo me sentía a salvo. Dejé que Dany cogiese la bolsa, y era como ir desnuda, dispuesta a ponerme a solas, sin testigos que me sacaran de situación con sus ojos pordioseros, la ropa que viste el amigo cuando se expone al disfrute de la sublime mirada del Amado.

No me hizo falta volver la cabeza para saber que el rubiales estuvo mirándome desde la puerta de la tienda, con la vista nublada por la calentura de su imaginación, hasta que me metí en el coche.

Dormí mal. Yo había decidido que pasáramos la noche en un motel de carretera, a poco más de dos kilómetros del santuario, y que, como siempre, lo hiciéramos en habitaciones individuales. Pero esta vez no se trataba de que yo no molestase a Dany en su itinerario sobrenatural, sino de que ni él ni nadie asistiera a una mudanza de tanto alcance y tan gran hondura que me imaginaba que sería como efectivamente fue.

Me acosté en cueros vivos. Nunca lo hago, y no es que una sea de dormir en camisón con mucho lazo y mucha tira bordada, pero siempre me ha gustado dormir con algo puesto, aunque sea lo mínimo, unas braguitas coquetonas y que me cubran simplemente el cofrecito de la mujer. Parecerá tonto, pero me siento como protegida, sobre todo desde la operación. Cuando era niño, para dormir, no me quitaba los calzoncillos y me ponía el pijama encima, era como si, por dejarme mucha ropa, pudiera así olvidarme de lo que era, de lo que tenía, como si lo pudiera asfixiar como se asfixian, con una manta, a los gatillos recién nacidos que no quiere nadie. Después, de jovencillo, cuando empecé a ponerme a escondidas ropa de mujer y a irme de noche a la Colonia con mis partes bien aplastadas con vendas y esparadrapos, para dar el pego y que no se notara ningún tolondrón si llevaba unos tejanos ceñidos o una faldita estrecha, a la hora de acostarme era un sufrimiento desbaratar todo aquello, pero no por lo que dolía despegar los esparadrapos —que también—, sino porque me daba cuenta de que, mientras aquello siguiera allí, nunca iba a conseguir engañar a nadie del todo ni engañarme del todo a mí mismo, y procuraba dejarme al menos las vendas debajo del esquijama y la braga, aunque flojitas, porque la Débora conocía a una que casi se muere por tenerlo todo, día y noche, disimulado a presión. Luego, en Cádiz, cuando dejé de ponerme del todo ropa de hombre, y recogerme el mandoble dejó de ser un paripé para convertirse en algo tan natural y tan de verdadera necesidad como lavarme los dientes después de cada comida, que de no hacer esas dos cosas me habría sentido rara de boca y de ingle, una compañera de fatigas, que era un hacha para la artesanía y la costura, me hizo —como les hacía a todas las del gremio— una fundita acolchada de quita y pon, con forma de bollo suizo y fácil de lavar, que aliviaba mucho el engorro de camuflar todos aquellos estorbos. Yo le encargué unas cuantas, y eran de tanta calidad y tan cómodas que estuve utilizándolas hasta que me operé, día y noche. Y desde que me operé, ya digo, siempre me ha gustado dormir con una braguita, que con los pechos es una cosa que no me pasa, porque los pechos me los noto yo a prueba de bombas, pero ese estuchito que me hicieron en el quirófano siempre me ha parecido que es muy delicado, siempre he sentido yo que tenía que protegerlo un poco, como cuando una cubre con una servilletita muy limpia y muy replanchada las tostadas del desayuno. Sin embargo, aquella noche, en la habitación de aquel motel de carretera, me metí en la cama completamente en cueros, con el estuchito al aire.

Antes me había desnudado muy despacio, de pie, delante de la luna del ropero de la habitación. Sólo había dejado encendida la lámpara de la mesita de noche y, como la pantalla era de color arropía, la luz salía flojita, sonrosada y favorecedora. Me dije: Rebecca, tienes que estarle agradecidísima a tu talento artístico, porque el baile, por un lado, y la responsabilidad ante tu público, por otro, han hecho que te conserves estupendamente. Cierto que aquella facha sensacional, aquellos encantos tan trabajosamente adquiridos, tan bien conservados y tan específicamente femeninos iba yo a esconderlos a la mañana siguiente dentro de una ropa de hombre, pero es que los caminos del Señor son imprevisibles y para gozar de la dicha entera que concede el Amado hace falta que una ofrende hasta lo que más trabajo y sufrimiento le ha costado conquistar, hasta esa condición peleada centímetro a centímetro de la cabeza a los pies, ganada a pulso, y que una pensaba que ya no tenía vuelta de hoja. Claro que también me dije: de todas formas, hija, no te olvides de darle también las gracias a la luz de la lámpara de la mesita de noche, que es buena y caritativa como una hermanita de los pobres, porque tú sabes mejor que nadie que los años no pasan en balde y que, por mucho baile que te hayas echado al cuerpo y por mucha responsabilidad ante tu público que haya presidido tu vida artística, a mejor ya no puedes ir, los descuelgues ya se empiezan a notar y ha sido todo un acierto, después de haber tenido la suerte de recibir una iluminación divina, el concentrarte en el adorno y el mimo de tu alma, en vez de en los halagos y remiendos que el cuerpo te pide.

Pero no te preocupes, cariño, le dije a mi cuerpo. Yo no iba a descuidarlo hasta terminar como un serón desportillado, yo iba a seguir tratándolo con muchísima consideración —porque ya me decían a mí de chico en las clases de catecismo que el cuerpo es en este mundo la morada del alma, y por respeto al alma hay que mantenerlo sano, aseado y lo mejor posible de apariencia, aunque sin las exageraciones a las que conduce la vanidad—, yo seguiría preocupándame por él y queriéndolo mucho, si bien el apego que más tiempo lleva y más energías consume —el que lleva a olvidarse a cada momento del resto de las cosas— de ahí en adelante estaría reservado a mi lado espiritual.

—No te pongas mustio, cariño —dije a media voz, hablándole a mi cuerpo—. Yo no te voy a abandonar, como si fueras un perro que estorba cuando uno se va de vacaciones. Es verdad que tendrás que pasarte sin caprichos, y es verdad que lo que voy a hacer mañana por la mañana para ti va a ser un trago, pero la mística se ve que a veces tiene estas cosas. Ya sabes que soy nueva en esto y que no tengo más remedio que dejarme llevar, pero créeme, tengo clarísimo que ni me voy a consentir a mí ni voy a consentirle a nadie que tú te sientas despreciado como si fueras basura. A lo mejor tengo que mortificarte un poco, pero nunca apaleándote, como hace Dany con ese cuerpazo que tiene, sino con mucho tiento y con la confianza de que tú lo vas a comprender, que al final ya verás como también tú me lo agradeces y a ti también te llega el disfrute que se tiene cuando se entra en éxtasis, que dicen que es una cosa con la que no cabe comparación. Anda, cariño, anímate, que ya verás como no te arrepientes de ser mi cuerpo.

Hacía mucho que no me acariciaba como estuve acariciándome aquella noche, mirándome en el espejo de aquel ropero en el que había colgado la ropa de hombre que me iba a poner al día siguiente. Me acaricié con mucho cariño la garganta, que es una parte del cuerpo que me exigió muchísimo trabajo y atención para no encontrarme, el día menos pensado, con una papada de arzobispo. Me acaricié, como si estuviera despidiéndome de ellos y los consolara diciéndoles que iba a ser un viaje corto y sin fatigas, aquellos pechos que seguían siendo espectaculares. Me acaricié el estómago con un sentimiento tan grande que a punto estuvieron de saltárseme las lágrimas, porque el estómago es como un hijo rebelde que, en cuanto te descuidas, te da un disgusto y te hace barrigona, pero al que se quiere como sólo una madre puede querer a un hijo difícil. Me acaricié, con un nudo en la garganta, el montecito al que por fin pude subirme para ser una mujer de cuerpo entero, y le pedí perdón porque a él también iba a tenerlo que disfrazar, que Dany, cuando me di cuenta en el motel de que se me había olvidado comprar calzoncillos, se ofreció a prestarme uno de sus minúsculos eslips, en los que, si le cabía todo, es porque sería poco lo que le tenía que caber. Y me acaricié con mucha suavidad y muy despacito los muslos, y la cintura, y esas abundancias peligrosas que hay debajo de la cintura, me acaricié como si acariciase la grupa de un caballo que ya no podía llevarme tan lejos como yo quería llegar, como si acariciase a un campeón que acababa de perder su primera carrera, aquel cuerpo que me había ganado a pulso y que en cualquier momento empezaría a tiritar.

—Anda, métete en la cama —le dije con mucho amor a mi cuerpo—, que vas a enfriarte.

Luego, en toda la noche, nunca llegué de verdad a coger el sueño. Mi cuerpo estaba tibio y a mí, en la duermevela, se me ocurría a veces que estaba pidiéndome que no me desentendiese de él. Otras veces, cuando trataba de aguantarme un poco la inquietud que me entraba, era como si mi cuerpo me crujiese por dentro, como si esos temblores y esas puntadas que hacen que un cuerpo sea el que es me echasen en cara, sin llegar a soliviantarse del todo, lo que pensaba hacer por la mañana, que era como arrepentirme por haberme empeñado demasiado en ser quien era. En algún momento, un poco más metida en el sueño, me veía hecha un fantoche, pero menos mal que nunca se me olvidó del todo que aquello lo hacía para poder entrar en un lugar donde sólo se admiten almas de varón y donde el arrobo se alcanza en el curso de actividades en las que reina la deportividad y el compañerismo y en instalaciones que permiten elevarse mucho sin tener que llegar hecho un cristo ante el Amado. De todas formas, como digo, me sobresaltaba cada dos por tres y cada dos por tres miraba el reloj, y cuando dieron las seis respiré hondo, encendí otra vez la lámpara de la mesita de noche, me levanté con una presteza y una agilidad que a mí misma me sorprendieron, y me puse manos a la obra.

Vestirme de hombre fue una cosa rara, pero bonita. No tuve que hacer de tripas corazón, que era lo que yo había temido durante toda la noche que me iba a pasar, sino todo lo contrario. De pronto, me sentía bien, contenta, ilusionada, como si fuera de estreno. Y la verdad es que empecé a sentirme así mientras me duchaba, debajo del chorro de agua muy caliente, porque no tuve yo la sensación de estar limpiándome de nada, en ningún momento pensé que tuviera que restregarme con muchos ímpetus para sacarme alguna suciedad de encima, sino que empecé a notarme como flotando en aquella nube de vapor, como si estuviera naciendo dentro de una cascada muy limpia y muy agradable, y era como si el resto del mundo y el resto de mi vida hubiesen dejado de repente de existir, y empecé a anhelar el momento en que me viesen los ojos del Amado, y deseé no verme hasta que el Amado no me viera, y no tuve que pensarlo demasiado para comprender que el único modo de conseguirlo era vestirme sin mirarme en el espejo.

Primero me puse el eslip que me había prestado Dany; era de color granate y, por fortuna, cien por cien de algodón, y comencé a sentirme como seguro que se sienten las vírgenes gitanas mientras las mujeres más ancianas de su familia las visten, las perfuman y acicalan para la ceremonia de su boda. Es verdad que yo había imaginado muchas veces las vísperas de mis desposorios con el Amado y el momento en que me bañaba en agua tibia y con sales aromáticas, el dulcísimo fervor que me embargaba mientras secaba con pañería selecta mi piel estremecida y peinaba con mucha delectación mis dorados cabellos, el temblor tan delicado que despertaba en las partes más sensibles de mi cuerpo la corsetería suavísima y de máxima calidad, la gran ligereza interior y exterior que me proporcionaba una túnica vaporosa y muy favorecedora y, para rematar el conjunto, el aspecto fresco y juvenil que le daba a mi frente una pequeña corona de tiernos capullos de rosas blancas; así me había figurado que sería todo, y las cosas estaban resultando de otra manera, pero sólo con respecto al ornato y a la imagen, porque las emociones eran las mismas. De hecho, cuando me puse los calcetines, y eso que no tenían nada de particular, fue como si cubriera mis pies con sandalias de raso adornadas con plumas exóticas, para que hasta en ellos —y es que, por lo general, los pies no son nada atractivos— pudiera recrearse la vista del Amado.

La única tarea en la que me atolondré un poco fue la de cubrirme los pechos. La camiseta me la puse con la misma felicidad y el mismo estado de positiva enajenación con que me puse el resto de las prendas, pero mis pechos no son livianos ni escurridizos precisamente y, claro, enseguida me di cuenta de que, debajo de la camiseta, abultaban con una rotundidad que el recepcionista del albergue de San Juan de La Jara tendría que estar ciego para no darse cuenta. Obligada me vi, por tanto, a poner los pies en la tierra, aunque fuese por tiempo limitado, y buscar una solución. Experiencia en un percance similar tenía, desde luego. A fin de cuentas, me había pasado años camuflando otros bultos indeseables con vendas y esparadrapos, aunque también era verdad que en aquel momento no tenía ni lo uno ni lo otro. Menos mal que de algo sirve haber visto muchas películas. Mujer de recursos, cogí una de las sábanas de la cama y las tijeritas de manicura que llevo siempre en el neceser y me puse a cortar la sábana en tiras, como si fuera una presa dispuesta a escapar descolgándose de la azotea de la prisión con la ayuda de una sábana hecha jirones. Y luego fue como retroceder de golpe unos cuantos años: me aplastaba con mucha aplicación los pechos con aquel vendaje y me veía empeñada en la misma tarea, pero en mis bajos, cuando era una criatura muertecita de desesperación por taparse lo que le estorbaba, y me acordaba de los millones de horas que pasé delante del espejo y tirando de aquí y de allá para que el apaño me quedase lo mejor posible, y no tenía que hacer ningún esfuerzo de concentración para sentirme como me sentía entonces, cuando me iba para la Colonia con un pellizco en el estómago por el miedo que me daba que aquella especie de momia que llevaba entre las piernas se me desbaratase por el camino o, lo que era mucho peor, mientras estuviera arrimándoseme un muchacho con el sentido comido por el calenturón. El mismo pellizco de angustia que sentí al pensar que también podía desbaratarse todo cuando cayese desmayada e inevitablemente desmadejada en brazos del Amado, si bien, en esta ocasión, mi actitud eufórica me llevó a pensar que el suspense ponía en la situación una emoción suplementaria, y la angustia fue pasajera.

En cuanto volví a ponerme la camiseta, entré de nuevo en aquella especie de trance prenupcial que se había iniciado debajo de la ducha. Mis abundantes aunque tersas formas quedaron todas recogidas como novicias en clausura y mi corazón temblaba como un palomo pichón refugiado de la lluvia dentro de su nido. El jersey de cuello alto, negro en última instancia, me proporcionaba una esbeltez, a medio camino entre lo masculino y lo femenino, muy insinuante. Los pantalones eran de pinzas y me quedaban largos, pero no se me abombaban en las caderas, lo que sin duda resultaba conveniente para mi apariencia de hombre, pero decepcionante, en el fondo, para mi condición irrenunciable de mujer; si el diálogo sentimental entre el amigo y el Amado no se convertía en definitivo y recuperaba yo algún día toda mi feminidad, tendría que prestarle un poco de atención a la curvatura de mis caderas. De momento, no obstante, todo salía a pedir de boca; puesto que los pantalones eran largos, podía utilizar mis propios zapatos, con algo de tacón, sin que, al quedar tapados, lo varonil de mi figura resultara inverosímil.

Cuando me puse la chaqueta sí que me entraron ganas de mirarme al espejo. Y no sólo porque al abrocharme el primero de los tres botones, el de arriba, la opresión que sentí me hizo dudar de la eficacia del vendaje de mis pechos, sino porque de repente, al saberme vestida de hombre de pies a cabeza, tuve un amago de vahído porque quise imaginarme, quise verme como en aquel momento me vería cualquiera, y no lo conseguí. Y me acordé de lo que me pasó una vez, en casa de mi madre, antes de que me fuera a Cádiz, que había un espejo encima de la consola del recibidor en el que yo me miraba un montón de veces al día, y siempre antes de salir de casa y cada vez que volvía, a la hora que fuese, que mirarme en aquel espejo se convirtió en una necesidad, en aquel espejo me vi yo crecer, cambiar, encogerme de pena o estirarme de coraje, en aquel espejo me gustaba a veces y me aborrecía otras, hasta que un día el espejo se rompió, o mi madre lo quitó porque se cansó de él, y fue como si en aquella pared se hubiera hecho un agujero muy hondo, que quería yo mirarme un montón de veces al día y siempre que entraba o salía de casa y ya no podía verme, por unos segundos pensaba que me había vuelto invisible para mí mismo, o que nunca más iba a reconocerme, y me daba vértigo. Pues algo muy parecido me pasó cuando me puse la chaqueta, que pensé que si me miraba en el espejo a lo mejor no conseguía reconocerme, y me dio una fatiga.

Me senté en la cama. Tenía que haber pasado mucho tiempo desde que me levanté porque ya empezaba a clarear. Antes de que os lleguéis al santuario, me dije, sería bueno que te pasaras por una barbería, aunque si no te ahuecas el pelo poco peligro hay de que el peinado te quede femenino. Escuchaba el tráfico cada vez más ruidoso de la carretera y empezaba a darme sofocación sólo el pensar en la velocidad. Yo quería ir en busca del Amado con premura, que cualquiera que busque llegar a lo más alto en los gozos del espíritu y a una santidad de categoría odia entretenerse en el camino, pero ya han dejado escrito los que consiguieron esa clase de santidad que hay que ir paso a paso, trecho a trecho, morada a morada. Yo no iba a precipitarme.

Llamaron a la puerta. Dany entró, se me quedó mirando como si se hubiera metido en una habitación equivocada, y luego hizo un gesto con el que vino a decir que le parecía increíble. Yo me puse de pie, para que me viese de cuerpo entero, y entonces Dany sonrió, creo que sin ninguna malicia.

—Hasta se te ha puesto cara de hombre —dijo.

Una vez, una amiga que había pasado el mismo calvario me dijo: «Según qué facciones tengas, puedes llegar a estar guapísima, pero la cara de fondo siempre es la cara de un hombre». Mira por dónde, aquello ahora se convertía en una ventaja.

—Estoy deseando llegar a esos salones destinados a disfrutar de la mutua compañía sin menoscabo de la virilidad —le dije a Dany—. Vamos.

Y en aquel mismo momento empecé a ponerme nerviosa. Tan nerviosa como veinte años atrás, aquel día de verano, cuando llegué a mi casa después de muchos años, convertida en Rebeca Soler, muertecita de ganas de que la casa entera fuese un espejo en el que, al mirarme, me reconociese.

Fue instantáneo. Fue tomar la decisión y convertirme en un manojito de nervios. Pero alguna vez tenía que ser, era una necesidad y una obligación que tenía conmigo misma, con mi dignidad y con mi amor propio, que no podía vivir eternamente con aquel cargo de conciencia, y así mismo se lo expliqué a la Tamara y a la Natacha cuando se pusieron a preguntarme si me lo había pensado bien, si no iba a matar a mi madre de la impresión, que estas cosas hay que prepararlas un poquito, que no se pueden hacer así, hala, de sopetón, a menos que una tenga unas ganas locas de estrenar mantilla de blonda negra y modelazo de luto. Ellas, como siempre, tomándolo todo a chufleo, y además tirando con pólvora ajena, porque ninguna de las dos había tenido aún lo que una mujer tiene que tener para hacer lo que yo hice.

Aunque yo comprendía que en algo sí que llevaban razón. No puede una presentarse en su casa, delante de su madre, con su nueva personalidad, su nuevo nombre y —sobre todo— su nueva decoración sin avisarle de alguna manera a la pobre mujer de lo que se le venía encima. Y eso que servidora estaba convencida de que mi vieja no iba a quedarse pasmada de la incredulidad, que lo mío era un cante desde que empecé con el pelargón, que ella tuvo que darse cuenta nada más verme en brazos de la comadrona, o en cuanto me cogió en sus brazos, mientras mi padre andaba celebrándolo por ahí, el botarate. Pero una madre nunca se engaña y nunca cierra los ojos, aunque por fuera alguna vez parezca otra cosa. Ella nunca va a renegar de ti; tal cual se lo dije a la Tamara y a la Natacha cuando se empeñaron en meterme el miedo en el cuerpo, cuando quisieron llenarme de dudas y no hacían más que llamarme por teléfono para decirme piénsatelo un poco más, mujer, que a tu madre le da una ausencia y acabarás teniendo que gastarte un dineral en alguien que te la cuide, porque a esas edades ya no se reponen de un susto semejante. Pero algo me decía a mí que esas dos arpías se equivocaban. Hombre, alguna impresión si que se llevaría la pobre mujer, pero sin aspavientos y sin ningún telele. Unas lagrimitas, todo lo más. Y es que había que admitir que la situación se merecía unas lagrimitas por lo menos, que a una madre no le pasa todos los días el que su hijo único se le presente hecho un figurín y pintadísima y le diga mamá, no te asustes, mírame bien, soy yo, tu niño —bueno, tu niña—, pero no llores, alégrate, ponte contenta conmigo, ahora yo soy feliz, así es como quiero ser, como quiero vivir, y como quiero que tú me quieras, aunque ya no me llamo Jesús López Soler, hazte a la idea, tienes que acostumbrarte, mi amor; ahora me llamo Rebeca Soler.

Nombre artístico, naturalmente. Pero era el nombre con el que quería vivir, con el que quería que me quisiera mi gente, con el que quería que me quisiera un hombre, cuando lo encontrase. Que lo encontraría, aunque tardase un poco; tiempo al tiempo. Sin embargo, para lo que ya no me sobraba tiempo era para que mi madre me quisiera como yo quería que me quisiese, como yo quería que me abrazara, que me acariciara, que me dijese al oído: ¿está contenta mi niña?, que me hablara de sus cosas y que yo le hablase de las mías, de mujer a mujer.

Por eso tomé la decisión y me juré no volverme atrás, a pesar de lo nerviosísima que me puse. Habíamos terminado la gira con *Sabor a gloria* —un éxito— y una mañana, toda decisión, me dije tengo que ver a mi madre, porque habían pasado seis años desde la última vez que estuve en el pueblo y sólo por carta, poquito a poco y con medias palabras, le había ido contando algunas de mis cosas. Qué ganitas de llegar a mi casa y decirle madre, aquí me tienes, sólo eso, para qué más explicaciones. Seguro que ella se ha hecho una idea, me dije, lo mismo me imagina ya más guapa que nadie, con un vestuario de quitar el sentido, con una facha estupenda y, sobre todo, con una alegría en los ojos, cuántas veces me lo preguntó, ¿qué le pasa a mi niño, por qué tiene mi niño la mirada tristona?, y cuántas veces se peleó con mi padre para que me dejase en paz. Ahora, con mi padre muerto, ya no tenía que pelearse con nadie para tenerme como yo quería que me tuviese, para quererme como yo quería que me quisiera.

Al entierro de mi padre yo no había querido ir, no porque tuviese ningún encono especial contra el pobre Vinagre, que es verdad que me hizo sufrir, pero no más que tantísimos otros y a lo mejor con la única intención de hacerme bien, porque bien que sabría las fatigas de más que le toca sufrir al que, encima de pobre, sale rarito, que a su manera él lo había tenido que sufrir en carne propia, no por mariquita, claro, sino por comunistón. Todo se lo tenía yo perdonado y siempre se me encoge el alma cuando pienso que no estuve a su lado cuando murió, ni cuando le dieron tierra, pero es que me cogió en un momento malísimo, en el peor momento desde que decidí cambiarme de una vez por todas, cuando no sabía si estaba de un lado o de otro, y no era una cosa del físico, que me estaba hormonando con un cuidado y una vigilancia —no como otras enajenadas, autodidactas perdidas en lo de meterse silicona y así les va, que hasta muertas hemos tenido—, y lo de la operación aún me lo planteaba como una especie de fantasía que me corría por la sangre y me hacía sentirme bien, a pesar de mis cosas de hombre, al menos de momento. Así que no era eso, no era una cosa física, era una cosa mental. Me levantaba por la mañana y era como si me encontrase en medio de uno de esos puentes de cuerdas y palos que van de un precipicio a otro y no estuviese segura de poder llegar a la otra parte, pero sí estaba convencida de que ya no podía volverme atrás. Y me pasaba los días sin atreverme a salir de casa, me sentía como un bicho raro que todo lo tenía blando, pringoso; estaba convencida de que bastaría con que alguien me mirase a los ojos para que se diese cuenta de que todo por dentro lo tenía a medio hacer. Hasta comer me parecía una locura, no sé, como si estuviera masticando para otro. Pero, con todo, lo peor no era eso, lo peor era cuando se trataba de mi manera de sentir, una alegría o un disgusto, hasta los más tontos, que de pronto se quedaban como en el aire, como si no acabasen de cuajar, como si no se fiaran de mí, de alguien capaz de romper con la persona que había sido hasta aquel momento. Por no hablar de los recuerdos. ¿A quién le pertenecían de verdad aquellas cosas que yo de pronto recordaba con la misma claridad de siempre, sin perder detalle, sin que se emborronasen las caras de las personas, ni las formas ni los colores de los sitios? ¿Todo eso era mío o era ya de la memoria de otro? Fueron unos días horrorosos, y mucho peores desde que, por culpa de lo que me pasaba, no pudiese ir al entierro de mi padre.

Yo sabía que mi padre estaba muy enfermo, que llevaba más de dos meses ingresado en la Residencia de Jerez, porque mi madre me lo dijo por teléfono y me tenía al tanto, sin atreverse a pedirme que fuera, porque ella la cabeza la tenía en su sitio. Los había visto a los dos unos meses antes, las últimas Navidades que pasé con ellos, mi ropa de diario y mi corte de pelo eran todavía los de un mocito, seguramente un poco más moderno de lo normal, siempre a la última moda, y ya entonces mi padre tenía la cirrosis avanzadísima. A mí me dio apuro decirles que había tomado la decisión de hormonarme, de hacer todo lo que estuviese en mis manos para parecerme lo más posible a lo que me sentía, que había ahorrado algún dinero y me lo podía permitir, podía estar algún tiempo sin trabajar. Para más adelante, ya estaba en conversaciones con una sala, Zona Reservada, para entrar como artista invitada en su espectáculo.

Lo de mi padre, según los médicos, lo mismo era una cosa de semanas que podía alargarse un año o dos. Cuando los médicos dicen eso, una siempre acaba poniéndose en lo mejor, aunque a mí nunca se me quitó el pellizco que sentía temiendo que pasara lo que acabó pasando. Una vecina fue la que llamó para decirme, con una llantera horrorosa, tu padre ha muerto, pobrecito, que Dios lo tenga en su gloria, y tu madre dice que a lo mejor no puedes venir, qué lástima, pero tu padre ya ha dejado de sufrir y tu madre es la que ahora tiene que descansar un poco, no sabes las ganas que tiene de verte.

Eso, lo último, seguro que era verdad, pero yo también estaba segura de que mi madre no lo había dicho, la vecina quiso poner por su cuenta un poco de condimento al duelo, también ella me conocía de toda la vida y cualquiera en su caso habría hecho lo mismo.

No tuve valor para llamar a mi madre y le escribí una carta, apenas una carilla, después de pensar y repensar cada palabra, porque todas me parecían chicas para lo que pensaba que tenía que decir, aunque de verdad lo único que me importaba era que supiese lo mucho que me acordaba de ella, cómo me daba vueltas en la cabeza durante todo el tiempo el haberme quedado en Madrid mientras a mi padre lo enterraban, cómo me daba cuenta de pronto de lo mucho que se quiere a un padre aunque se haya pasado la vida lastimándote, o eso es lo que una se piensa, porque al final se comprende que sólo quería lo mejor para ti, aunque por la equivocada. Mi madre no me contestó por escrito. Me llamó al cabo de unos días, me dijo que había recibido la carta y se le rompió un poquito la voz, durante un momento las dos nos quedamos calladas, y a mí me pareció que a ella le había entrado de pronto la duda, que de repente no estaba segura de estar hablando con el mismo hijo al que vio por última vez dos años atrás, y eso que la voz es lo único que no cambia por mucho que una se esfuerce, todavía no se ha inventado nada para eso. Era como si mi madre pudiese verme a tantísimos kilómetros de distancia, y se diera cuenta de lo que yo estaba cambiando y de lo mal que lo pasaba.

La verdad es que nunca quise decírselo por las claras. Pensé que no hacía ninguna falta, creí que bastaba con decirle en la carta que el médico me aconsejaba que no me moviese, tú no te asustes que ya sabes que mala no estoy, ni me he metido en ninguna operación peligrosa, estoy en buenas manos pero aún es demasiado pronto y en estas condiciones ni tú ni yo nos íbamos a sentir a gusto. Todo se lo dije por escrito, así, un poquito esquinado, porque no quise de ninguna manera mentar el verbo hormonarse ni la palabra mujer, el primero porque a mucha gente todavía le suena a capricho y la segunda porque me angustiaba.

Miedo me daba de pronto no llegar nunca a ser una mujer de verdad. Y ahora ya estaba metida en un callejón sin salida, en un camino que iba desapareciendo conforme yo daba pasos adelante, como en aquel cuento, el de las migas de pan que iba dejando una criatura para no perderse en el bosque, pero los pájaros se las comieron. Era distinto cuando por fuera tenía enteramente la forma de un hombre, entonces era más sencillo, aunque parezca una contradicción, porque todo se lo tenía que confiar a mis sentimientos, y de mis sentimientos yo estaba segura, no como luego, metida ya en aquella transformación, que el físico tenía que ponerse a la misma altura que el sentimiento, y yo, a las pocas semanas de empezar el tratamiento, no estaba nada segura de que lo fuera a conseguir.

La Cocó, que era una amiga sensata —y no como la Tamara y la Natacha, a las que todo se les va en lucir por fuera divinas—, me aconsejó que me buscase la ayuda de un psicólogo, que ella sí se hacía cargo del guirigay que se le puede organizar a una por dentro en un trance así, y no porque lo haya experimentado, que le tiene un canguelo espantoso a la cirugía y a todo lo sintético, ella todo lo confía a sus dotes histriónicas, que ella es genéticamente farandulera, biológicamente actriz, aunque cómica de oficio y de beneficio nunca lo ha sido, sólo aficionada, trabaja en una peluquería de caballeros y, si quiere, hasta da el pego de machirulo: la vi hace poco, después de un montón de tiempo de no saber nada de ella, y la verdad es que ha envejecido como un hombre.

Ese fue el consejo que me dio la Cocó. Pero yo decidí que no necesitaba un psicólogo para nada, que el mero hecho de pensar en buscarlo significaba que no estaba segura de mis sentimientos, y eso era algo en lo que yo no podía flaquear, en eso estaba mi salvación. Y en eso estuvo.

Fue como una subida al Calvario, o como la noche que Jesús pasó rezando en el huerto de Getsemaní, sólo que peor y más largo, no es por nada, y no es que quiera desmerecer a Nuestro Señor, Dios me perdone, es sólo una comparación para que se entienda lo malamente que lo pasé. Eso sí, reconozco que lo de Nuestro Señor tuvo peor final, que en lo alto del Calvario Jesucristo encontró la cruz, y yo, al cabo de tanta fatiga, pasé directamente a la resurrección.

Qué maravilla. Porque lo bueno fue que ni siquiera llegué a sentirme nueva del todo, que ya dice una conocida mía argentina a la que llaman la Lujos que para ser elegante jamás hay que ir de estreno absoluto, que eso es una vulgaridad y encima sale carísimo, que lo chic siempre parece suavemente usado, y así me sentía yo, diferente, otra, pero suavemente usada por mí misma, por el hombre equivocado y yo creo que buenagente que acababa de dejar atrás. Era como si, después de haber llevado durante años la chaqueta heredada de un hermano que murió en la mili, le dieses la vuelta y te encontraras con la sorpresa maravillosa de que, por la cara escondida, no sólo era mejor sino más tuya, más dibujada a tus hechuras, sin ninguna querencia del cuerpo del otro. También esto es una manera de hablar, claro, porque lo que yo sentía era mucho más profundo, se trataba de mis costuras de adentro, de algo que ya no sería jamás de quita y pon, algo mío para siempre, porque mi físico estaba ya a la vera misma de mis sentimientos, y mis sentimientos eran mi verdad. Por eso estaba segura de que no haría falta que le dijese nada a mi madre. A ella le bastaría con verme, le bastaría con mirarme a los ojos, ni siquiera haría falta que me viese enterita: si me presentase vestida con hábito de cartujo y con capucha de penitente, pero con los ojos libres, estaba segura de que ella lo comprendería todo de golpe.

Lo que ocurre es que el tiempo pasa y se le echan a una las obligaciones encima y un día por otro nunca encontraba tiempo para hacer el viaje, ni mi madre quiso nunca meterme prisa. Lo normal era que mi madre estuviese un poquito encogida del susto y sin querer comentarlo con nadie, aunque lo mismo le había llegado ya alguna copla, tampoco tendría nada de raro que cualquiera del barrio me hubiese visto en Madrid o en alguna otra parte durante las giras —la de *Sabor a gloria,* ya digo, un éxito— y le faltase tiempo para pregonar a la vuelta los talentos de Rebeca Soler. A los talentos públicos me refiero, que si alguien llegó a catar los otros se guardaría muy mucho de confesarlo, ni siquiera a los amigotes, y no me estoy refiriendo a chavales jóvenes, que tienen otra mentalidad y otra desenvoltura, sino a padres de familia con el forfiesta cargado de chiquillos. Esos son los mismos que luego se permiten hacerte daño por ser como eres, y los mismos que alguna vez le harían daño a mi padre y a mi madre por mi culpa.

Yo creo que a mi padre eso era lo que más le asustaba. El pobre siempre llevó una vida arrastrada, sin un trabajo fijo, aunque en eso se diferenció poco de un montón de hombres como él, que no eran de una jaranería ni de una dejadez especial, sino que en mi pueblo la mitad de la gente ha malvivido siempre de lo que le sale de pascuas a ramos, y a mi viejo encima le salía poquísimo, siempre brujuleando de un lado para otro, dejando a deber en todos los chiringuitos y apuntándose el primero a cualquier tiberio que organizasen los del sindicato del campo. Mi viejo apenas alcanzó a ver lo que han cambiado las cosas desde que se murió Franco, pero seguro que esto le hubiese parecido una mamonada prima hermana de lo de antes, una chapuza que ningún comunista con cojones debería consentir. Si viviera, estaría siempre en primera fila de cualquier zarandeo que organizasen los más rojos de la provincia y seguiría llegando a casa como si viniera del moro después de que le pillasen quilando con la parienta del mojamé. Cuando se lo conté a la Cocó me dijo, muy marifroid, a tu padre lo que le pasaba es que era un exhibicionista nato, y ahora comprendo de dónde te viene a ti esa necesidad de ser siempre la más. A mí me parece que la Cocó se equivocaba, yo siempre he creído que de mi padre no saqué nada, que todo lo mío, por fuera y por dentro, me viene de mi madre. Pero sí es cierto que yo ahora a mi padre lo veo de otro modo, con un cariño que antes creo que no sentía, a lo mejor porque no quería darme cuenta, porque no estaba dispuesta a comprender ni a querer a una persona que se pasaba todo el día medio ajumado o ajumado del todo, y que se avergonzaba de mí.

Antes, nunca se me había ocurrido pensar que mi viejo creyese de verdad en lo que hacía, en lo que decía, en lo que pedía para la gente de su clase y en lo que se figuraba que no tenía más remedio que ser lo mejor para mí. Ahora pienso de otra manera. Y todo desde que tomé la decisión de volver, y eso que con mi padre ya no pude encontrarme cara a cara. Pero pensé que tendría que hablarle, tendría que decirle que le quería, tendría que pedirle perdón y que me cuidase desde donde estuviese, que yo iba a procurar con todas mis fuerzas que, donde estuviese, no tuviera que avergonzarse de mí, que no tuviera que arrepentirse de haberme dado su sangre, y tendría que explicárselo todo, echar una tarde en el cementerio, o las tardes que hiciera falta, que ya sé que suena un poquito macabro, ya sé que parece de película portuguesa, pero lo tenía que hacer, pasar mucho rato junto al nicho donde estaba enterrado y decirle al final, besando la lápida, tu hija Rebecca te quiere, Vinagre. Un día cualquiera, pasadas las emociones del primer momento, sin decirle nada a nadie, cogería un taxi en la calle Ancha y le diría al taxista lléveme al cementerio y no hace falta que me espere, ya me las apañaría yo para regresar. El cementerio de mi pueblo lo cuida una mariquita que tiene ya cara boriscarlof, seguro que me reconocería al instante y sabría decirme dónde estaba la tumba de mi padre. A mi madre mejor no recordarle los malos tragos, a lo mejor en algún momento, cuando viniese a cuento y como de pasada, le pedía un retrato de mi viejo, un recuerdo, nunca tuve ninguno, y la verdad es que estaba segura de que mi madre tampoco tenía una colección, a lo mejor algunas de cuando eran jóvenes, del noviazgo, la de la boda, puede que alguna conmigo cuando yo era mocoso, que más tarde habrían tenido que narcotizarme para que me dejase fotografiar con él, y no creo que mi padre se fotografiase mucho ya de mayor, fueraparte de los retratos para el carné de identidad. En todo eso pensé de pronto cuando me dije tengo que volver lo antes posible, sin muchos preparativos, porque si me lo pienso y me pongo a esmerarme lo echo todo a perder y volveré a lo de siempre, a no decidirme, a dejarlo para más adelante.

Así que aproveché que tenía que llamar a mi madre para advertirle que le acababa de poner el giro que le mando todos los meses y le dije por cierto que no sé ni por qué lo he hecho, que podría haberte dado el dinero personalmente, fíjate que tengo unos días libres después de la gira con el espectáculo y he pensado en pasarme por ahí. Ella se quedó un momento muda, aunque yo la oía respirar, quiero decir que muerta no cayó, de modo que decidí seguir por mi cuenta, improvisando y aparentando mucho dominio, para que aquello no se convirtiese en *Ama Rosa,* era lo último que quería. Le dije la verdad es que ya tengo encargado el billete para el exprés de mañana, ahora mismo paso por la agencia a recogerlo, o sea que llegaré el domingo temprano, si no pasa nada que no creo que pase, y no te preocupes, no hace falta que vaya nadie a Jerez a esperarme.

No quería encontrarme con nadie en la estación, cogería un taxi aunque me costase una fortuna. Una estación no es el sitio más adecuado para un encuentro así. Procuraría que me llevase hasta mi pueblo un taxista mayorcito y corto de genio, de poco hablar, mejor de Jerez, ya le indicaría yo hasta la puerta de mi casa. También en eso fui pensando durante el viaje, en coche cama individual, aguantándome las ganas de salir a dar un garbeo por el tren, que había visto yo a unos muchachos como para extraviarse, y naturalmente no pude evitar el hacer lo imposible para que ellos me viesen a mí, pero después me entró el remordimiento, una pesadumbre rara, porque no era serio andar pendoneando como una lagarta cuando mi madre me estaba esperando devoradita por los nervios, se me antojaba que aquello exigía una seriedad, como si estuviera haciendo ejercicios espirituales antes de meterme a monja. Me había llevado unos sángüiches para la cena, así que no tenía excusa ni para salir al vagón restaurante, y en el compartimiento además se estaba fresquito. Servidora se puso uno de sus esquijamas de verano tipo chándal, y al principio procuré distraerme con el cargamento de chismorreos que compré en la estación. Pero no tenía yo la cabeza para seguir con atención los entretenimientos del prójimo, bastante distracción era lo mío, que de pronto, siguiendo el ritmo que llevaba el tren, y como si estuvieran pasándome por el fondo de los ojos películas viejas, se me empezaron a aparecer cosas en las que a mí nunca me hubiera dado por pensar, cosas que en otro momento me hubieran parecido insignificantes. Mi madre colgando ropa recién lavada en los cordeles del tendedero, en el patio chico, apartando un poco las ramas del jazmín, dejando chorrear todo el agua de las sábanas, con aquel olor a limpio y a desinfectado del jabón verde y de la lejía; mi madre lavándose la mata de pelo en el lebrillo puesto en el poyete de la ventana de la cocina, y enjuagándoselo después con agua y vinagre, usando la jarra de porcelana que, después de lavarla a conciencia, le servía para ponernos el agua en la mesa a la hora de comer, en verano el agua fresquita que vaciaba de los botijos, sin permitir nunca que en las comidas usáramos el botijo directamente, una jarra que aún tendría que estar por casa, guardada en una alacena, si la encontraba se la pediría a mi madre y seguro que ella sabría por qué; mi madre tomándose un rato para descansar en las casas a las que iba por horas, por un precio que ajustaba a principios de año, sin subirse nunca a la parra, pero sin consentir nunca que las señoras le regateasen, a la que se le escapaba la menor queja le decía señora si no le interesa dígamelo, que una vez yo estaba presente (porque a veces, cuando yo era muy chico y si a la señora no le importaba, me llevaba con ella) y el gesto de cabeza que mi madre hizo para decirlo, aquel ramalazo de orgullo, me venía ahora a la cabeza, mientras el tren se iba acercando a mi tierra, en medio de la noche. Cosas sin importancia, al menos a primera vista, pero que se repetían como si tuvieran algo especial que decirme, algo secreto, escondido entre todo aquello que yo recordaba de pronto con una claridad casi milagrosa. Aquella humedad tan acogedora de las sábanas mientras se secaban al sol; aquel brillo azulado, el olor a limpio que se escapaba del pelo de mi madre cuando se sentaba a secárselo entre sol y sombra, casi siempre a media tarde, y su manera de disimular que no se daba cuenta de que yo la estaba observando de la cabeza a los pies: el perfil, el pecho, la pequeña curva del vientre, los muslos apenas separados pero sin apretarlos con remilgos, los tobillos y, sobre todo, las manos. Aparecían y desaparecían las manos de mi madre, siempre perfectas, siempre tranquilas, abiertas, como si llevaran muchos años queriendo darme algo que quizás ahora, al final de aquel viaje, por fin me pudiese entregar.

Así toda la noche, sin pegar ojo, sin quedarme siquiera un poco traspuesta, que por la ventanilla del compartimiento pude ver cómo la noche se iba agotando hasta el final, hasta que empezó como un relincho la amanecida. Apenas había querido llevar equipaje, yo no iba a presumir de nada, y mejor si no me veía mucha gente, aunque tampoco pensaba esconderme de nadie. El taxista que me tocó no era ni viejo ni corto de genio, era sólo antipático, cuando le dije adónde quería ir me dijo eso te va a costar dos mil quinientas y a mí me sentó fatal, hice ese conocidísimo gesto que aprenden desde chicas todas las leidis inglesas para decirle al chófer que arranque y farfullé, en voz lo suficientemente alta como para que me oyese todo el parque de taxistas de Jerez, a lo mejor se piensa el muy ordinario que no puedo pagar.

Durante todo el trayecto ni palabra, naturalmente. Yo aproveché para arreglarme un poquito el primer plano, que una cosa es ir sencillita al encuentro de tu madre y otra presentarse hecha un esperpento. La verdad es que ni me preocupé de figurarme lo que estaría pensando el del volante, que tampoco cuesta ningún trabajo imagi-

narlo, pero no pensaba darle el gusto de ponerme reivindicativa; por darle, aparte de las dos mil quinientas
escamondadas, le di las cuatro instrucciones justas para
que no acabase aparcándome en el Coto. Y cuando llegamos le dije simplemente aquí es, tenga lo suyo.

La puerta de mi casa estaba abierta. Antes, cuando
yo era chavea, la puerta estaba abierta siempre, pero en
estos tiempos hay muchos peligros y todos los candados
son pocos. Sin embargo, aquel día hacía tanto bo-
chorno... El aire se podía masticar, aunque a lo mejor a
mí se me hacía peor de lo que era por la sofocación que
llevaba encima. Enseguida me di cuenta de que había un
silencio raro, muy espeso, como si la casa estuviera llena
de gente que contenía la respiración mientras me es-
piaba. La casapuerta estaba fresquita, como una bendición del cielo, y seguro que mi madre había dejado
abierto para hacer un poquito de corriente como fuera.
O para que yo me lo encontrase todo de par en par, para
que ni por un segundo me pasara por el entendimiento que aquella casa ya no era la mía, que había sido la
casa de otro, de un chavea asustado y amaneradito del que
yo no quería por lo visto saber nada. Y es cierto que un
pensamiento así de enfermizo me pasó como un cuervo
por la cabeza nada más poner el pie en la acera, frente
al portón de mi casa, pero al verla abierta de par en par,
dándome la bienvenida, supe que todo lo que yo fui y
todo lo que yo tuve me estaba esperando para echarse
en mis brazos y decirme: «Menos mal que has vuelto».

Eso me dirían los cuartos, las paredes, el patio, las
macetas, los muebles y hasta la ropa que dejé y que seguiría guardada en el armario de mi alcoba. Eso me dirían, aunque no supieran pronunciar mi nombre. Eso me
diría mi madre, aunque no fuera capaz ni de separar los
labios.

Entré despacio, sin tocar la campanilla de la entrada,

derechita al cuarto de estar. Yo sabía que me esperaba allí. Sentada en una mecedora que yo no conocía, en una mecedora nueva. Tan vieja, la pobre. No hizo ni un gesto cuando me vio. Luego, conforme yo me acercaba, apenas movió un poquito las manos. Le brillaban tanto los ojos que parecía que había más de una persona mirándome. Le dije con las manos que no, que siguiese así, que no se levantase. No hacía ninguna falta que hablásemos. Yo vi cómo las manos le temblaban y era como si las viese por primera vez. Me arrodillé a su lado. Acaricié con mucha suavidad sus rodillas. Puse mi cabeza en su regazo, cerré los ojos y dejé pasar el tiempo. Dejé pasar el tiempo, mientras ella me acariciaba.

Sólo eso. En silencio. Una caricia que yo no quería que se terminase nunca.

La alegría de verme por fin en aquella habitación tan amplia, con tan bonitas vistas y decorada con tan buen gusto, apenas me duró veinticuatro horas. Enseguida empecé a notar los síntomas que me obligaron a abandonar, con lo que yo pensé que era menguado provecho, la tercera morada.

El primer síntoma fue un picor raro en el cutis. Había dormido desde las nueve de la noche hasta las siete de la mañana de un tirón, sin duda por el sueño acumulado en la habitación del motel la noche anterior y las emociones que me deparó la visita a las incomparables instalaciones religiosas, culturales, sanitarias, deportivas y recreativas de aquel complejo sacroturístico de máxima categoría, y ni las llamadas a maitines y laudes ni el repique de campanas que anunciaban la primera misa habían conseguido despertarme. En realidad, salí del sueño de un modo espontáneo, muy repuesta de vitalidad, muy rápida de reflejos, con grandes ganas de consumir experiencias sublimes y con bastante apetito, todo sea dicho en honor a la verdad. Hasta las nueve se dispensaban los desayunos, así que tenía tiempo suficiente para esmerarme en mi recién decidida apariencia varonil y planear un poco la jornada que estaba a punto de iniciar, sin sacrificar por ello el primer refrigerio, que tan importante es para rendir luego con alegría y aprovechamiento, también en las labores del espíritu. Me levanté con presteza, cubrí inmediatamente mi inconfundible semideznudez con el albornoz de indiscutible calidad que el establecimiento ponía a disposición de cada huésped, descorrí las cortinas de la puerta de cristales de la terraza, celebré con verdadero júbilo la limpieza y el excelente color de un cielo despejado que presagiaba un día magnífico, en especial para la práctica de deportes al aire libre, y admiré el perfil recio y austero, cien por cien español, de la sierra de La Mortera y de las peñas de Armijo. Y me disponía a ejecutar en la terraza una sesión ligera pero muy tonificante de gimnasia sueca, cuando noté que el cutis me picaba.

—Y ese cutis tan fino que tiene, ¿es natural o se lo cuida mucho? —me había preguntado veinticuatro horas antes, con sincero interés y un poco de apuro, el fraile recepcionista del turno de mañana.

El fraile recepcionista era un bendito. Calculé que no había cumplido los treinta años, y si los había cumplido no los aparentaba en absoluto. Era bajito, se veía que controlaba a duras penas una mortificante tendencia a engordar y tenía ojos muy inocentes o muy superficiales, que tengo yo comprobado que muchas veces es lo mismo. Nos vio entrar cargados con el equipaje, porque el mostrador de recepción está frente por frente de la puerta principal del albergue, y como es natural la vista se le enredó mucho tiempo en el corpachón de Dany, porque incluso para ojos desconfiados y penetrantes el corpachón de Dany es un entretenimiento. Eso me benefició. Porque cuando el fraile recepcionista me miró a mí ya me tenía pegada al mostrador, con lo que no tuvo ocasión de juzgar mis andares, que es verdad que yo me había esforzado una barbaridad para que fueran muy viriles, que Dany me había aconsejado que caminara con las piernas abiertas y balanceando un poco los hombros —aunque luego consideró que mejor me olvidase de lo de los hombros, que me quedaba igual que a la Claudia Schiffer—, pero no estaba yo nada segura de dar el pego, para qué mentir, máxime si se tiene en cuenta que seguía llevando mis zapatos de medio tacón, tapados por los bajos tan larguísimos de los pantalones, es cierto, pero con una comprensible querencia a transmitir gracia femenina al ejercicio de caminar. Ser un hombre si te estás quietecita resulta relativamente fácil, pero si te mueves ya es otro cantar. Por eso tuve suerte de que el fraile recepcionista quedase admirado del volumen, la densidad y la definición muscular de Dany, y de que, cuando me vio, yo estuviese ya inmóvil, apoyada en el mostrador de recepción como si fuese el mostrador de una taberna portuaria, muy macha. Ante eso, era lógico que lo que más le llamase la atención fuera lo terso y lo muy hidratado que yo tenía el cutis.

—Vida sana —le dije, con esa voz de hombre que puedes disimular, pero que nunca se quita. Luego tuve que hacer un esfuerzo para no hacer un gesto muy mío, pero poco varonil: chuparme los cachetes y marcar pómulos.

—Aquí, tener un cutis como ése es una utopía —dijo el fraile recepcionista, con sana envidia—. La comida es saludable y no está permitido ni fumar ni beber, pero los inviernos son demasiado fríos, catastróficos para la piel.

—Hay ejercicios faciales que ayudan muchísimo —le

dije, procurando mantenerme muy hombre—. Avivan la circulación, mantienen tirantes los músculos y relajan los poros. Y el agua fría, siempre que no se usen jabones baratos, es básica para un buen cutis.

Pero ahora, veinticuatro horas después, el cutis me picaba. Primero fue como un hormigueo muy parecido al que se siente cuando se te duerme un brazo o una pierna, de manera que, durante un rato, preferí no darle importancia. Sin quitarme el albornoz —porque si yo tenía que parecer un hombre delante de los demás, mejor que no me viese demasiado a mí misma con mis formas al aire, por si no viéndome conseguía olvidarme de mi cascarón corporal—, me enfundé un short unisex que siempre me ha estado comodísimo para mis evoluciones gimnásticas y, después, con mucha rapidez y casi con los ojos cerrados, me desprendí del abrigo de baño y me puse una sudadera sobria y apagada de color que lo mismo podía servirle a una mujer práctica que a un chico sensible. A continuación, y metiendo las manos por debajo de la sudadera, procedí a momificarme los pechos con la sábana que había hecho tiras en el motel, en una operación que me resultó tan dificultosa que a punto estuve de sufrir un descoyuntamiento de brazos, pero que no llegó a hacerse eterna gracias a la maña que siempre me he dado para el camuflaje y el contorsionismo, dos habilidades que he tenido que practicar, por dentro y por fuera, durante toda mi vida. El resultado fue ideal: un tórax que, a simple vista, no tenía nada que envidiarle al del protagonista de una película de romanos. Pero entonces el hormigueo de la cara se me emberrenchinó bastante y, alarmada, corrí a mirarme en el espejo del cuarto de baño.

No vi yo que tuviese en la cara nada de particular. El descanso le había sentado bien a mi cutis, y un buen tónico, una buena crema limpiadora y un compuesto hidratante nuevo en el mercado y recomendado por un montón de artistas de cine también aportaron sus cualidades para que la piel de mi cara conservase la lisura y flexibilidad que tanto habían impresionado, el día anterior, al fraile recepcionista. Es verdad que, por la noche, a la hora de acostarme, me asaltó una duda con todo el aspecto de convertirse en lacerante sobre si debía o no aplicarme los cosméticos básicos —los de coloratura estaba claro que no, y de hecho me los había dejado en casa, para no caer en la tentación de aplicármelos ni sonámbula—, porque a fin de cuentas la cosmética de mantenimiento tiene mucho de higiene personal e incluso de prevención sanitaria y utilizarla con esa intención no puede ser dañino para el protagonismo absoluto que, cuando se emprende el camino del santoral, debe adquirir el alma. La duda se resolvió, pues, a favor de la cosmética, y lo hizo en un tiempo récord para la lata que dan, en general, este tipo de profundas vacilaciones: a las nueve en punto estaba en la cama, con mi cara embadurnadísima, y convencida de que una virilidad de tipo místico no está para nada reñida con el cuidado del cutis. Pero el cutis —si no por la parte de fuera, sí por la parte de dentro— me picaba.

Salí a la terraza por ver si el aire matutino me calmaba un poco aquel picor. El cielo conservaba algunos deshilaches rosados supervivientes del amanecer. Vi que algunos huéspedes del albergue, todos hombres y todos de muy buen ver, trotaban por las lomas y vaguadas de los alrededores del santuario, con la agilidad que no sólo proporciona un cuerpo entrenado sino una conciencia limpia, y con ropa deportiva muy sugerente. Respiré hondo. Levanté la cara todo lo que pude, sin duda con el propósito de ventilarla y liberarla de aquel cosquilleo tan mortificante. Pero el picor seguía ahí, como un castigo, y por un momento pensé que a lo mejor un cutis de hombre, por místico que sea, soporta mal hasta la cosmética más básica. Miré el reloj. Eran las ocho y, o me daba prisa, o me quedaba sin desayunar.

Hice una primera tanda de flexiones de piernas. El picor creció. Hice una segunda tanda y aquello ya no era un picor, aquello era un hervidero de pellizcos que tenía que estar dejándome el cutis más soliviantado que el Kurdistán. Corrí de nuevo a mirarme en el espejo del cuarto de baño. Nada. El cutis lo tenía un poco encendido, pero sólo como consecuencia de las dos tandas de flexiones de piernas, no había síntomas visibles de intoxicación, alergia o infección cutánea. La temperatura, contando con el pequeño sofoco causado por la gimnasia, también era normal. La única explicación era que, por alguna razón o sin razón ninguna, me estuviera cambiando de un modo traumático el metabolismo.

Me vestí procurando que la prisa no fuera sinónimo de descuido. Había decidido dejar la ducha para después del desayuno, así que me limité a refrescarme la cara con el agua helada que salía del grifo del lavabo, pero el picor no se calmó. En lugar del jersey de cuello alto me puse una de las dos camisas que le compré al rubiales de la tienda polivalente de al lado de la carretera, pues consideré que la lana, por pura que fuese, podía contribuir a que aumentase la misteriosa irritación cutánea que me afligía. De cintura para abajo, el pantalón seguía dándome un aspecto muy honesto y, a mis propios ojos, nada tentador, lo que quizá fuera insignificante en un lugar donde no había más que hombres. La chaqueta de tres botones tomaba sobre la camisa un aspecto más informal e imaginativo que sobre el jersey, naturalmente porque la camisa —blanca, y de vestir, pero con el cuello abierto y sin corbata— combinaba peor. Los zapatos de medio tacón me obligaban a andar con cierta parsimonia, tanto para poder hacerlo con las piernas abiertas como para que un taconeo demasiado vivo no acabara llevándome a cimbrearme de una forma nada viril. Sin duda iba demasiado vestido para las siete y media de la mañana, pero mi equipo de hombre se limitaba a aquellas cuatro prendas y, aunque no tendría más remedio que ampliar el vestuario si nuestra estancia en San Juan de La Jara se prolongaba, de momento confiaba en no desentonar de un modo insoportable.

Sin embargo, enseguida comprobé que nadie iba ni la mitad de ceremoniosamente vestido que yo. Todos los huéspedes con los que me crucé en el pasillo, en la escalera, en el vestíbulo del albergue, además de ser homenajes vivientes a nuestro Señor por lo macizos que estaban y lo atractivos que eran, llevaban ropa y calzado deportivos, y la mayoría de ellos enseñaba sin falsos pudores unos muslos de mucha consistencia y unos brazos que, en circunstancias normales y con mi feminidad sin domesticar, me habrían quitado el sentido. El fraile recepcionista del turno de mañana, que estaba, muy aplicado, detrás de su mostrador, vestía una especie de chándal de confección a todas luces casera, y, con él, la tendencia a engordar del servicial religioso resultaba mucho menos controlada de lo que yo consideré la primera vez que le vi. El fraile recepcionista sonrió con lo que yo juzgué un alarde de caridad cristiana y, con la voz algo empalagada por la amabilidad, me dijo:

—Va muy elegante esta mañana. Y tiene la cara muy fresca, señal de que ha dormido con la conciencia tranquila.

Procuré sonreír con timidez y, de paso, me llevé las manos a las mejillas. Me las encontré tan lisas, suaves e hidratadas que, aunque el picor seguía, parecía evidente que la barba seguía sin aparecer. A lo mejor podía hablarse de una barba interior. El sentido común y el estómago me aconsejaban dirigirme sin demora a desayunar, pero Dany entró en aquel momento por la puerta que comunicaba con las instalaciones deportivas —gimnasio, sauna, pista de tenis, canchas de baloncesto y voleibol...— y venía charlando animadamente con un veinteañero de anuncio de colonia para hombre, ambos sudorosos, ambos en camiseta suelta de tirantes y en exiguas y holgadas calzonas de competición, y cuando Dany se cruzó conmigo, sin tener el detalle de presentarme al dechado de perfecciones físicas que le acompañaba, me espetó:

—Pareces un oficinista.

El dechado de perfecciones físicas tuvo la malage de reírle la gracia y Dany, derritiéndose de gusto, extendió la mano derecha abierta y el otro le dio, muy juguetón, una palmada.

De buena gana me habría quedado un rato mirando de pies a cabeza al dechado de perfecciones físicas, pero ocurrieron tres cosas al mismo tiempo: Dany le pasó un brazo por los hombros al dechado de perfecciones y dejó claro que el cielo lo había puesto en su camino para alcanzar juntos la mayor elevación; el picor del cutis dio un salto cualitativo y se convirtió en un sarpullido de pequeños estallidos que no sé por qué me llevó a pensar en un rosal en floración; y empecé a notar una inquietud nueva, pero ésta en las ingles. Corrí a los servicios de caballeros. Me miré en el espejo. Nada. Mi cutis seguía teniendo un aspecto modélico, sobre todo si se tenía en cuenta mi edad. No había ni rastro de barba.

Después, en el refectorio de huéspedes, uno de los jóvenes y diligentes frailes que ejercían la obediencia y la humildad sirviendo como camareros me advirtió que tenía menos de diez minutos para desayunar. Apenas tuve tiempo de tomarme un café bebido y volver a toda prisa a la habitación, decidido a desfogarme un poco en la piscina, en la bicicleta fija que seguramente había en el gimnasio o, mejor aún, trotando como un hombre por los alrededores del santuario. Claro que nada de eso podía hacerlo vestido como un jefe de negociado. Así que decidí arriesgarme y me embutí de nuevo dentro de mi short unisex —tan ceñido que, si no me delataba, no debería preocuparme más por lo que sabía de mí, y bien haría en abandonarme confiadamente en lo que vieran en mí los ojos de los otros— y en la sudadera que con tanto acierto contribuía, por encima de las vendas, a que mi pechera aparentase un tórax, y salí, ¡oh dichosa ventura!, como debe el amigo salir en busca del Amado: con espíritu deportivo y unas ganas tremendas de practicar la camaradería y la compenetración viril.

Cual gacela macho, trisqué por veredas, salvé peñascos, corté camino entre matorrales, me asomé a barrancos, recorrí lomas y vadeé montaraces riachuelos. Hacía un día precioso, con el cielo muy azul, el sol muy radiante, el aire frío, muy limpio. El picor del cutis se iba apaciguando poco a poco, o quizá yo, con el ejercicio, iba dejando de reparar en él de manera obsesiva. Me crucé con otros huéspedes del albergue, todos ellos dedicados también a la emocionante labor de prepararle al alma un aposento confortable gracias al esfuerzo físico, el desahogo biológico y honesto al aire libre y una dieta sana y equilibrada. Casi todos, cuando me tenían enfrente, me miraban el tórax o la entrepierna y algunos, especialmente rápidos de pupila, las dos cosas, una detrás de otra. Uno de los corredores, no demasiado joven aunque sí admirablemente conservado, fue aminorando la marcha cuando me tuvo a unos doscientos metros, y yo mismo, encontrándome cansado después de tanta brega exclusivamente corporal, frené mis piernas y de ese modo, sin que mediara premeditación, nos encontramos al poco tiempo caminando el uno junto al otro, de vuelta al albergue.

—La naturaleza ha sido generosa con usted —me dijo él—. Tiene un cuerpo estupendo, y una cara muy moderna, pero con fondo clásico.

Hice un esfuerzo para no ruborizarme, porque de pronto me pareció que eso de ruborizarse no resultaba demasiado viril, pero mis esfuerzos fueron inútiles y enrojecí hasta las pestañas. Comprendí que la virilidad y el rubor no son incompatibles cuando él me dijo:

—Tengo comprobado que a los hombres de verdad les dan un apuro tremendo los piropos. No es fácil encontrar hombres de verdad hoy día.

—Yo creo —dije, con gran modestia— que hay que ser un hombre de verdad para aparcar las pompas y las obras mundanales, retirarse a un lugar como éste y buscar con denuedo, de amigo a amigo, la unión con el Amado. Esto me parece que está lleno de hombres así.

—La verdad —dijo él, muy decidido—, no creo que ninguno pueda comparársele.

Yo hice un gesto que quería decir quite, por Dios, qué cosas tiene, pero puse todo de mi parte para que me saliera muy masculino. Habíamos llegado al complejo deportivo del santuario, intramuros, y la visión era realmente encantadora: varones de todas las edades y, cada uno en su estilo, de gran prestancia y armonía física rivalizaban en la práctica del deporte y, por consiguiente, en alcanzar el estado ideal para que el Amado les acogiese con gusto en el castillo donde todos los dones y todas las satisfacciones de la amistad sin cortapisas tienen asiento. Algunos jugaban a pelota en grupos enfrentados o de dos en dos, otros se ayudaban por parejas en meritorios deberes gimnásticos, quiénes se esmeraban en concentrada soledad por levantar pesos descomunales o alcanzar distancias cada vez mayores con artefactos oscuros y plomizos, quiénes ejecutaban cabriolas y vuelos inverosímiles, bien directamente sobre el suelo, bien encaramados a aparatos nada complacientes. Era mediodía. Sonó una campana, ligera y optimista, convocando al rezo del Angelus.

Y entonces sucedió lo que yo había ido buscando que sucediese, aunque con otro desenlace. Al tiempo que el toque de campanas llenaba de serenidad el día y los hombres iban suspendiendo sus actividades gimnásticas, yo fui sumergiéndome en una especie de sopor muy fluido y cada vez más delicioso, hasta caer en un profundo recogimiento. En un rato cuya duración se me escapa y que, habida cuenta del modo en que después trascurrieron las horas, no sería posible calcular, todo cuanto me rodeaba se transfiguró. Aunque puede que no fuese mi entorno el que se transfigurase, sino que yo me viese trasladado a un lugar para mí hasta entonces desconocido, tal vez por mi asumida y apacible condición de varón, tal vez porque mi tendencia al éxtasis, afianzada ya en su fase contemplativa, había experimentado un empujón importante. El caso es que, de un modo u otro, entré donde no supe, y me quedé no sabiendo, pero cuando allí me vi, y aun sin tener una idea mínimamente precisa de lo que me pasaba, empezó mi entendimiento a hacerse cargo de algunas cosas que antes o me parecían incomprensibles o las comprendía de un modo completamente equivocado. Por ejemplo: la contemplación no consiste en quedarse boquiabierto y pasivo, sino en poner todo cuanto se es al servicio de una visión tan fuera de lo común y tan deslumbrante que te hace vibrar como un martillo neumático, pero sin estridencias. Comprendo que la comparación no es muy refinada, pero no se me ocurre nada que refleje mejor cómo me sentí yo durante el tiempo —tremendamente dilatado, sin que yo me apercibiese hasta el final del calibre de la dilatación— en que permanecí, embebido y ajenado, dentro de lo que yo llamaría, aun a riesgo de quedar totalmente paradójica, un arrobo activo. Me supe ingrávido, y supe que a mis pies les sobraban las botas deportivas que había utilizado para corretear con sudor y bastante ajigamiento por las afueras del santuario, y sentí un desfallecimiento severísimo, pero que nada tenía que ver con la debilidad, sino más bien con el desprendimiento de cuanto yo había sido hasta entonces. Me sentí liviano, como si hubiese soltado todo el lastre de mi vida terrenal, y hubiera dicho que flotaba de no ser porque me adiviné alzada por unos brazos fuertes a la vez que cuidadosos, y adiviné mi cabeza reclinada sobre un tórax compacto pero tan acogedor y cálido que resultaba mullido, y me supe trasladado con el esmero recio y a la vez enormemente cuidadoso que utiliza siempre un bravo soldado para trasladar a lugar seguro a otro bravo soldado malherido, y me supe en el regazo del Amado. Abajo, en la vida perecedera, alguien dijo:

—Nada grave. Una lipotimia.

Todo era claro, leve, transparente. El rostro del Amado, en medio de una bruma poética y confortable, contemplaba mi desmayo con halagadora delectación. Unas manos fornidas, aunque temblorosas, acariciaban mi barbilla, mi cuello, mi tórax, mi cintura, mi entrepierna. Yo gemí. Un relámpago de carne estalló en mis ingles. Yo seguía traspuesto, pero ya no tanto, por lo visto, como para no comprender que aquello era una señora erección. Y aquello sí que no había facultad ni ciencia que lo pudiese entender, ni en pleno éxtasis. No tiene más remedio que ser una erección retrospectiva, me dije. O un malentendido mayúsculo. O una jugarreta que me hacía la madre naturaleza por andarme con aquel trajín de ida y vuelta, aunque fuese con altas miras e inmejorable intención. O lo que, a la postre, resultó ser: una pesadilla hormonal de la que me sacó, con la contundencia de un antidisturbios, el grito indignado y escandaloso de aquel hombre:

—¡Es una mujer! ¡Es una mujer!

Volví en mí con el tiempo justo y por el tiempo preciso para ver cómo el hombre maduro —pero muy bien conservado— que tanto había alabado mi varonil apostura salía despavorido de mi habitación. Luego, desmadejada sobre mi cama, caí de nuevo, si no en el éxtasis, sí en la lipotimia. Y si el éxtasis es multicolor, aromático y sabroso, la lipotimia es incolora, inodora e insípida.

Me despertó del todo, cuando ya anochecía, un Dany descompuesto, con una enérgica y perentoria carta de la dirección del establecimiento en la que se me ordenaba salir inmediatamente de allí.

Cuarta morada

Al monasterio de Nuestra Señora del Descanso llegué sola, completamente femenina y en un momento crucial.

Sola porque, habida cuenta de que en San Juan de La Jara habíamos pagado por adelantado una semana entera y «si se acortase la estancia, no se procederá a devolución alguna, salvo en caso de demostrada responsabilidad de la hospedería», Dany me propuso que él permaneciera allí para amortizar al menos lo que habíamos pagado por su habitación, mientras yo, en ese tiempo, podía refugiarme y reencontrarme conmigo misma en un relativamente cercano cenobio de monjas del Santo Sepulcro —también llamadas mortajeras—, en cuyas celdas de hospedaje temporal sólo admitían a mujeres; femenina de la facha al tuétano después de desbaratar en menos de un cuarto de hora, en la misma habitación del motel de carretera en la que me había empachado de aspecto viril cuarenta y ocho horas antes, todo aquel tinglado de cambio de personalidad, me había esponjado enseguida dentro de mí como una reina, de modo que, aunque discreta, yo volvía a ser Rebecca de Windsor, una mujer inconfundible e interesante; y en un momento crucial porque, cuando llegué al pueblo que se arracima junto al monasterio como una camada de cachorros empeñados en mamar al mismo tiempo de las tetillas de la madre —pueblo que se llama, muy apropiadamente, Quejumbres—, todo el mundo estaba excitadísimo por dos acontecimientos que, al parecer, traerían al lugar cambios grandes y, con toda seguridad, penosos.

Llegué con mi utilitario, y con ese instinto para orientarme que he tenido siempre, a la plaza que allí llaman del Cabildo, y nada más aparcar me vi rodeada de una patulea de chiquillos curiosos y desconfiados que, como se limitaban a mirarme con la enemistad con que se mira a quien viene a estorbar, consiguieron ponerme frenética antes de bajarme del coche. Se abrió la puerta de la casa frente a la que había aparcado y apareció una mujer mayor que yo, sin lugar a dudas, pero arreglada como si tuviera veinte años menos de los que aparentaba. No había más que verle la cara para comprender que hasta a Fidel lo recibirían en Miami con más cariño.

—¿Qué se le ha perdido por aquí, forastera? —me preguntó, como si fuera el chérif; con la misma guasa y el mismo desplante, como si yo estuviera allí con el propósito de llevarme las vacas.

—Vengo a retirarme unos días al monasterio, donde me han dicho que admiten transeúntes. ¿Algún inconveniente? —dije yo sin apocarme, procurando dejar claro que era una mujer libre en un país libre.

—Si se encierra y no incordia, allá usted —dijo ella—. Pero el otro día llegó al pueblo, de ni se sabe dónde, un perro que no hacía más que husmear por un lado y por otro, y los chiquillos lo echaron a pedradas.

Naturalmente lo suyo habría sido decirle que una perra lo sería ella, pero tampoco se trataba de ponerse al nivel de una pueblerina. Y de una pueblerina estrafalaria, además. Porque la ropa que llevaba o era de su hija —y, en ese caso, en aquel pueblo la moda femenina se había parado en los cincuenta—, o la había sacado del desván donde había estado guardada en alcanfor treinta años y

144

se la había encasquetado por las buenas, sin sacarle siquiera las costuras, y a saber con qué intención. Quizás era una desgraciada que no estaba en sus cabales y le había dado de pronto por sentirse mocita y arreglarse, con ropa del año catapún, como si lo fuera.

Tengo que reconocer que, por un momento, estuvo a punto de enredárseme en las entendederas un pensamiento de los que te dan agobio y de los que no te puedes librar durante muchas horas, porque se me ocurrió que, si era verdad que aquella mujer pretendía rejuvenecer por el sencillísimo sistema de vestirse de muchachita, la cosa no era tan diferente de lo que yo había hecho cuando, por querer ser hembra, me ponía ropa femenina, me pintaba como una puerta y me iba a tontear con los niñatos de la Colonia. ¿Y si aquella señora, de verdad, se sentía joven? ¿No era cometer un escarnio el chuflearse de ella sólo porque, por fuera, tenía pinta de carcamal? A lo mejor si me amenazaba con que los chiquillos me echasen a pedradas del pueblo era sólo porque estaba escarmentada de malos tratos y lo que buscaba era librarse al menos de los que le podía dar yo. Miré a los chiquillos, y la verdad es que no parecían formar parte de la familia Trapp. Pero al menos uno de ellos, de unos diez o doce años, tenía una sonrisita de persona mayor con retranca que me tranquilizó, porque me di cuenta de que estaba dispuesto a echarme una mano, en caso de verdadero apuro, aunque seguramente no por amor al arte; en cualquier caso, en aquel pueblo, las tarifas de guardaespaldas tampoco tenían que estar por las nubes.

—¿Qué pasa, Eulogia?

Di un respingo y me volví. La voz, de mujer muy mayor, había sonado a mis espaldas, pero sólo porque yo me había dado la vuelta para comprobar si los chiquillos parecían capaces de liarse a pedradas conmigo. En realidad, la vieja francamente decrépita que le había hecho la pregunta a la tal Eulogia acababa de salir de la misma casa de la que Eulogia había salido minutos antes, e inmediatamente comprendí que Eulogia era su hija. No es que se parecieran, entre otras razones porque resultaba imposible que aquel amasijo de arrugas unas encima de otras pudiera parecerse a nadie, pero miraban igual, fruncían los labios de la misma manera, ponían las piernas del mismo modo para quedarse quietas y de pie, y a las dos se les notaba por el mismo tonillo de la voz que habían tenido que aguantar durante mucho tiempo lo que no está en los escritos. De todas formas, eso no fue lo que más me llamó la atención. Lo que de verdad me dejó —además de turulata perdida— completamente descolocada fue ver cómo iba vestida la vieja: como si tuviera cincuenta años menos, como vestían, los domingos y fiestas de guardar, las chicas de pueblo que se iban a servir a Madrid después de la guerra. Uy, Rebecca, me dije, aturdidísima: esto de sentirse juvenil o es una epidemia, o es una tara de esta familia.

Eulogia miró a su madre desde el peinado que se había hecho, y que seguramente era una imitación casera del «Arriba España», hasta las alpargatas negras y nada acordes con el resto del vestuario —como si los pies no consintieran aquel simulacro de juventud—, y yo noté que por un momento los ojos se le llenaban de una lástima mal aguantada, como si no pudiera remediarla y, al mismo tiempo, se dijera que no había nada de lo que apenarse. Ahora se me ocurre que, en realidad, al mirar a su madre, Eulogia se miraba también a sí misma, con aquella facha, y sentía fatiga de ir así, pero ni quería ni podía reconocerlo. Después Eulogia me miró a mí y, hablando más con su propia persona que conmigo o con su madre, dijo:

—Dice que viene a hospedarse con las mortajeras.

Por el tono, más que contestar la pregunta de su madre, o hacerme la pregunta a mí de una forma retorcida, era como si cavilase en voz alta si creerme o no creerme.

—Pues que espabile —dijo la vieja, mucho más decidida que su hija, aunque me pareció que igual de desconfiada—. A las tres de la tarde, las monjas cierran a cal y canto.

Pues si eso es verdad, me dije yo, no sé por qué tengo que espabilarme. Por mi reloj, no eran más que las once y media de la mañana, aunque el día estaba encapotado y, a menos que en aquel pueblo fuese fiesta local, el ambiente no era desde luego de entre semana, con todo el mundo atareado. Era más bien como si la noche anterior hubiesen tenido allí la gran juerga y aún no se hubiesen despertado más que aquella patulea de chiquillos malencarados y Eulogia y su madre. Y a lo mejor eso explicaba que las dos mujeres fuesen vestidas de aquel modo tan mamarrachero, como si estuvieran sonámbulas y sonámbulas hubieran sacado la ropa de a saber dónde. La vieja cogió a su hija de la mano, como lo hacen las niñas en el patio del colegio durante el recreo, y dijo:

—Vamos. Como nos descuidemos, el toque a muerto va a cogernos por el camino.

Antes de que su madre, con una energía que ya la quisiera yo para mí cuando tenga la mitad de los años que tenía que tener la vieja —si es que alguna vez los tengo, que eso está por decidir—, tirase de ella sin contemplaciones y la llevase casi a rastras para cruzar la plaza, Eulogia volvió a mirarme, aunque de otra manera, hasta el punto que yo todavía no sé si estaba amenazándome o pidiéndome socorro. La verdad es que yo cada vez entendía menos. ¿Alguien estaba muriéndose y ellas iban al velatorio con aquellas pintas? ¿O las que iban a morirse eran ellas y les daba apuro que el acontecimiento las pillase de un lado para otro? ¿O acaso en aquel pueblo estaba muriéndose de repente todo el mundo y ellas pensaban escaquearse disfrazadas de mocitas en edad de merecer? Más aún: ¿qué tenía yo para ir a dar en sitios en los que alguien se estaba muriendo? Yo quería que mi conquista del castillo interior fuera como una romería alegre, luminosa, positiva, incluso lúdica, no un rosario de funerales. ¿Era la muerte, en carne propia o ajena, un trance que, para que la unión con el Amado fuera de verdad el acabóse, había que comprender, trascender, incluso disfrutar? Lo pensé y me dio un tiritón, pero estaba decidida a que ni eso, por macabro o peligroso que fuese, me hiciera flaquear. Que el Amado me perdone, pero mientras pensaba en eso, mientras trataba de aguantar el repelús, me acordé de esos ingleses —porque siempre son ingleses— que salen en los periódicos cuando se mueren mientras se hacen unas pajas la mar de complicadas, que muchos meten la cabeza en bolsas de plástico porque, por lo visto, si al tiempo que te corres te asfixias lo pasas muchísimo mejor. Después de todo, en alguna parte he leído que el éxtasis es como el orgasmo, pero en una dimensión distinta, digo yo. El caso es que si te mueres y levitas al mismo tiempo has llegado a lo máximo. Pero tampoco hace ninguna falta que llegues de sopetón a lo máximo, Rebecca, me dije; con llegar a la séptima morada vivita y coleando tenía, para ser primeriza, más que de sobra.

Dispuesta, pues, a no desfallecer, pero algo encogida, la verdad, vi cómo se alejaban Eulogia y su madre, y cómo los chiquillos las seguían con una seriedad que me dejó un poco perpleja. De pronto, no tenía yo claro si las acompañaban a secas, o las vigilaban. No sé por qué me dio la impresión de que los chiquillos estaban cumpliendo una tarea que alguien les había encomendado. Miré a mi alrededor en busca de algo en lo que apoyarme, como si acabara de perder pie. Y entonces le vi. El niño que sonreía como una persona mayor con retranca estaba allí, sonriendo de aquella manera tan suya.

—Uy, por favor —dije, exagerando un poco la sorpresa con ayuda de algunos de mis recursos dramáticos—, qué susto. Qué raros sois en este pueblo, hijo.

—Tranquila. Aunque la verdad es que has llegado en un momento chungo. Menuda movida.

Hablaba como si, en lugar de ser de aquel pueblo de la Castilla profunda y descolgada de lo que es la modernidad, hubiera nacido y se hubiera criado en el Puente de Vallecas. Si no fuera un despropósito por la edad de la criatura, juraría que había vivido mucho, tenía mucho que disimular y me había calado como un verdadero experto. Por no resultar demasiado pánfila, saqué uno de mis registros de voz más insinuantes y nada recomendado para menores de dieciocho años, y le pregunté:

—¿No vas con ellos? ¿Puedo hacer algo por ti? ¿Qué es lo que pasa?

El niño puso la sonrisita un poco más guasona de lo que la tenía hasta aquel momento y dijo:

—Con ellos ya iré después. Si se me ocurre algo que pueda hacer por mí, no se preocupe que se lo diré. Y pasan dos cosas: se está muriendo la viuda del Amado, y alguien abrió hace dos noches dos tumbas del cementerio.

Quedé muda, como cabe imaginar sin tener un derrame cerebral por culpa del esfuerzo. Aquel pueblo —quien le puso Quejumbres acertó de lleno— era el túnel de los sustos y el sitio ideal para recomendárselo a alguna colega ambiciosa y sin escrúpulos como lugar de vacaciones. Tuve que hacer un esfuerzo grandísimo para recuperar la voz y lo primero que hice fue confirmar que no tenía las orejas torcidas y que había oído bien.

—¿Quién has dicho que se está muriendo?

—La viuda del Amado.

Esta vez no sé si quedé muda porque lo que sí quedé fue sumida en una profunda estupefacción. No era posible. Que yo supiera, y según las obras místicas realmente extraordinarias que leí sin descanso durante meses, el alma oye como si fuese la corriente cristalina de un manantial la llamada del Amado, luego emprende un camino que es un puro vaivén entre el disfrute cada vez mayor de la presencia cada vez más cercana del Amado y el desconcierto que provoca el comprender que para gozarlo por completo aún te queda mucho trecho por delante, después de suponer que entras en el trance prenupcial durante el cual el alma es ya puro desprendimiento y se deleita en imaginar lo que son los esponsales con un Amado que está, como quien dice, a la vuelta de la esquina, para penetrar finalmente en el tálamo propiamente dicho y ahí ya abismarte, confundirte y transmutarte, pero lo que no había oído en mi vida era aquello de que el alma pudiese enviudar y pasar el resto de su vida con la foto del Amado sobre la mesilla de noche, por expresarlo de manera gráfica.

—¿Y el Amado murió hace mucho? —le pregunté al niño, sin tomarme ningún cuidado en disimular lo confusa que me hallaba.

—Mucho —dijo el niño—. Por lo menos treinta años.

Pues vaya disgusto. Claro que, por otra parte, no dejaba de ser admirable que, después de treinta años, la muerte de su viuda causara la conmoción que el niño me había dado a entender, señal evidente de que el Amado había dejado mucha huella. La viuda estaba en las últimas y aquello era un acontecimiento de mucha enjundia en aquel pueblo que parecía haberse puesto a agonizar también todo él, como si la vida ya no tuviera sentido en Quejumbres una vez que del pecho de la moribunda escapase el último suspiro. Al menos eso fue lo que yo pensé al emparejar la agonía de aquella señora con lo vacío y silencioso que estaba todo, aunque luego tendría ocasión de hacer asombrosos descubrimientos. El niño seguía sonriendo como si disfrutase al verme tan desconcertada.

—Treinta años es mucho tiempo, ¿verdad? —dijo—. Tú tienes por lo menos treinta años.

—Mira, niño —le dije yo, recuperando un poco de mi naturaleza belicosa—, eso de los años depende de cómo se mire. ¿Tú sabes cómo se hacen las perlas? Pues dentro de las ostras. ¿Tú sabes lo que es una ostra? Vale. Pues hacen falta años y años para que a una ostra le termine de salir una perla natural, fina, carísima. Lo bueno de verdad, guapito de cara, no se hace en dos días.

—A mí todavía me queda mucho para tener treinta años —dijo entonces el niño con una tranquilidad la mar de chocantona, como dando a entender que él no había necesitado tanto tiempo para ser una perla de primera.

—Tampoco creo que vaya a servirte de mucho cumplirlos en este sitio tan raro —le repliqué, a ver si se le bajaban los humos—. ¿En este pueblo hay alguien más que esos dos esperpentos que acabo de ver vestidas como Marisol en la edad del pavo, esos niños que parecen dispuestos a comerse vivo al primero que se les ponga delante, y tú, Perlita de Huelva? ¿Dónde se ha metido la gente, si es que hay gente?

El niño, con los humos impertérritos, y dando por sentado que no ofende quien quiere sino quien puede, puso cara de tener una respuesta para todo.

—Todo el mundo está en casa de Rosa —dijo.

—¿Y quién es Rosa?

—La viuda del Amado.

—Ya. ¿Y vive cerca, lejos, en las afueras, en la capital

de la provincia, en Madrid, en el extranjero? Porque se supone que aún vive, ¿no?

—Vive al lado del cementerio.

—Qué cómodo, fíjate. A lado del cementerio vive la gente que tiene verdadera visión de futuro. Por cierto: ¿En ese cementerio es donde han abierto dos sepulturas?

El niño, sin dejar de sonreír como un enterrador lleno de optimismo, dijo que sí con la cabeza. Luego me aclaró:

—Una de las sepulturas era la del novio de Eulogia, la mujer que acaba de irse con su madre. El novio se le murió el mismo día de la boda. Ella no quería ir a casa de Rosa, y por eso su madre ha tenido que venir a llevársela.

Ahora yo no entendía nada. ¿Qué tenía que ver la viuda moribunda con el novio difunto de la otra, y la madre de la otra por qué tenía tanto empeño en que su hija hiciera lo que no quería hacer? Y además, ¿por qué iban Eulogia y su madre vestidas de aquella manera? Eso último, con mi interés por hacerle frente a aquel niño tan rebobinado, se me había ido un poco de la cabeza. Así que se lo pregunté:

—¿Y por qué van Eulogia y su madre vestidas de esa forma?

—Porque eso es lo que Rosa ha mandado —dijo el niño sin pestañear, como si lo que Rosa mandase no tuviese vuelta de hoja.

Yo, como es natural, estaba ya en ascuas. Le dije al niño que por qué no me lo contaba todo un poco más despacio, que si no había un bar al que pudiésemos ir y donde pudiéramos charlar tranquilamente, que yo le invitaba encantada a lo que quisiera, pero el niño me dijo que no, que el único bar del pueblo estaba cerrado por respeto a la muerte inminente de la viuda del Amado, y eso que la viuda del Amado, además de pedir que todas las mujeres se vistiesen con ropas muy alegres cuando ella pasara a mejor vida, quería que su muerte se celebrase como si fuera una boda, porque a fin de cuentas iba a encontrarse después de tanto tiempo con su Amado de su alma, de modo que tenía que sonar la música y haber baile y correr el vino, sólo que lo de los vestidos de las mujeres lo dejó por escrito y lo de la música, el baile y el vino, se entiende que bien acompañado, no. Por eso las mujeres habían cumplido al pie de la letra, pero el único bar del pueblo estaba cerrado. Lo único que podíamos hacer era meternos en mi coche y que yo le fuera preguntando.

La historia era complicadísima y difícil de creer. Y no es que el niño se explicase mal, que se explicaba divinamente, ni que se le notara esa manía que tiene mucha gente de creerse sus propios embustes, porque la gente fantasiosa y trolera nunca se frena a tiempo y el chiquillo se paraba siempre donde se tenía que parar, que era como si estuviera leyendo una historia con todos los nombres y todas las fechas bien comprobados. Era que una está acostumbrada a las cosas corrientes de la vida moderna, e incluso a las menos corrientes, pero lo que el niño me contó era como del siglo pasado, como si en aquel pueblo el tiempo llevase un montón de años sin moverse. Eso sí, me tranquilizó mucho enterarme de que el Amado no era el que yo me figuraba, sino otro.

El Amado que había dejado a Rosa viuda era un líder campesino. El chiquillo me lo explicó a su manera, me contó las fatigas que pasaban allí —como en todas partes— las gentes del campo, y las agallas que tenía el Amado, que se puso a pedir por las buenas primero, y después por las malas, lo que era de justicia. Al Amado lo mataron los guardias civiles en medio de una revuelta, mientras Franco pescaba salmones. Tenía treinta y tres años, la edad de Cristo. De su muerte, fuera de Quejumbres y los pueblos de los alrededores, no se enteró nadie, el niño me dijo que no queda ni un mal recorte de periódico, seguramente porque ningún periódico, ni siquiera el de la provincia, publicó nada. Pero el Amado era para su pueblo como un Che Guevara —esto lo he deducido yo, no es que el niño me lo dijese—, así que, cuando lo mataron, a su compañera Rosa, que se quedó sola en el mundo porque no tuvieron hijos, el pueblo la convirtió en una especie de reliquia viviente, pero con una impresionante particularidad: del mismo modo que la gente besa las reliquias de sus santos cuando está en un apuro o quiere que las cosas le vayan bien, en Quejumbres se hizo ley de obligado cumplimiento el que en casa de la viuda del Amado, en su cama, pasaran la noche anterior a su casamiento todos los mozos del pueblo, sin que el niño supiera decirme quién fue el primero ni cómo y por qué siguieron los demás, y las novias lo sabían, pero eso tenía que ser así o no había boda. No era una tradición: era como un sacramento. El único que, por lo visto, se había negado era precisamente el novio de Eulogia. Se negó en redondo, pero sin dar ninguna explicación a nadie, con una cerrazón que, además de escandalizar, sorprendió mucho a todo el mundo, porque no era un muchacho al que se tuviera por díscolo o incordiante, todo lo contrario, era tranquilo, bonachón, de buen conformar y siempre dispuesto a hacerle sitio a unos y a otros en su mesa, en su casa, en sus trabajos y en sus entretenimientos. La gente no podía comprender aquel empecinamiento que le entró, aquella manera tan terca y tan oscura de negarse a pasar la noche anterior a su casamiento en la cama de la viuda del Amado, y entre los que menos lo comprendían estaba Eulogia, que barruntaba sin duda muchas calamidades en su matrimonio si empezaba con aquel tropezón que para todos era como un sacrilegio. A lo mejor incluso barruntó lo que terminó por ocurrir: el día de la boda, delante del cura, el novio de Eulogia cayó redondo por un infarto, cuando estaba a punto de dar el sí. Desde aquel día, a Eulogia le había ido comiendo las entrañas un rencor que no sólo iba contra la viuda que la había dejado soltera y maldita para el resto de sus días, porque ya no hubo hombre que se le quisiera arrimar, sino contra el mismo muerto, cuya tumba jamás visitó. Ahora habían profanado aquella tumba y todo el mundo decía que era otro castigo de la viuda del Amado. Por eso la madre de Eulogia, para que no ocurrieran mayores calamidades, había llevado casi a rastras a su hija a la casa de la moribunda, con todo el pueblo, aunque Eulogia había jurado no hacerlo, así ardiera Quejumbres por los cuatro costados.

La historia era impresionante, y además muy nuestra. Quiero decir que era como de García Lorca, con unos pueblerinos muy cerriles aunque morenos de verde luna, un virago cepillándose sin contemplaciones a los mocitos casaderos —no por el gusto de sus carnes, sino por mantener el mando en plaza—, la ignorancia y el fanatismo copulando a la intemperie como caballos negros, y una mujer retorciéndose entre las sábanas durante años, con la virginidad clavada entre las piernas como una estaca de caoba y el recuerdo del novio muerto envenenándole la existencia. Este último personaje, Eulogia, lo bordaría yo, pues está claro que exigiría el talento de una eximia actriz.

—Cierra la boca, mujer —me dijo el niño—, que se te pueden enfriar las anginas.

Y es que el relato me había dejado boquiabierta. Y con unas ganas tremendas de saber más, de asistir al último acto de la función aunque fuera mezclada con los figurantes, de saber cómo terminaba todo.

—¿Y tú podrías guiarme hasta la casa de la viuda del Amado? —le pregunté al niño.

El niño me dijo:

—Podría.

Evidentemente, consideraba que no era necesario decir ni una palabra más. Yo busqué mi bolso en el asiento trasero del coche, me lo puse en el regazo, lo abrí, saqué la cartera, cogí un billete de mil pesetas y se lo di con el aplomo de quien conoce a la perfección el precio de las cosas. Tampoco hizo falta que yo dijese nada para que el niño empezara a indicarme el camino que teníamos que seguir.

Hacía muchísimo frío. El cielo se había amoratado y era como si las nubes llevasen muchas horas en la morgue. El viento movía con gran encono todo el paisaje y parecía que un artista de personalidad oscura y complicada estuviese pintando un cuadro depresivo. Según mi reloj, eran casi las dos de la tarde, habían pasado más de dos horas desde que llegué a Quejumbres y ni me había dado cuenta. Cuando paré el coche, a una distancia más que respetuosa de los últimos vecinos congregados frente a la casa de la viuda Rosa, aún me andaban por los oídos las campanadas de duelo que habían sonado de pronto, mientras íbamos de camino, en la torre del monasterio de Nuestra Señora del Descanso, espesas y apagadas como paletadas de tierra. El niño se santiguó con más ahínco que devoción: la viuda del Amado acababa de expirar.

Hombres, mujeres, niños, todos estaban muy callados, de pie, arrebujados en sus ropas de más o menos abrigo, medio emborronados por la oscuridad que aumentaba por minutos, como si estuviéramos en un sitio escandinavo, y por el viento que lo removía todo y parecía empeñado en desfigurar las caras, los cuerpos, los vestidos, los pocos movimientos que se permitía aquella gente. Sin embargo, ni la oscuridad cada vez mayor ni el viento cada vez más terco podían tapar del todo el efecto tan rarísimo que hacían las mujeres vestidas a destiempo, de la más vieja a la más mocita, porque la que no llevaba ropa de hacía diez, quince o veinte años llevaba algún vestido de sus hijas y a lo mejor hasta de sus nietas, y las hijas y las nietas iban compuestas con sus modelitos para las festividades, y todo eso chirriaba una barbaridad en aquel ambiente tan lúgubre y tan acongojado. Porque, en cuanto el niño y yo nos acercamos un poco y pude fijarme en las caras y en las miradas de unos y otros, enseguida me di cuenta de la pena tan angustiosa que todos tenían. Los hombres se miraban unos a otros con una ansiedad rara, como si temieran que alguno de ellos hiciera o dijera algo inconveniente. Aún no estaban encendidas las luces del alumbrado, si es que las había, pero tampoco habrían ayudado mucho, porque aquel aire gris y sin ningún brillo lo ponía todo plano, turbio, y parecía capaz de asfixiar cualquier resplandor. La casa de la viuda del Amado era pequeña, cuadrada, de dos plantas y con ventanas angostas y de carpintería pobre; los postigos estaban cerrados y yo no estaba segura de que por las rendijas de las del piso alto se escapara un rayón de luz. En la fachada de la casa habían clavado fotos de la viuda Rosa, sola o con el Amado. Formaban una pareja curiosa, como si estuvieran tapando un secreto. Rosa, de joven, no era ni fea ni guapa, sólo extraña; de mayor era horrorosa. El Amado, por el contrario, había sido guapetón según aquellas fotografías, con un aire a lo Jorge Mistral, el pelito ondulado y de buen aguante, los párpados un poquito descolgados —como si acabara de despertarse de la siesta, que es un momento en el que, por lo general, los

hombres de cara recia y buena planta están favorecidí-
simos—, y los ojos los tenía claros, supongo que verdes,
que es como tienen los ojos los líderes campesinos, o por
lo menos eso es lo que había escrito un poeta con una
pluma como la catedral de Burgos y que vino de Sevilla
a un homenaje que le hicieron en mi pueblo a Daniel
Ortega, que nos mandó un telegrama precioso, pero lo
mejor del Amado, con mucha diferencia, era la boca:
cuajada, con una arruguita en la mitad del labio inferior
como la marca que queda en un cojín después de que
en él haya apoyado la carita para dormir un niño chico,
y con el labio de arriba un poquito abombado, con ganitas de pelea. Yo comprendía estupendamente que Rosa
se volviese loca por aquel hombre, pero lo que costaba
un trabajo fuera de lo común era descubrir lo que él había podido ver en ella. Con el tiempo, según se veía en
las fotos, ella se había ido endureciendo como una naranja en la nevera y lo curioso era que, a pesar de la piel
estropeadísima y lo que es el corte facial cada vez más
militar, las fotos de la pareja que sin duda correspon-
dían a los últimos años antes de la muerte del Amado
dejaban muy claro que él era quien se agachaba y ella
la que se montaba encima. Eso es algo que una lo cala
al primer vistazo, pero supongo que en Quejumbres ni
se lo imaginaban, porque de lo contrario seguro que no
habrían llegado a cuajar aquella leyenda y aquella ve-
neración.

El niño me tiró del bajo del jersey, con el coraje que
eso me da por la facilidad con que la lana virgen se des-
boca, y me hizo señas de que me agachara para no tener
él que levantar la voz.

—Es Ramiro, el alcalde —me dijo.

Yo, distraída con la gente y con las fotografías del
Amado y su señora, no me había dado cuenta de que
alguien había abierto una de las ventanas de la casa. Allí

estaba, con una luz tan débil a su espalda que necesité mi tiempo para comprender que la habitación no estaba completamente a oscuras, aunque luego deduje enseguida que en aquel cuarto estaba el cadáver, que allí era donde Rosa acababa de morir, y el hombre que se había asomado a la ventana se disponía a comunicar algo a sus convecinos. Noté también que entre la gente había cundido una cierta expectación, y no porque hicieran nada extraordinario, sino porque la tensión se había afilado un poco, los hombres y las mujeres ya no se miraban entre sí y los niños se estaban quietos de pronto no por miedo a ganarse un sopapo o porque aquella opresión desganaba a la criatura más vivaracha, sino porque comprendían que era la mejor manera de enterarse bien de lo que pasaba, todos tenían la vista fija en el hombre de la ventana. Pero el hombre de la ventana no habló, en contra de lo que yo me había figurado. Sólo hizo una señal con el brazo, como llamando a alguien, y tres mujeres se dirigieron a la puerta de la casa. Una de las tres era Eulogia.

Volví a inclinarme y, con un hilito de voz, le pregunté al niño:

—¿Y ahora qué pasa?

—Que alguien tiene que amortajar a la muerta.

—¿Y lo han echado a suerte y le ha tocado a Eulogia? Qué faena, ¿no?

El niño me miró como riñéndome por ir demasiado lejos en mis suposiciones y me indicó con la cabeza que no. Luego se llevó un dedo a los labios para que yo dejase de cuchichear. Pero si no lo habían echado a suerte, ¿quién y por qué había decidido que fuesen aquellas tres mujeres precisamente, y que precisamente Eulogia fuese una de las tres, las encargadas de ponerle la mortaja a la viuda del Amado? Estaba claro que alguien lo había decidido de antemano, y de repente comprendí, porque la intuición femenina funciona la mar de bien cuando se refiere a las jugarretas de otras mujeres, que aquélla había sido sin duda una de las últimas órdenes de Rosa, a lo mejor su última voluntad antes de entrar en coma, y por eso la madre de Eulogia habría arrastrado a su hija por los pelos de haber hecho falta y la había llevado para que cumpliese con lo dispuesto por la moribunda, que por lo visto no se contentaba con haber matado de un infarto al novio de Eulogia frente al altar, sino que ahora quería rematar la faena y dejar claro ante el pueblo entero que ella los desaires no los olvidaría ni muerta. Para colmo, una de las tumbas profanadas era la del desgraciado novio de Eulogia y seguro que el pueblo entero pensaba lo mismo que yo: algo tenía que ver con eso la viuda del Amado.

Del cementerio sólo se veían, desde donde estábamos nosotros, los cipreses del camino que lo atravesaba de parte a parte y lo dividía por la mitad. Por lo que podía deducirse, todas las sepulturas estaban cavadas en la tierra y no había panteones de postín, a menos que el postín fuera horizontal y no vertical, porque no asomaban por encima de la tapia cruces imponentes ni esculturas gigantescas de ángeles con el alma del difunto en brazos. A la derecha del cementerio, como un gran buey adormilado entre encinas muy castigadas por la dureza de las temperaturas, el monasterio de Nuestra Señora del Descanso parecía una fortaleza ajena a todo el drama rural que estaba viviendo Quejumbres. La verdad es que ni la casa de la viuda del Amado estaba demasiado pegada al cementerio, ni el monasterio estaba del pueblo a un tiro de piedra, como parecía desde la carretera y desde la misma plaza del Cabildo, de manera que yo sentí de pronto una pena grandísima por toda aquella gente, porque la vi muy desamparada, muy descolgada del consuelo que puede dar un convento de monjitas de clausura y hasta de la conformidad que seguramente contagian los camposantos. A lo mejor la muerte de la viuda del Amado les libraba de un peso que les apretaba la vida como la soga aprieta el cuello del ahorcado, pero a lo mejor aquella muerta se instalaba en el pueblo como una ricachona que va comprando una por una todas las casas, o a lo mejor aquella gente ya no sabía vivir sin que la viuda del Amado estuviese encima de ella viva o muerta. Un par de parejas de novios muy jóvenes se abrazaban con mucha fuerza, pero era difícil distinguir si estaban aliviados o asustados. Ya eran las tres menos cuarto y, o me daba prisa y pedía alojamiento en el monasterio antes de que cerrasen, o iba a tener que pasar la noche dentro del coche. Y ya le iba a preguntar al niño cómo era el resto del programa, cuando pasó lo que menos me podía imaginar.

Porque a Eulogia la obligaron a amortajar a la viuda del Amado, pero nadie pensó que era un riesgo. Nadie se esperaba lo que ocurrió. Nadie creyó que se supiera nunca el secreto del Amado y de Rosa, el secreto del pueblo. Pero se supo. ¿O quizá la viuda del Amado lo había tramado todo? ¿Acaso Rosa había querido que ocurriese aquello para que su nombre no se borrase nunca de la memoria de los hombres y mujeres de Quejumbres? Porque Eulogia, la viuda que nunca fue viuda, salió de pronto de la casa despavorida y gritando:

—¡Era un hombre! ¡La Rosa tenía todo lo que tienen los hombres! ¡La Rosa era un hombre!

Y se reía como una loca, como sólo se ríen los que consiguen vengarse.

Sonaban campanas celestiales, y sonaban, como sepultadas en una tumba en la que acabase de abrir un boquete algún desaprensivo, las carcajadas vengativas y desvergonzadas de Eulogia. Era muy engorroso. Miraba yo los ojos fervientes del Amado, miraba yo con encendida devoción su devotísima mirada, y empezaba poco a poco a ponerme inquieta y a sentirme apetitosa, de manera que la ansiedad que hervía como el almíbar en los ojos del Amado y la impaciencia que inflamaba mis sentidos como si fueran bizcochos iban completándose a la perfección, cuando la risa de Eulogia se ponía a retumbar en mis oídos sin ningún miramiento y en los ojos del Amado entraba, como la mala yerba en un jardín fragante, la desconfianza. Y lo peor de todo es que eso sucedió al tercer día de mi ingreso en el albergue del monasterio de Nuestra Señora del Descanso, cuando ya comenzaba yo a considerar fundadas mis ilusiones de penetrar en parajes reservados al amor sobrenatural.

Antes, durante las dos primeras jornadas, todo se desarrolló en lo tocante a los anhelos y las vicisitudes del espíritu con una fluidez y un provecho que a mí misma me tenían atónita. Para empezar, el rigor a ultranza de la comunidad de las mortajeras, tanto en sus escasos como ineludibles negocios terrenales como en los escogidos y delicados menesteres que alimentaban y fortalecían el alma, me permitió hospedarme en el albergue el mismo día de mi llegada a Quejumbres, pues llegué al zaguán de paredes encaladas y desnudas y suelo adoquinado que hacía las veces de recepción a las tres menos dos minutos, y la hermana hospedera —una de las más jóvenes de la comunidad, según pude comprobar después, aunque ya talludita y dotada de esa diligencia y soltura a la hora de decidir que denotan veteranía y hasta un poquito de deslizamiento hacia el apego a los mandoneos profanos— me acogió sin ningún agobio ni el más enmascarado reproche, como si hubiese llegado con todo el tiempo del mundo y el desahogo —como el silencio, el recogimiento, el respeto a las rutinas cotidianas del monasterio y, desde luego, la puntualidad— fuese tan importante para una estancia apacible y fructífera que, si no lo había, era preciso inventarlo. Yo había corrido en busca de mi coche en cuanto Eulogia salió de la casa de Rosa, la ya difunta viuda del Amado, proclamando a gritos que la muerta era en realidad un hombre, y riéndose con aquellas carcajadas que eran como puñetazos en el libro de familia de la mayoría de los matrimonios del pueblo, y la verdad es que ahora no entiendo muy bien por qué me entraron aquellas prisas, que lo normal, dada mi curiosidad congénita y lo muchísimo que me han gustado siempre las bullas empapaditas en morbo, habría sido quedarme allí para averiguar toda la verdad y comprobar los estropicios de aquella envenenada revelación de Eulogia, aunque hubiese tenido que dormir al raso las noches que hiciera falta o me hubiese gastado todos mis ahorros en convencer al chiquillo que me había servido de cicerone para que hiciese para mí investigaciones imprescindibles. Por ejemplo: ¿habría calculado Rosa, como una verdadera bruja, que a Eulogia terminaran encerrándola en un manicomio, porque las otras dos mujeres que se emplearon en amortajarla negarían con todas sus fuerzas que las partes varoniles que Eulogia juraba haber descubierto en el cadáver de Rosa no eran ciertas? ¿Serían capaces todos los hombres del pueblo que habían pasado la víspera de su boda en la cama de Rosa de jurar que no, que ninguno se había dado cuenta de nada, o que aquella noche no había pasado nada y, si pasó algo, pasó mientras ellos estaban dormidos, o que Rosa se había dado una maña de las que cuestan trabajo creer para que todos tomaran por la puerta principal lo que no era sino la puerta falsa? Pero entonces, ¿para qué obligar a Eulogia a que la amortajase y ponerle en bandeja que descubriese aquel oprobio? ¿Sólo para joder? ¿Sólo para seguir jodiendo hasta después de muerta? La hermana hospedera rellenó la ficha con mis datos en un santiamén, hizo un inciso para cerrar la puerta del zaguán a las tres en punto por si alguna hipotética rezagada tuviese la tentación de pensar que el tiempo se pone siempre y en todas partes del lado del que paga, me dio un folleto sobre la vida y obra de la fundadora de las monjas del Santo Sepulcro —en vías de beatificación—, me advirtió que ninguna de las habitaciones del albergue tenía llave en la puerta y me rogó que la siguiese; todo había sido tan rápido que no tuve tiempo de pensar en lo atípico de mi comportamiento y en los muchos enigmas que seguramente se me iban a quedar de por vida enquistados en los pliegues del entendimiento, como si realmente no tuviesen solución o como si no existiesen porque todos los acontecimientos de Quejumbres los había soñado.

Las dos primeras noches fueron de bastante desconcierto y mucha indecisión, porque los sobresaltos de mi naturaleza me impedían a mí asentarme en eso que llaman bienaventurada dejadez quienes la frecuentaron —de hecho, no paré de dar vueltas en el catre y cada dos por tres me percataba de lo terrenal y de lo talludita que era porque me daba un pinchazo en las cervicales, se me impacientaba la vejiga, me entraba un golpe de ansiedad al recordar que me había quedado sin trabajo y que no me iba a resultar nada sencillo contratarme de nuevo de cabecera de cartel en un espectáculo de categoría, si aquello del misticismo era más lento o menos completo de lo que yo me esperaba, o me entraban de repente dudas muy angustiosas sobre lo adecuado de mi nombre, Rebecca de Windsor, para figurar en el santoral—, pero la tercera noche me descubrí nada más retirarme a mi celda una languidez que yo al principio atribuí a una bajada de tensión, a la que soy propensa a poco que me atribule, pero que estaba desprovista de todo desagrado, de esa antipática sensación de vacío estomacal y de descargas de destemplanza que suele acompañar a las alferecías. Me arrodillé junto al catre, entre atemorizada y ávida. Pues, por una parte, no sabía lo que me esperaba —si un desmayo del montón o una privación de las que, según entendí en los libros, son la antesala del éxtasis—, y, por otro lado, estaba ansiosa por comprobar lo que se avecinaba, que intuía yo que iba a ser sensacional. Con gran devoción, pero con mucho estilo —que lo uno no tiene por qué estar reñido con lo otro—, entorné los ojos, y fue como si de repente al mundo entero le hubiesen bajado el volumen y el color, que incluso recuerdo haber hecho en los primeros instantes un esfuerzo para acordarme de cómo eran los aligustres del patio del monasterio, el cielo enrojecido que acababa de ver por la ventana de la celda, los ojos de la hermana hospedera que me miraba siempre como si yo nunca estuviese donde ella esperaba encontrarme y el cordón casi fluorescente del que colgaba la cruz que llevaba sobre el pecho la hermana gobernadora, que era como llamaban a la superiora en aquella comunidad, y todo me pareció beis, de un bonito y delicado —pero monótono— color arena, como si todo hubiese perdido la pigmentación artificial que el ojo humano le pone a cuanto ve y la creación entera fuese de nuevo de arcilla, sin colorantes ni conservantes. También el sonido del mundo era débil y lejano, pero no como si lo estuviesen asfixiando, sino como si estuviera naciendo, y yo noté que en mis oídos se abría sitio a rumores más elegantes y misteriosos, seguramente celestiales, y resultaban tan acogedores que dejé de estar alarmada, aunque no por ello dejé de sentirme trémula. Entonces, uno de esos sonidos que parecían recién inventados me estremeció: gimió la puerta de mi celda y unos pasos como la respiración de un muchacho dormido empezaron poco a poco a acercarse a mí. Abrí los ojos, sin duda ya enteramente transida, y me puse a bucear con la mirada en aquel vapor de color crema que lo anegaba todo, hasta que, de pronto, descubrí que el Amado estaba frente a mí. De verdad. También es cierto que no hubiera podido decir exactamente cómo era, cómo iba vestido, de qué forma se movía ni de qué color eran sus ojos, pero no me cupo la menor duda de que era el Amado y de que me miraba.

Me miraba y yo tuve de pronto la certeza de no merecer que me mirase de aquel modo. Yo había cumplido ya los cuarenta y muchos y a esa edad una ya sabe perfectamente por dónde se está resquebrajando, qué deterioros quedan a la vista por mucha coba que una se dé con productos de belleza de mucha categoría y por buen ojo que tenga para elegir el vestuario que más le favorece, una comprende que ya no puede ser contemplada con la luminosa e incondicional devoción con la que se contempla a una quinceañera con un cutis y un tipito privilegiados, por algo una eligió el camino de la belleza interior, que da más juego y ofrece más oportunidades cuando llega el descalabro de la madurez, y ser santa. Y, sin embargo, el Amado me miraba como si mi cutis fuese todavía de porcelana, como si mi cabello hubiese recuperado de repente el fabuloso brillo de una melena joven y un poquito bravía, como si mis labios conservasen aquella elasticidad jugosa que me dio tantísima celebridad y tantísimos admiradores en mis tiempos de pimpollo volandero, como si mis pechos fuesen tersos y vibrantes tal cual eran antes de tener que apuntalarlos habilidosamente con plásticos y ferretería, como si mi cintura aún no tuviese tolondrones y charcutería inmunes al ayuno y el ejercicio, como si mis muslos mantuvieran una esbeltez sin mácula y mis tobillos, cinceladísimos, no se me hinchasen como se me hinchan en cuanto doy tres pasos; el Amado me miraba, en definitiva, como si yo tuviera veinticinco años menos de los que tengo.

Llevéme entonces, desconcertada, las manos a las mejillas. Y sorprendíme, quedéme súbitamente sumida en una rotunda estupefacción, sentíme de repente a una incalculable distancia de eso que los humanos llamamos hacerse cargo de lo que ocurre y encontrarle su explicación; en resumen, que no di crédito. Porque mis mejillas, en efecto, tenían la delicadeza y la suavidad de un bibelot de loza finísima, y estaban tibias como cachorros recién nacidos, con ese temblorcillo que tienen las pieles nuevas cuando notan que llaman la atención, con una capita de resplandor que yo misma me podía tocar, con una fragancia que se pegaba a los dedos igual que se pega un perfume de poco cuerpo pero mucho alcance. Así que me miré las manos, para ver si el milagro estaba en mi cara o en mis dedos, y me puse contentísima —aunque no por eso me abandonó el pasmo— al comprobar que mis manos eran prácticamente las de una colegiala, con una línea irreprochable y una frescura verdaderamente virginal y, desde luego, sin rastro de esas invencibles manchitas de color tabaco que acaban metiéndote de cabeza en tu auténtica partida de nacimiento. Casi al instante, me noté grácil, ligera, juncal y sin una gota de grasa. Incluso me dije: Rebecca, estás flotando. Me sentía yo despegada del suelo, con mis rodillas a una considerable distancia de los ladrillos fríos y ásperos en los que fueron a dar cuando me postré, elástica como una campeona de gimnasia rítmica, aunque sin hacer cabriolas, naturalmente, sino entregada a la incomparable dicha de saberse una contemplada con una apariencia tan ideal por los ojos rendidos del Amado.

El Amado me recordaba a alguien. Me sería difícil explicar cómo, hallándome en medio del arrobo que acabo de relatar, me entró de pronto la piquera de que la cara del Amado me sonaba. Y mira que me di cuenta a tiempo y comprendí que la situación, tan sublime, no era como para distraerse con el empeño de encontrarle al Amado un parecido que no podía ser más que un rebote de una de mis cualidades de toda la vida, que la verdad es que yo siempre he sido una fisonomista de matrícula de honor, pero el caso es que empecé a decirme que aquella cara yo la había visto antes en otro sitio, y no se me iba de la cabeza. A todo esto, el Amado sonreía. Y a lo mejor era aquella sonrisa, entre el deleite y la parsimonia, la causa principal de aquella repentina distracción, el rasgo que yo estaba segura de conocer de otra parte, y además de no hacía mucho tiempo, hasta tal punto que me encontré haciendo un esfuerzo por recordar cómo era la cara del Amado de Quejumbres, la cara del hombre de Rosa, aquella cara tan interesante que tanto me había llamado la atención en las fotografías que habían clavado los del pueblo en la fachada de la casa donde Rosa murió y dio el último campanazo al dejar que Eulogia la viese enterita en el momento de amortajarla, y también me esmeré en acordarme de cómo era de facciones y de expresión y de colorido el huésped maduro de San Juan de la Jara que me atendió solícito y bastante acelerado cuando yo tuve aquella privación de los sentidos, y que salió despavorido al descubrir mi condición de mujer, y hasta escarbé con mucho ahínco en mi memoria para componer el retrato de los hermanos hospederos de San Esteban de los Patios y de Santa María de Bobia. Pero la cara del Amado que ahora me miraba, aunque me recordase a alguien, era otra cosa. Era —me dije yo, y me lo dije riñéndome por decírmelo— no más suave ni más delicada ni más elegante, pero sí más femenina.

Era raro. Nunca he tenido yo veleidades tortilleras y ni siquiera un poquito de curiosidad —y no es que me parezcan mal, sino todo lo contrario, que en la variación está el gusto y en el gusto de los demás nadie tiene derecho a meterse—, pero allí me veía de pronto, con el disfrute corriéndome por todo el cuerpo por lo estremecida de gozo que se encontraba mi alma, y quien me ponía en trance resulta que tenía cara de lanzadora de jabalina, lo que no dejaba de ser una notable novedad, tanto que a lo mejor a eso —a que estaba, como quien dice, bautizándome en el gusto de la mujer— se debía lo fuerte de la experiencia, que nunca hasta aquel momento había tenido yo algo que tanto se pareciese a la levitación. Porque el Amado sería lo que fuese, pero me traspasaba, y yo me sentía ingrávida y desprovista de casi todo, incluso de mi colorido natural y de los tintes discretos pero innegables de mi ropa, que toda yo era de repente de color vainilla, y mi atuendo era pura gasa, y mi pelo suelto flotaba sobre mis hombros como si fuese de seda de primera calidad, y mi pulso apenas tenía la deliciosa desgana de un hilillo de agua deslizándose entre la yerba que cubre la ladera de un monte, y nada me estorbaba, nada me impedía mantenerme a dos palmos del suelo, nada parecía atarme ya a la hembra de bandera que con el tiempo, a fuerza de voluntad, con la ayuda de los inventos que la farmacia y la cirugía han puesto al servicio de las criaturas nacidas con la ingle equivocada, y para asombro de quienes me conocieron antes y me conocen ahora, había llegado a ser. Tan distinta y extraña me encontraba de pronto que intuí, por ese fogonazo que en el cerebro tenemos de vez en cuando las mujeres, que yo no era una sino dos, y como quien no quiere la cosa para no hacerle un feo a quien tan intensamente me miraba, miré yo a mis espaldas, y entonces lo vi. Entonces vi lo que atrás, arrodillado en el suelo de la celda y aparentando del primero al último sus cuarenta y muchos años, había quedado de mí.

Había quedado yo, Rebecca de Windsor, antes del desdoblamiento. Había quedado yo con todos mis desconchones, y emperrada además en que el Amado fuese el prototipo de la dulce y al mismo tiempo recia virilidad, de ahí que mi alma actuase por su cuenta y crease conmigo una doble con adorables hechuras de doncella para ofrecerla como paloma nueva a paloma brava. Todos mis sentidos se habían quitado de repente veinticinco años —si es que no se habían quitado treinta, porque tampoco va una a falsificarse la fecha de nacimiento en un momento así—, y en mí resplandecía la ingenuidad, por increíble que parezca, y yo era de tal guisa y con tales dones un bocado muy apetitoso para una divinidad con tendencias hombrunas, cosa que no es ni buena ni mala sino diferente, y lo cierto es que aquella mirada había conseguido despertar en mí a la chiquilla inocentona e incauta que nunca había podido ser, y me sentía de pronto deseada como nunca me había sentido, con los encantos de mocita natural que nunca tuve, a merced de unos ojos iguales a los míos, porque en ellos había ese mañoso retorcimiento que una mujer descubre enseguida en la forma de mirar de otra mujer, y comprendí que lo suyo sería abandonarme, dejar que aquel Amado con aspecto de checoslovaca rellena de esteroides me enseñase el camino del deliquio, pues a fin de cuentas eso era lo que yo buscaba para resolver airosamente la crisis de mis atributos terrenales, y ya se sabe que los consuelos y las satisfacciones vienen muchas veces por donde menos se espera: por aquella mirada que me envolvía como un vendaval, por aquellos brazos que a todas luces tenían que contenerse para no estrujarme hasta perder el aliento, por aquellas manos que temblaban como con un ataque de fiebre al tocar la seda de primera calidad de mi pelo, al hundirse en la gasa exquisita de mis vestidos, al acariciar la piel incomparable de mi vientre, al bajar como góndolas nerviosas en busca del puente de los suspiros... Pero, entonces, sonó de nuevo la risa de Eulogia. Y sonó como si ahora se burlara de mí y de aquel Amado tan especial. Y no sólo escuché yo la risa, sino también quien había tomado la forma del Amado, y le cambió la cara. Y además se descompuso. Y se puso a mirar para todas partes como si temiera que alguien nos pillase en una situación inconveniente. Y estaba claro que el deliquio se iba al guano. Y de hecho se fue. Porque al Amado se le puso de pronto cara de institutriz sibilina que no se sale con la suya, y se dio media vuelta y salió de mi celda con una bulla que no pegaba nada con la mística ni con el desvanecimiento interior.

Quedé descolocada, como es natural. A ver. Y, cuando vine a darme cuenta, era yo de nuevo una y cuarentona, estaba arrodillada junto al catre, había perdido por completo el color vainilla, y alguien se puso a golpear con los nudillos la puerta y con voz bastante autoritaria me dijo:

—Señorita Rebecca, tiene usted visita.

Dany estaba en el zaguán que hacía las veces de recepción, con sus bolsas de viaje y un aspecto magnífico. Llevaba una camiseta acrílica de color negro, cuello cerrado y una costura justo debajo de los pectorales que no permitía mirar a otro sitio, a pesar de la cazadora de piel vuelta y abrochada hasta la mitad del torso con la que hubiera podido disimular bastante sus exuberancias, de habérselo propuesto con seriedad. Deduje, por tanto, que en San Juan de La Jara había empezado a perder la tirria que le tenía a sus abrumadores encantos, y que a lo mejor hasta andaba cogiéndole gusto a quedar provocativo. Desde luego, no me sorprendí nada, porque lo sé desde hace años: en cuanto un hombre bien hecho pasa una temporada a solas con otros hombres, se vuelve exhibicionista. El problema que ahora tenía Dany era el que yo había tenido desde que me propuse ser santa: hacer no sólo compatibles, sino complementarios, el ansia de beatitud con la aceptación de ser tan sexy.

—Estás de muerte —le dije.

—Estoy sin un duro —dijo él, bastante apesadumbrado—. Lo siento.

Era una complicación, sin duda. Cuando salimos de Madrid, yo no había cometido la indelicadeza de preguntarle por su presupuesto, aunque al cabo de un par de horas, en cuanto paramos para entonar un poco el estómago, comprendí que iba cortísimo de fondos. De hecho, permitió que pagase yo y creó un precedente. Claro que también pensé que podía estar siendo injusta con el muchacho, que a lo mejor la impaciencia espiritual no le dejaba entretenerse en menudencias terrenales y que, después de todo, debía sentirme orgullosa de contribuir con mis ahorros a que aquel aventajado alumno de la ciencia mística alcanzase en breve la fase unitiva, que es lo más que se puede pedir en misticismo. Y tampoco es que mis ahorros fueran despampanantes, pero Dany ya no podía pasarse sin ellos y sólo cabía esperar que él alcanzase la fase unitiva lo antes posible. Aunque ahora la pregunta era: ¿dónde?

—Esto es sólo para mujeres, Dany —le dije—. Aquí no te puedes quedar.

—Desde luego que no puede quedarse —dijo entonces, con esa amabilidad que araña como una bola de algodón rellena de serrín, la monja que había ido a avisarme de que tenía visita. Y añadió—: Y me temo, señorita Rebecca, que usted tampoco.

No me lo esperaba. Mi comportamiento había sido impecable. Respeté escrupulosamente la vida de la comunidad, participé con puntualidad y fervor en los oficios religiosos y las lecturas edificantes, compartí las modestas y monótonas refacciones sin rechistar, y encima había honrado, en mi opinión, el carácter recoleto y meditativo de aquel establecimiento encuadrado en la hostelería espiritual con una experiencia sobrehumana que, si no había sido inconfundiblemente mística, le había faltado muy poco. Y ahora me salían las reverendas madres con que tenía que irme.

—¿Y se puede saber por qué? —pregunté, aparcando de momento la meritoria mansedumbre, la trabajada templanza y la piadosa resignación.

La monja sonrió con un aire caritativo que me puso el kikirikí de punta. Parecía que estaba perdonándome mis pecados.

—Lo que ha ocurrido nos tiene muy perturbadas —dijo ella, con esa técnica tan conocida, y que a mí me repatea tanto, que consiste en decir las cosas de forma enigmática para que parezcan gravísimas.

Yo me puse exigente:

—¿Qué es lo que ha ocurrido?

—¿También aquí han sacado a algún muerto de su tumba? —preguntó entonces Dany, y la verdad es que me dejó desconcertada.

Le miré. No es que pareciera asustado, pero sí que se le veía dispuesto a enredarse en habladurías de intriga y misterio, como si con eso pudiera hacer méritos para que yo siguiera haciéndome cargo de sus gastos, ahora sin excepción, e incluso para que en el albergue del monasterio de Nuestra Señora del Descanso se avinieran a cumplir con él la excepción a la regla y le diesen alojamiento. Enseguida quedó claro que en eso último no tenía ninguna posibilidad, porque la monja cortó en seco la invitación de Dany a la tertulia sobre degenerados y fantasmas.

—En el cementerio que tenemos dentro del monasterio —dijo— no se cometen esas aberraciones. Todas nuestras hermanas difuntas descansan en paz. Y estamos dispuestas a cumplir a rajatabla nuestra obligación de velar para que eso no cambie.

Menuda bruja: como si el pobre Dany, en caso de ser admitido en el albergue, fuera a dedicarse ipsofacto a sacar monjas muertas de sus sepulturas. Yo estaba a punto de estallar de coraje, pero me di cuenta de que Dany se había propuesto conservar la meritoria mansedumbre, la trabajada templanza y la piadosa resignación. Sonreía como un bendito. De modo que decidí no atacar frontalmente y ser sibilina.

—En el cementerio privado de las reverendas madres —dije— puede que de momento las difuntas estén a salvo. Pero en el cementerio del pueblo, que está a un tiro de piedra, ya han tenido ajetreo, ¿verdad, Dany?

Puso cara de recién llegado a un congreso de astronautas.

—No tengo ni idea, Rebecca —dijo, todo candor—. Yo me refiero al cementerio particular de los frailes del santuario de San Juan de La Jara. Ya sabes que vengo de allí. Del santuario, no del cementerio, claro. En ese cementerio, hace dos noches, abrieron tres tumbas. Eran de tres frailes que murieron jovencitos, y fue muy raro, porque escarbaron hasta encontrar los restos, pero después los volvieron a tapar, sin tocar nada.

La monja y yo nos miramos y estaba claro que las dos teníamos la misma idea en la cabeza: un depravado andaba suelto por la región. De todas maneras, no me dio la gana tranquilizar a la monja haciéndole notar que las tumbas profanadas eran siempre de muchachos, no de muchachas ni, mucho menos, de monjas de la tercera edad; al depravado le gustaban los muertos machos, pero tiernecitos. La monja se santiguó, con el susto llenándole la cara de morisquetas.

—Bendita sea la protección de Jesús en su Santo Sepulcro —dijo—. Y que esa protección alcance a las cerraduras con llave que vamos a poner ahora en las puertas de las celdas.

Lo dijo para mí, no hacía falta ser una lumbrera ni una tiquismiquis para darse cuenta. Así que le dije:

—Mire, madre, déjese de pegar tiritos de fogueo y tire a dar. ¿Qué tiene que decirme? ¿Qué tengo yo que ver con que pongan o no pongan cerraduras con llave en las puertas de las celdas? ¿De qué se me acusa?

Sonó una campanilla —agitada sin alegría, sino con una sequedad que no anunciaba nada bueno— al otro lado del portón que comunicaba con el claustro. La monja sonrió con venenosa dulzura.

—Puede asomarse, señorita Rebecca —dijo, llena de misericordiosa amabilidad—. Ya verá como no es necesario que le explique nada.

No hizo falta que me repitiera la invitación. Yo estaba en ascuas. Abrí el portón como quien retira la piedra que tapa la boca de un pozo para comprobar si en el fondo hay algún ahogado, y entonces la vi: la hermana hospedera, la misma que me había recibido y tomado los datos y acompañado a la celda tres días antes, vestida con una simple túnica de color morado y con la cabeza cubierta con una toca del mismo color sin papalina, caminaba descalza entre dos filas de monjas —seguramente la comunidad entera—, haciendo penitencia y pregonada por aquel campanilleo tan desabrido. Levantó la vista y me miró. Y yo entonces volví a escuchar, sin saber de dónde venían, las risas descompuestas de Eulogia. La hermana hospedera también debió de escucharlas, porque sonrió, pero lo hizo de un modo raro, entre el deleite y la parsimonia. Y de pronto descubrí que la hermana hospedera tenía cara de lanzadora de jabalina. Y entonces lo comprendí todo. Y comprendí que quisieran poner cerraduras con llave en las puertas de las celdas, y que no hacía falta que la monja encargada de despedirme me diera explicaciones, y que seguiría con Dany dando tumbos de morada en morada hasta la morada final —confiando en que fuese el tálamo en el que espera el verdadero Amado, y no una sepultura—, y que nunca volvería a Quejumbres.

Desde la carretera, mientras nos alejábamos en coche, Quejumbres se me antojó tan quieto y tan oscuro como un panteón vacío, abandonado.

Quinta morada

El jardinero del convento de San José de los Cuidados era de escándalo. Claro que Dany dijo que no había que exagerar, que quizá fuese un diamante en bruto, pero que aquel cuerpo pedía a gritos un buen trabajo de talla, aunque para mí lo que pedía a gritos era un jardín más íntimo, más coqueto y rebosante de sensibilidad. Y es que nada más verle me sentí jardín, sentí que me crecían florecillas por todo el cuerpo, y que una fuente deliciosa empezaba de pronto a manar en algún rinconcito de mi persona, y todo lo tenía yo tan limpio y tan cuidado que, a poco que aquel jardinero se esmerase, yo era un jardín para que se luciese.

—En cuanto le he visto —dije—, mis entrañas se me han puesto contentas como niñas a la hora del recreo.

—Eso es que aún eres demasiado terrenal, Rebecca —dijo Dany, y la verdad es que se le notaba que le daba pena decirlo.

—Yo creo que no —le dije, con firmeza, pero con cariño—. O por lo menos, no lo tengo tan claro. En cambio, lo que sí está claro es que soy muy heterosexual.

Porque la experiencia recién vivida entre las monjas del Santo Sepulcro me había dejado con el corazón encogido y con una inquietud sobre los gustos de mis sentidos que, sin ser angustiosa, era molesta. Así que notar cómo me convertía de repente en un exquisito conjunto de arriates, con tan sólo haberle echado un vistazo a aquel ejemplar con las hombrías tan aparentes y tan bien puestas, me procuró muchísima tranquilidad. Tranquilidad por ese lado, desde luego, que por el otro, por el que se refería a mis avances por el castillo interior, mi sentido común y el comentario de Dany sobre mis persistentes esclavitudes terrenales me pusieron en guardia. ¿Sería posible que mis provechos místicos fueran tan raquíticos? ¿De tan poco me había servido el tiempo que llevaba sin regalarle un capricho al cuerpo, sin darle un mimo al paladar, sin ponerme una gota de pintura? ¿Tan pésimos resultados estaban dando mis anhelos por salirme de mí? De ser así, parecía lógico que me desanimara, y no quería desanimarme, pero la verdad es que el jardinero del convento de San José de los Cuidados era una bomba.

Habíamos ido a parar a aquel convento sin más ayuda que la del matrimonio que atendía un costroso bar de carretera, en el que paramos para darle un poco de desahogo al cuerpo y de entretenimiento al estómago. Cuando entramos, la pareja, que estaba detrás del mostrador mano sobre mano y el uno junto al otro, quietos y en silencio, como si temieran espantar a los posibles clientes si se movían o decían algo, incluso tardó en contestar al darle nosotros las buenas tardes. Luego no es que fueran el colmo de la charlatanería, pero nos sirvieron un café de puchero muy potente y de sabor bastante bravío y algo misterioso, aunque capaz de espabilar a Nefertiti por embalsamada que esté, y unas mantecadas perfectas para engoñipar a un batallón de paracaidistas después de unas maniobras, pero sabrosas y con aguante, y, cuando les preguntamos por alguna hospedería de frailes o monjas que cayera cerca, el hombre nos dijo que a doce kilómetros, a la altura de Los Ermitaños, cogiéramos el desvío de la derecha y que después sólo teníamos que seguir todo recto hasta dar con el hospicio de los padres custodios. Yo dije que, la verdad, un hospicio no era lo que andábamos buscando, pero entonces la mujer nos aclaró que al sitio ese nombre le viene de antiguo, de cuando iban allí a parar los huérfanos de las epidemias y los niños abandonados por las mozas preñadas de mala manera, pero que ahora se dedicaba a noviciado menor de los custodios, con apenas un puñado de muchachitos que, después de un par de años allí, o pasaban al noviciado propiamente dicho, en un pueblo de la provincia de Ciudad Real, o se volvían a sus casas escarmentados. Un hijo del matrimonio había pasado por la experiencia y ahora vive en Barcelona, descarriado, eso fue lo que nos dijo la mujer, pero no nos aclaró si se había descarriado por haber sido novicio custodio, ni en qué clase de descarrío andaba el mozalbete. Eso sí, nos animó el hombre, es un sitio la mar de solicitado los fines de semana para descansar, sobre todo por parejas de esas que parece que ya lo han disfrutado todo, y tiene un jardín que quita el sentido.

No dijeron nada del jardinero, pero ya me encargué yo, en cuanto le vi, de remediar el descuido.

—Sus piernas son torres de mármol —dije, a media voz, pero hablando más que nada para mí misma— y sus brazos tienen, multiplicado, el poderío de lingotes de oro. Y qué cuello, por Dios. Y qué hombros, son como las dos rocas prácticamente gemelas que había al final de la playa de mi pueblo cuando yo era chico y que ahora ya ni se ven porque las ha tapado la arena, que con los vientos y las mareas aquello ha cambiado una barbaridad. Y eso que está inclinado y no puedo verle el pecho, que seguro que es suave como las dunas, por fuera, y firme como un tanque alemán, por dentro. Y menudos glúteos, por decirlo con palabras finas, tiene el Amado.

—Desvarías, Rebecca —dijo Dany—. No es el Amado. Es el jardinero del convento.

Sentí un vahído, como si acabara de dar un resbalón al borde de un acantilado y no supiera dónde apoyarme. Parpadeé: es una técnica que siempre he utilizado mucho para darme tiempo a hacerme cargo de la situación. Aquel ejemplar de bandera quizá fuera el jardinero, pero quizá lo fuera solamente para los ojos que lo miran todo a ras de tierra, y quizá yo estaba ya aprendiendo a mirar con ojos elevados sin necesidad de calentamiento previo, quiero decir sin necesidad de recogerme antes y sumirme en una concienzuda meditación y desprenderme de esos vicios materiales en el mirar que todo lo vuelven ordinario, sino que entraba de un modo directo y espontáneo en una visión que llegaba al otro lado de las cosas y el jardinero, bajo una mirada así, se revelaba como lo que era, nada menos que el Amado. Y eso podía explicar el que yo, en cuanto le vi, me pusiera a hervir de delicioso gozo y a hacer comparaciones la mar de poéticas, como la esposa del Cantar de los Cantares.

—¿No será —me atreví entonces a preguntarle a Dany— que te has abandonado un poco y ya no ves las cosas con la misma espiritualidad con que las veías cuando nos conocimos?

Dany se turbó. Alguna bruja que yo conozco dirá que los hombres de verdad no se turban, pero eso es porque no han conocido ni conocerán jamás a un hombre que quiera ser santo, decisión que va impepinablemente unida a arrebatos y sofocaciones, entusiasmos y decaimientos que hacen que se turben cada dos por tres.

—La verdad es que me preocupa —dijo él—. No el ver como jardinero lo que estoy seguro de que es un jardinero, sino la facilidad con que me fijo en cosas a las que antes no les daba la menor importancia, y lo que ha empezado a agobiarme es que la ropa me está cada día un poco más desahogada. Como siga así, no va a tener ningún mérito que levite.

Estuve tentada de preguntarle si en San Juan de La Jara había levitado mucho, pero me dije que ya era hora de que dejase de comportarme como una discípula, deshecha de admiración y muerta de envidia, cuando a lo mejor no era para tanto. Yo era capaz de ver con mucha facilidad con los ojos interiores, y él no, o por lo menos le costaba trabajo, y eso podía significar que se estaba moviendo el escalafón.

Dany, sin duda, había cambiado. Yo le notaba de pronto muy pendiente de sus hechuras, y sin aquella facilidad para ausentarse y vivir en otra dimensión que tenía al principio del viaje. Además, se atribulaba más de la cuenta cuando consideraba que yo tenía reacciones demasiado hormonales, por decirlo de la manera más científica posible, y eso a lo mejor era muy caritativo, pero poco místico: no es por menospreciar la caridad, pero cuando la amada y el Amado se tratan de tú a tú, las obras de misericordia quedan para el cuerpo de intendencia. Y ésa era la impresión que de repente me daba Dany, que había pasado del comité de elegidos a la brigada de mantenimiento, y que por alguna extraña razón ya no se sentía con fuerzas para aguantar con todos los sentidos suspendidos y se resignaba a procurarse una santidad de andar por casa. O a lo mejor, pensé, es que a su afán por alcanzar el éxtasis le falta aliento y siempre le pasa igual, que se queda a medio camino.

—No sé si aquí encajaremos bien —dijo Dany.

Supe por qué lo decía. Desde que llegamos al convento, habíamos visto a bastantes huéspedes, pero todos agrupados en lo que parecían familias enteras que habían ido allí a pasar unos días de vacaciones. Había montones de niños, y ya se sabe que eso supone mucha alegría y vitalidad, pero también poco recogimiento y un cierto desbarajuste en las actividades colectivas. Y Dany quería decir, con toda la razón del mundo, que la mística es por definición una experiencia adulta, una experiencia solitaria y hasta un poquito antipática, al menos en apariencia, porque no se puede tener un deliquio y al mismo tiempo ser amable y educadísimo con el pesado de turno, y mucho menos si los pesados de turno son una patulea de críos que no paran de dar rienda suelta a su adrenalina y a su curiosidad. Visto desde fuera, un místico es un egoísta. Visto desde dentro, claro, ese egoísmo es pura y sublime delectación, pero eso es difícil que lo comprenda un padre o una madre de familia encantados de lo espabilados y lo sociables que son sus hijos, y desde luego es imposible que lo comprendan los niños sociables y espabilados. El convento de San José de los Cuidados estaba lleno de niños así. Claro que también estaba lleno de niños muertos.

—Yo creo que vienen con cuatro, se cargan a dos, y se vuelven a casa con el presupuesto familiar muy aliviado —dijo Dany, ya completamente fuera de situación.

Le miré muy alarmada. Comprendía que el camposanto del convento, al que daban las habitaciones que nos adjudicaron, era para impresionar a cualquiera, todo lleno de tumbas infantiles, pero si se pensaba un poco eso resultaba de lo más natural. A fin de cuentas, aquello había sido hospicio en épocas horrorosas, cuando una simple epidemia de tosferina se llevaba por delante a toda la chiquillería que encontraba a su paso, y, al no tener los acogidos familiares que se hicieran cargo de sus restos, allí se habían quedado para siempre, en aquellas tumbas que daban más repelús de lo habitual por lo cortas que eran y lo apelotonadas que estaban. Pero lo uno no justificaba lo otro: Dany estaba perdiendo los papeles. Hasta tal extremo los estaba perdiendo que añadió, como si estuviera en uno de esos programas de televisión que disfrutan con lo macabro:

—Aquí se pondría las botas ese degenerado que anda destripando tumbas de muertos jóvenes por los cementerios.

—No tan jóvenes —dije yo, más que nada para convencerle a él y convencerme a mí de que, de momento, lo degenerado tenía un límite—. Que yo sepa, los muertos que han desenterrado en otros sitios habían fallecido ya en edad de merecer.

—Muy enterada pareces, Rebecca —dijo él, y le puso a la frase un revoleo típico de maricona mala—. Muy enterada.

No hay cosa que más grima me dé que un niñato con músculos hasta en las pestañas y más pluma que una almohada antigua. Dany no es que estuviese perdiendo el norte, es que se estaba quedando hasta sin compostura. Y yo empezaba a dejar de tenerle pena —porque cada vez era más evidente que el impulso místico se le había desinflado— y le iba cogiendo tirria. Eso era fatal, por supuesto, porque ¿cómo va una a vivir sin vivir en sí y, a la vez, tenerle tirria a su prójimo? Probablemente, me dije, lo suyo es compadecerle, entender que está pasándolo fatal, darse cuenta de lo duro que tiene que ser comprender de nuevo que los fuertes y fronteras se te cierran, te retienen, no te dejan seguir adelante, no te permiten subir tan alto tan alto que comprendas que tu alma ya no es tuya, sino del Amado, y que tu cuerpo ya ni siquiera es un estorbo, que tu cuerpo era el cuerpo de otro, por mucho que durante años lo hayas trabajado en el gimnasio como si en ello te fuera la vida. Si ése era el caso de Dany —y así me lo parecía—, lo decente era perdonarle y ayudarle todo lo que fuera posible, ayudarle incluso a pesar de que él no me hubiese ayudado nada a mí cuando yo era sólo una principianta en ardores inflamada, pero con el panorama más difícil que Caín a la hora de echarse novia.

Lo mejor era hablar de otra cosa para aliviar la tensión, y despejarse un poco.

—Anda —le dije—, demos un paseo por el jardín.

En el jardín, naturalmente, estaba el jardinero. Yo tuve que hacer un esfuerzo grandísimo para morderme la lengua y no soltar la catarata de poesía que se me vino a la boca, pero tampoco era cuestión de provocar a Dany, con lo confuso y nervioso que estaba. Pero, en mis adentros, la poesía se desató. Mi Amado —me dije— ha bajado a su jardín, tiene la piel del color de las espigas cuando llega agosto y sus ojos son del color de la avellana, su pelo lo ha dorado el sol de las cuatro estaciones y lo ha rizado la brisa que llega de los cuatro puntos cardinales, sus labios parecen hechos de mazapán y tiene un perfil de busto clásico, con ese tipo de nariz que resulta tan excitante por recia y equilibrada y con esa clase de mentón que tanto engancha por la mucha confianza en sí mismo que transmite, y si a eso se le añade que su cuello es como el mástil de un barco invencible por las furias de los mares, que sus hombros son como las torres de un castillo en las que acaban por tranquilizarse las iras de los vientos, que su pecho tiene la anchura y la armonía de un paisaje australiano, y que de cintura para abajo se le ve o se le adivina la dureza del roble, la calidad de la caoba, la resistencia del eucalipto, la flexibilidad del sauce y la sencillez y modestia del pino mediterráneo, nada ni nadie es comparable a mi Amado. Si acaso Juan, el primer hombre con el que disfruté una vez recuperada por completo de la operación, y a quien le cayó el gordo de todas las ansias que yo tenía.

Dany, por lo visto, me vio de pronto tan embelesada y tan metida dentro de mí que hasta llegó a zarandearme para que volviese al estado ordinario, mientras repetía mi nombre en todos los tonos posibles. Imagino que resultó muy llamativo y muy chocante, pero no sirvió de nada. Y es que yo me había enredado, con mis pálpitos secretos y con mis vestidos y adornos interiores, en otros jardines más frondosos y otros brazos más dulces y mullidos.

Juan era un ejemplar de lo mas corriente. Lo más bonito que tenía eran los ojos o, mejor dicho, la mirada, porque los ojos en sí mismos tampoco tenían nada de particular, pero salía de ellos una mezclita de descaro y necesidad que enganchaba mucho. Cuando lo vi estaba tomándose en la barra de un bar de medio pelo un tinto de verano, con un poco de ensalada campera como tapa, y leía un periódico deportivo con tanta aplicación que daba hasta un poco de risa. Seguramente aparentaba más años de los que tenía, no le había prestado a su pelo el cuidado suficiente y se estaba quedando calvo de una forma nada elegante, era más bajo que yo y se veía a simple vista que le sobraban algunos kilos y le faltaba experiencia con las mujeres. Me fijé en él porque yo por aquellos días, con las prendas de mujer recién estrenadas y con las secuelas físicas y psíquicas de la cirugía diluyéndose a buen ritmo en mi nueva personalidad después de haber pasado ratos muy malos y haberme enfrentado a dudas muy difíciles, me fijaba en cualquier hombre que se pusiera a tiro. ¿Con quién tendría yo la suerte o la desgracia de estrenarme? Eso era algo que no se me iba de la cabeza desde que me dieron el alta en el hospital —porque hasta aquel momento, y desde que salí del quirófano, yo había sido por encima de todo una convaleciente de una intervención muy delicada, con todas las molestias y todos los agobios propios de quien sale de un trance de ese tipo, pero sin apuros de más por la clase tan particular de operación en la que acababa de jugarme el porvenir—, y la verdad es que estaba decidida a que fuera así: un estreno.

—Un agua mineral sin gas —pedí, y sé perfectamente cómo hay que pedir en un bar de medio pelo una consumición tan incolora, inodora e insípida.

—Marchando una reserva del noventa y seis —canturreó, con una guasa bastante patosa, el mamarracho barrigón, amarillento y aspaventoso que estaba detrás de la barra.

No había más clientes en aquel momento que el ejemplar corriente y aficionado al fútbol y una servidora. El levantó la vista del periódico, miró al de la barra, me miró a mí y sonrió. Le faltaba una de las primeras muelas de arriba del lado izquierdo, que era el que yo le veía, pero la mella no la encontré desagradable, porque parecía más una travesura que un deterioro cochambroso. Como ya estábamos a mediados de junio, llevaba un lacoste seguramente falso y unos tejanos ratoneros, aunque tengo que reconocer que el polo lo rellenaba hasta conseguir un efecto sabroso por donde esas prendas hay que rellenarlas —las mangas, los hombros y la línea de los pechos, con los pezones empujando hacia afuera como ternerillos a la hora de nacer—, mientras que por el estómago, el sitio más traicionero, lucía una holgura tranquilizadora, y el tejano se le ceñía a los muslos con una seguridad muy apetecible. Pensé que de pie sin duda perdería un poco, pero ya resultaba bastante prometedor que sentado, como estaba, en aquel taburete no precisamente anatómico, lograse ponerme los resultados de la cirugía un poquito bullangueros.

—El agua es lo mejor para el cutis —dije entonces, reconozco que algo temeraria.

El, claro, me miró el cutis. Yo llevaba aquel día un maquillaje ligero, acorde con lo temprano de la hora y con mi propio estado anímico, tan expectante, tan ilusionado, tan de baile de debutantes y, en el fondo, tan intrépido. Me sentía como recién hecha y quería que un hombre de verdad me inaugurase a ser posible por todo lo alto, más o menos como se inauguran los Juegos Olímpicos. Yo lo que quería era que el hombre que tuviese el privilegio de estrenarme después de haber pasado por la mesa de operaciones comprendiese que aquello merecía una ceremonia de apertura con todas las de la ley, y que no faltasen mayoretes, bandas de música, cohetes, tenores y hasta las lágrimas de alguna infanta de España emocionadísima en el palco de honor. Y la verdad es que para eso no hacía falta que fuese un hombre con una posición de mucho tronío, ni con kilómetros de experiencia en encenderle el alumbrado a las mujeres, ni con un cuerpo despampanante o un jefe de protocolo de buena talla y mucha maña. No. Lo mejor era que fuese un hombre con ganas, pero tranquilo, sin mucho de qué presumir, pero con poco que echar de menos, sin la manía de hacer alardes por su cuenta que tienen muchos fulanos que se creen el no va más, pero dispuesto a dejarse la crisma en el empeño en cuanto nota que la hembra le acompaña. Lo mejor podía ser un hombre que vistiese lacostes limpios y falsificados, bebiese tinto de verano y leyese periódicos deportivos, tuviese una mezclita de descaro y necesidad en la mirada y, para empezar, se fijase en mi cutis.

—Pues a la parienta la tengo yo a remojo todo el día y lo suyo no es un cutis, es un secarral —dijo el malage que estaba detrás de la barra.

Entonces él volvió a sonreír, pero esta vez sin enseñar el hueco de la muela, y le dio un poco más de papel a la necesidad que al descaro cuando me miró a los ojos, y cuando habló lo hizo para el de la barra, pero sin retirar sus ojos de los míos.

—La señorita se lo cuida bien —dijo—. Lo tiene estupendo.

Estupendo, el tono de aquella voz. Yo bajé la vista y me mordí con una espontaneidad casi infantil el labio inferior, para que notase lo halagadísima que me había sentido con sus palabras, pero confiando en que él no llegase a deducir de aquel gesto tan atractivo que yo era una lagarta. Yo quería escuchar de nuevo aquella voz, y quería que sonara en el mismo tono, como si le diese apuro decir lo que había dicho, más que nada por falta de costumbre, porque la verdad es que un hombre que usa lacostes falsos, bebe tinto de verano y lee prensa deportiva en lo que menos se fija cuando le echa un vistazo a una mujer de bandera es en su cutis. Por el tono de su voz, estaba claro que se había pillado a sí mismo desprevenido al decir aquello, y eso era lo que le daba más mérito y más verdad al cumplido. Porque era un cumplido. Una sabe a la perfección por dónde le salen los tropezones, y sólo hace falta una pizca de sentido común para no dejarse engañar por los potingues que una misma se echa encima para tapar los desconchados, y nunca hay que perder el sentido de la proporción y darle el mismo merecimiento a la habilidad a la hora de pintarse que al milagro de conservar a cierta edad una piel fresca y luminosa, cosa que está al alcance de poquísimas y que, si falta, sólo se puede compensar con una mentira piadosa o un piropo sincero pero inocentón, dicho con una voz relajada, espontánea y sin dobladillos. Aquella voz.

Me horrorizaba la idea de escuchar, en el momento de sentirme oficialmente inaugurada, cosas de esas que la mayoría de los hombres se saben de carrerilla para soltarlas en cuanto se presente la ocasión. Ese tipo de cosas que hacen que las voces de todos los hombres suenen lo mismo, como si estuvieran fabricadas en serie: cuando las cosas son empalagosas o redichas, la voz de cualquier hombre se vuelve pegajosa y como postiza, como si la voz fuera por un lado y el cuerpo del fulano —y alguna parte muy especial del cuerpo, sobre todo— fuese por otro, y si las cosas son rancias o chabacanas, la voz se le pone al hombre algo así como rencorosa, como si a la voz del gachó le diese asco el verse metida en el trajín de darle gusto a una elementa abierta de piernas. Por eso me llegó tan adentro, en cuanto la escuché, aquella voz que parecía fabricada ex profeso para ambientar mi debú como mujer total, aquella voz que no había tenido tiempo de malearse ni desfondarse con otras mujeres, aquella voz que yo podía estrenar al mismo tiempo que estrenaba el puente de los suspiros, después de que aquel hombre cortase todas las cintas que hubiese que cortar, y por eso decidí dar otro paso al frente y me respingué un poco, sonreí como si estuviera cometiendo un atrevimiento nada frecuente en mí, pero que me ponía contenta, me acerqué a él, le tendí la mano y me presenté:

—Encantada. Me llamo Rebeca.

Yo por entonces aún me llamaba Rebeca, con una sola «c». Bueno, la verdad es que aún me llamaba Jesús López Soler, que lo de cambiarme el nombre y ponerme uno acorde con mi verdad ya fisiológicamente certificada era un largo calvario que aún tendría que padecer, pero ya podía pronunciar el nombre deseado, Rebeca —después de pasar de un nombre a otro como un marinero de puerto en puerto, sin echar raíces en ninguno—, con la seguridad y el gusto que da saber que no está una disfrazando nada llamándose así. La doble «c» vendría más tarde, cuando una me pareció poca cosa —sobre todo, poco cosmopolita— para la categoría y la repercusión internacional que estaba empezando a tener, que tampoco era cosa de salir al extranjero, aunque fuera a Biarritz, ahorrando en consonantes, que son gratis. Claro que alguna amiga bien que se encargó de decir que, con doble «c», el nombre a lo mejor quedaba más artístico, pero con una sola era más austero y más elegante.

A él le pareció elegante, se lo noté en la puntada de admiración que le añiñó durante un momentito la cara. Luego se bajó del taburete nada anatómico en el que estaba encaramado y el caso es que me dio la impresión de que el detalle de galantería le salía al revés, porque con los pies en el suelo quedaba el pobre un poco achicado, pero decidí sin pestañear que lo que tenía que valorar era el gesto, no las consecuencias. Me estrechó la mano, y era la mano de un trabajador nato.

—Yo me llamo Juan —dijo.

Me gustó mucho que se llamase Juan. Era un nombre normal, un nombre del montón, sencillito, sin pretensiones de ninguna clase y sin esos malos recuerdos o esas lástimas por las satisfacciones perdidas que se les pegan con tanta facilidad a los nombres poco comunes cuando los llevó gente que fue importante para ti. Juan no sonaba a nada especial, no me recordaba a nadie que me hubiese hecho sufrir mucho o disfrutar horrores, no era un nombre contagiado por las equivocaciones o las melancolías o los desencantos de una vida profesional y sentimental tan ajetreada como la mía, y eso, en aquel momento, tenía para mí mucho valor. Para estrenar el estuchito del gusto, habría podido echar mano de cualquiera de esos novios temporales que siempre tienes, o de algún amor antiguo dispuesto a revivir por una vez el fuego de otro tiempo, o de la pareja estable de alguna conocida de esas que parecen empeñadas en demostrar a todas horas y restregarte por las narices lo bien servidas que ellas están, o de los putos profesionales que ofrecen sus servicios en los anuncios de relax de los periódicos, pero yo buscaba un hombre que no se pareciera a ninguno de ésos, un hombre de los de andar por casa y de los de ganarse la vida y la cama con el sudor de su frente y con los avíos de cabeza, de corazón y de ingles sin fantasmadas ni contador, un hombre que no me trajera al pensamiento ni al sentido la malicia, la curiosidad, la escasez, la fullería, el desprecio o la guasa de otros hombres. Un hombre como Juan.

—¿Le puedo invitar a un agua? —me dijo, encantador.

Yo tenía el agua prácticamente intacta, pero estaba dispuesta a tomarme todas las aguas que hicieran falta con Juan, aunque acabase enguachinada.

—Tanta agua no puede ser buena ni para el cutis —dijo el de la barra, y se quedó impávido, a ver si yo daba mi consentimiento o no a la invitación.

—El agua también es buenísima para el riñón —sentenció Juan, que por lo visto estaba decidido a que el agua me sentara bien, por un sitio o por otro.

Tenía Juan ese sentido práctico a la hora de cortejar a una mujer que yo siempre había echado de menos. Todos los hombres que se han ido colando en mi vida, y tengo que confesar que han sido un montón, terminaban siempre por hacerse a ellos mismos una reverencia y darse unas palmaditas en la espalda, muy satisfechos por lo que acababan de conseguir o por lo que acababan de despreciar, que de todo ha habido en el expediente sentimental de una servidora, pero a Juan no le movía la vanidad ni el morbo raro ni la fascinación por lo prohibido, Juan sólo quería ser amable y, llegado el momento, si llegaba, demostrarme a mí y a nadie más que él era un hombre de la cabeza a los pies. Eso se notaba en la forma de mirarme, en la manera de dar la mano, en la espontaneidad que tuvo para ser caballeroso aunque le favoreciera poquísimo, y sobre todo en el empeño en dejar claro que sólo buscaba mi bien, y que si se permitía invitarme a más agua era porque el agua, aunque fallase como cosmético, nunca fallaba como diurético. Un hombre así, me dije, no se puede desperdiciar.

La situación no podía serme más favorable, y allí lo único que estorbaba era el de la barra sin quitar el ojo de encima. De forma que, sin arrugarme lo más mínimo, le dije a Juan:

—El agua es fantástica para cualquier cosa si se toma a gusto y sin mirones. Yo vivo cerca.

Sabía a lo que me arriesgaba. Sabía que Juan podía tomarme por lo que me tomó. Pero sabía también que él no iba a ofenderme. Sonrió con mucha franqueza, enseñando otra vez el hueco de la muela que le faltaba, y hasta se le subieron los colores. Se encogió de hombros como lo hacen los niños cuando reconocen que son incapaces de hacer alguna hombrada superior a sus fuerzas, y se excusó con mucha delicadeza, como si él tuviera la culpa de algo que no hubiese querido hacer.

—Seguro que usted no pide ni la mitad de lo que vale. Y, si yo pudiese, me gastaría con usted el reino de Nápoles. Pero me parece que, en las condiciones en las que estoy, lo más que puedo hacer es invitarle a un agua.

Lo del reino de Nápoles le quedó un poco de pegote, aunque supongo que cosas así se las estás oyendo decir a tus tías desde que tienes uso de razón y las sueltas después en cualquier momento de forma automática, y Juan seguro que ni se dio cuenta de que el reino de Nápoles es una cosa que ya no existe y no tiene ningún valor, pero hay que ser de mentalidad abierta, no tener resabios de primadona y comprender lo que de verdad te quieren decir. Y Juan me quiso decir, llanamente, que yo era demasiado lujo para él y que el presupuesto de un trabajador nato nunca da para tanto. Ni siquiera parecía darse por eso demasiada lástima a sí mismo, y ésa fue otra cosa que también me gustó una barbaridad: los hombres así son los que después no pretenden que se lo perdones todo. A Juan seguro que no había nada que perdonarle. Por eso le dije:

—Todo lo que yo valgo no está ni en venta ni en alquiler. A quien se lo quiero dar, se lo doy gratis.

Se acharó. Pero tampoco es que se descompusiera o que se quedara engurruñido de golpe, hasta el punto de que me diese grima echar mano de él. Sólo hizo ese gesto con los labios, como de un resoplido casi frenado del todo, que hace la gente calmosa cuando da un resbalón, consigue aguantarlo y comprende que de milagro no se ha roto la crisma. Ni siquiera se le notó en el habla.

—Entonces tu casa sí que está cerca de verdad, aunque vivas en el quinto pino —ya se sabe que cuando un hombre, después de tratarte de usted, empieza a tutearte es que comprende que te tiene al alcance de la mano. Pero me tuteó sin darse aires de delegado de ventas que consigue los objetivos del mes y sin echar las campanas al vuelo, sino como quien por fin encuentra la postura en el asiento del autobús y se relaja. Luego se volvió al mirón amarillento de la barra y le preguntó:

—¿Cuánto se debe, incluido lo de ella?

Lo de ella —o sea, lo mío— era el agua, claro. Como tampoco se trataba de darle dinero a aquel fulano por nada, me bebí dos vasos de un tirón y no sé si eso contribuyó a lo que sentí después.

Pero si contribuyó, fue sólo en plan de colaboración extraordinaria, como la de esas primeras figuras que tienen en una función un papelito corto pero con gancho. Lo que sentí después, en mi casa —que estaba a quince minutos andando—, fue sobre todo mérito de Juan, aunque contando a su favor con las ansias que yo tenía de hombre, naturalmente, y con el acompañamiento musical, elegido con mucho tino y mucho gusto. Puse Vivaldi, *Las cuatro estaciones,* y ya se sabe cómo es esa música de expresiva, que suena la «Primavera» en Mi Mayor y oyes correr el agua entre las piedras de los montes, notas cómo florecen los almendros, distingues los trinos de los pájaros, te llegan las risas de muchachas asomadas a las ventanas de sus casas. Y bastó, en una atmósfera tan propicia, con que Juan —sentado a mi vera en mi sofá, con su tinto de verano y aquella forma de mirarme, mitad necesidad, mitad descaro— pusiera su mano en mi cintura, tan sensible, para que yo me sintiera un prado verde a más no poder, y sólo necesitó rozarme los labios con sus labios para que a mí empezaran a nacerme manantiales por todas partes, que no podía yo imaginarme que aquello era lo que una mujer erotizada entiende por humedecerse, y cuando la boca de Juan partió mi boca en dos y su lengua se puso a bucear buscando los secretos de mi garganta yo, en lugar de ponerme a toser —como sería lo propio—, empecé a esponjarme de felicidad, porque el agua, fresca y cristalina, ya me llegaba hasta los sesos, de manera que lo mío ya no era una humedad, lo mío se convirtió gracias a Juan en poco menos que el parque natural de las Tablas de Daimiel después de un buen año de lluvias, toda yo llena de juncos florecidos y con familias enteras de patos chapoteando como boyescáuts en una preciosa laguna nada contaminada, y cuando Juan empezó a desabrocharme la blusa con aquellos dedos de trabajador nato se hizo de repente un silencio delicioso, como si todo el humedal con categoría de espacio protegido que yo era hubiese contenido de golpe la respiración, pero la música volvió otra vez como un torrente y todo se llenó del «Verano» en Sol Menor de Vivaldi, y hubo dentro de mí una explosión de todo lo que puede explotar en el interior de cualquier mujer cuando se entrega sin cortapisas ni condiciones, sin que haga ninguna falta que el hombre que te hace rebosar sea una estatua clásica ni haya hecho un máster en sexología aplicada, basta con que sepa llegarte hasta los centros como sabía Juan, que consiguió que alcanzase yo las temperaturas máximas del último cuarto de siglo, que fue como si el sol me pegase de lleno de arriba abajo, pero sin que milagrosamente descendiera para nada la humedad, y así, cuando Juan, desnudo como un guerrero antiguo, abrió con mucho miramiento y mucha devoción la puerta por la que se entra al santosantórum de la mujer y que yo tenía nuevecita e intacta, y cuando se olvidó de él para enloquecerme a mí, toda yo me llené de pájaros exóticos como las marismas del coto de Doñana, y se pusieron todos a celebrar lo húmeda que estaba, se pusieron como locos los ánsares, los moritos, avetoros y fumareles, las garzas imperiales, los martinetes, los aguiluchos laguneros, los calamones, las avocetas, las canasteras y las avefrías, y yo me dije esto sí que es un orgasmo, y es verdad que hubo un momento en que me pregunté ¿pero será un orgasmo de clítoris o un orgasmo de vagina?, porque ahora los especialistas hacen primores, pero tampoco estaba yo para investigar, sino para disfrutarlo. Para disfrutar como disfruté, hasta llegar a la apoteosis del verano de Vivaldi, la hombría sencilla y prodigiosa de Juan.

—Has dado un espectáculo —me dijo Dany. Estaba molestísimo.

—Yo no era dueña de mí —le dije—. Parece mentira que, con la experiencia que tienes, no te hagas cargo de lo que es un éxtasis.

—Mira, Rebecca, no te molestes: un éxtasis no es un circo.

Me molesté. Vaya que si me molesté. El simple hecho de que mi éxtasis fuese distinto al suyo no le daba derecho a descalificarlo de aquella manera. Yo había asistido, cuando le conocí, a uno de sus deliquios, con levitación incluida, y es cierto que había sido fino, sereno, elegante, pero un poco estático, nada vibrante; después no tuve ocasión de asistir a otros, porque bien se cuidó Dany de tenerlos en la más estricta intimidad, pero me imaginaba que habían sido todos por el estilo. En cambio, no hacía falta que Dany me diese demasiadas explicaciones para que yo comprendiese que el mío había sido más temperamental, más dinámico, con bastante coreografía, pero es que a mí me parecía de cajón que el éxtasis estuviese en consonancia con el carácter de cada cual, y si Dany era de temperamento lento y poco expresivo, sus éxtasis era lógico que fuesen tan sobrios y reconcentrados como eran, pero como yo siempre he sido extravertida, comunicativa y con mucho gusto para lo visual, mis éxtasis tenían que estar llenos de movimiento, de ritmo, de lenguaje corporal. Eso sin contar con que mi figura —cada vez más esbelta a causa de la dieta monacal en la que había sido capaz de perserverar— animaba a vivir el éxtasis con un poco de soltura y sentido de la composición y la variedad, mientras que el corpachón de Dany, tan apabullante por mucho que él se quejase de estar perdiendo volumen y definición, quedaba mucho más lucido en la quietud. Pero eso no quería decir que sus éxtasis fuesen más auténticos o de más categoría que los míos.

—A ti te pasa —le dije, sin preocuparme nada de la virtud de la mansedumbre— lo mismo que a los flamencos ortodoxos que no admiten el flamenco moderno. Yo soy moderna, y mi mística será moderna, y es normal que mis éxtasis estén a tono con los tiempos, y eso es ley de vida, aunque puede que de entrada llame un poco la atención. Además, seguro que no ha sido para tanto.

Pero Dany dijo que sí que había sido para tanto. Según él, yo había tenido un trance muy inquieto y variado. En vez de contentarme con poner los ojos en blanco, cruzar las manos sobre el pecho y caer de lleno en esa variedad de la mística que se parece tantísimo al pasmo, me puse a dar saltos de alegría alrededor del jardinero, imitando el trino de los ruiseñores cuando celebran la llegada de la mañana, con los brazos disparados por el júbilo y las manos tremendamente expresivas, llena de energía y de vivacidad, con un gran repertorio de giros, quiebros, equilibrios y suspensiones y con una fortísima capacidad de seducción. Parece, de acuerdo con la versión de Dany, que fue eso último lo que más alborotó a los niños y escandalizó a los mayores.

—Aunque lo pienses —me advirtió Dany, y parecía sincero—, no estoy intentando mortificarte, pero la verdad es que no dabas para nada la imagen de las grandes místicas. Quedabas más bien como una de esas descocadas presentadoras de programas infantiles que salen ahora por televisión.

Interrumpí lo que estaba haciendo —sacar mis cosas del armario y ponerlas en mi bolsa de viaje— y compuse mi mejor gesto y esgrimí todo mi poder de convicción para reclamarle a Dany un poco de sensatez:

—Dany, por Dios, ¿qué tiene eso de malo? La ciencia evoluciona, el arte evoluciona, la moda evoluciona, la mística también tiene que evolucionar. En todo lo mío soy cualquier cosa menos clásica, no tengo por qué serlo en mi intimidad con el Amado. Lo importante es el fondo, las formas cambian, se actualizan, incorporan las técnicas modernas de expresión, compiten sin complejos en un mundo lleno de estímulos audiovisuales. Ya no se puede ser mística y quedarse como un pasmarote.

Dany ya tenía hecho su equipaje y ahora, después de haber pasado por una fase de descontrol emocional bastante impertinente, se le veía deprimido. Se sentó en el borde de mi cama, a esperar a que yo terminase de guardarlo todo, y tenía esa expresión que se les queda a los saltadores de pértiga después de haber derribado el listón al tercer y último intento.

—Nunca lo conseguiré —dijo.

Me impresionó. Muchísimo. Porque comprendí que no se refería sólo a ese nuevo enfoque de la experiencia mística que yo estaba defendiendo, sino a la experiencia mística en sí. Se veía condenado sin remedio a quedarse en el camino, como siempre que había intentado llegar a lo más alto. Cuando nos conocimos, me había dado a entender —o al menos así fue como yo lo comprendí— que cada año hacía un recorrido similar al que estábamos haciendo con la intención de perfeccionarse, de llegar cada vez un poco más arriba, de gozar con éxtasis cada vez más sublimes, pero ahora me daba cuenta de que en realidad cada año tenía que empezar desde el principio y que acababa atascándose una y otra vez. Y, encima, me veía a mí entusiasmada, segura de mí misma, apostando por una mística renovada y competitiva, convencida de que ése era el camino y que ahí estaba el porvenir de la más selecta espiritualidad en un mundo tan audiovisual como el que nos ha tocado vivir, me veía llena de confianza y empuje, a pesar de una momentánea incomprensión de los padres custodios —que nos habían rogado que abandonásemos inmediatamente el albergue, porque estaba claro que en aquel marco básicamente familiar no encajábamos—, y se derrumbaba. La mística tradicional se le resistía, y la moderna no le cabía en la cabeza.

Además de impresionarme mucho, me dio mucha lástima, de modo que quise animarle un poco y, portándome como una amiga humilde y generosa, le dije:

—Si yo lo he conseguido, ¿cómo no vas a conseguirlo tú?

—¿Qué es lo que has conseguido, Rebecca? Tú no

tienes todavía ni idea de lo que es un éxtasis de verdad. Lo tuyo de esta tarde ha sido, como mucho, un amago. Además, por lo que se ve, a ti te pone en éxtasis cualquier cosa.

Conozco el síntoma: hay gente que, cuando se deprime, se pone mezquina con todo el mundo. Así que decidí no echar cuenta de aquella actitud tan desagradable de Dany, aunque por supuesto procuré colocar las cosas en su sitio.

—Estás pasando una mala racha, eso es todo —habría sido muy feo por mi parte echarle sal en la herida—. Pero algo me dice que en cualquier momento vas a dar un estirón espiritual que tú mismo te vas a quedar boquiabierto. Mientras tanto, ¿por qué no compartes conmigo esta alegría que yo tengo y celebras que el Amado se haya servido de la apariencia de un joven, sano y atractivo jardinero para permitirme saborear aunque sea un poco, como tú dices, sus delicias?

—Me cuesta trabajo creer —dijo Dany, supongo que sin caer del todo en la cuenta de lo borde que le ponía la depresión— que el Amado, como tú le llamas, se haya servido de alguien tan vulgar.

Preferí no seguir por ese camino. Lo mejor era obsequiarle con una sonrisa matizada en la que quedase claro que su desánimo y su falta de caridad me daban más pena que coraje. ¿A qué venía aquel retintín al referirse al Amado, como si lo del Amado fuera un invento mío? En toda la literatura mística al Amado se le nombra así, o bien se le llama el Esposo, pero yo entendía que la palabra Esposo debía reservarse, salvo en puntas muy marcadas de la fase punitiva y de la fase contemplativa, para la fase unitiva, que es cuando en el tálamo que hay en la séptima morada se llega al colmo de la identificación y literalmente te dislocas. En cuanto a que el jardinero le pareciera a Dany ordinario, sólo podía antojárseme una tara: Dany no estaba capacitado para descubrir, exprimir y provocar los primores de lo vulgar y en ellos regalarse.

Peor para él. De haberse encontrado en mi lugar, habría desperdiciado a Juan, aquel hombre corriente y aplicado que consiguió inaugurarme, cuando un cirujano de primerísimo nivel me dio por fin todos los atributos de mujer que la naturaleza me negó, con más poderío que Els Comediants. A él a lo mejor se le aparecía el Amado con un aspecto refinado, acicalado y maduro, más sabio que fogoso, una imagen muy clásica y que tiene muchos más devotos de lo que nadie se imagina, pero a mí esa versión de quien puede consolar y hartar tu alma no me inspiraba lo más mínimo, la verdad, yo lo prefería joven, fornido, campechano, ardiente y de *sport*. Yo lo prefería tal como se me apareció en San José de los Cuidados, bajo la forma de un jardinero de no más de treinta años, con todas las virtudes a la vista y en ropa de faena.

De ahí que, aquella tarde, viéndolo como lo vi, tan sobrado de dones que no podían sino venirle de una condición extraordinaria, tan aplicado a lo suyo que sólo cabía entenderlo como una invitación a ponerme en sus manos como un laurel reciente y que de mata enclenque y pálida puede llegar a convertirse en árbol frondoso y verdísimo, tan armonioso y a la vez sólido de figura y de movimientos que era imposible no desear precipitarse en sus brazos, yo sintiese un impulso de tal fuerza que, al seguirlo, dejase atrás mi cuerpo y sus inconveniencias y entrase, pura alma, en el jardín portentoso del Amado. Me vi, sin darme cuenta de por dónde entré ni cuánto tiempo empleé en el tránsito, en un lugar cuya hermosura no admitía comparación con ninguna otra que, en materia de jardines, yo hubiese conocido. De ahí que me pusiera como, por lo visto, me puse. El pecho se me esponjó de gozo, los brazos se me volvieron alas, mi cintura adquirió una elasticidad y un sentido del ritmo que —según Dany me indicaría después— dejaron al jardinero boquiabierto y atrajeron inmediatamente la atención de todos los chiquillos que en aquel momento se encontraban en los alrededores y, al parecer, se contagiaron enseguida, y según Dany el jaleo que se organizó fue de muchísimo cuidado, pero yo sólo recuerdo lo etérea que me sentía, cómo retozaba mi alma entre las hortensias y los heliotropos, cómo jugaba al escondite en medio de la hiedra y del jazmín, lo fresca que era la sombra de los sauces llorones y lo que me aliviaba del sofoco que —aun siendo todo tan espiritual— provoca tamaño ajetreo, y cómo pululaban a mi alrededor arcángeles impúberes que me traían alhelíes, prímulas y artemisas para que me hiciera guirnaldas con las que adornar mi cabello.

—Dejaron el jardín hecho una pena —dijo Dany—. Y ya podemos dar gracias de que no se les haya ocurrido pasarnos la factura.

—Yo no tengo la culpa de que mis éxtasis sean tan participativos —le dije—. Además, si el Amado ha querido lanzarme su centella en un sitio lleno de niños, por algo será. A los místicos hay que tantearlos desde pequeñitos.

Ya estaba todo. Una de las ventajas de optar por la mística es que el equipaje lo haces en un santiamén, cosa especialmente conveniente cuando te echan de un sitio. Dany se puso en pie y era como si, de pronto, yo le estorbase.

—Nuestro problema —dijo, metiéndome a mí, sin ningún apuro, en las dificultades que estaba teniendo— es que somos demasiado llamativos.

Me le encaré:

—Mira, hijo, en eso a lo mejor tienes razón. Pero hay una diferencia. Tú eres aparatoso porque has querido.

Yo, en cambio, no soy sexy de vicio; soy sexy de nacimiento.

O lo que es lo mismo: a mí el Amado me buscaba y me tenía como yo era, y a lo mejor Dany no alcanzaba la séptima morada hasta que no fuese de nuevo blandito y esmirriado.

Sexta morada

Decidimos guiarnos solamente por las ganas de encontrar un sitio donde yo pudiese medrar en mi bachillerato místico sin que nadie se llevara las manos a la cabeza, y donde Dany recuperase el tono espiritual que se le había ido al garete por distraerse demasiado con el deporte en San Juan de La Jara.

—Lo único malo que tiene este método —dijo Dany, pejiguera— es que podemos dar tumbos sin sentido, durante días y días, hasta encontrar algo.

—No deberías desmayar en la fe como lo estás haciendo, Dany. —Por mi parte, no estaba dispuesta a desmayar en la santa paciencia, por muy difícil que él me lo pusiese—. Estoy segura de que tendremos pálpitos, veremos señales, e incluso no me extrañaría nada que recibiéramos la ayuda de algún enviado.

—¿Te refieres acaso —preguntó Dany, con una guasa bastante patosa— a algún guía turístico, trabajador por cuenta propia, que vaya por estos andurriales en busca de clientes?

Pensé que lo mejor era sonreírle beatíficamente la supuesta gracia. Claro que también pensé que quizás había llegado la hora de empezar a preocuparse, porque una compañía tan desanimada y picajosa acabaría convirtiéndose en un peso muerto y en una importante desventaja de cara a cubrir etapas en el camino de perfección. Dany seguía dándome mucha pena, porque no es plato de buen gusto ver cómo flaquea, pierde resuello, desfallece y queda por completo descolgado quien ha ido desde el principio acompañándote —en realidad, sirviéndote de guía, de aliento y de modelo— en la carrera, pero todo corredor de fondo sabe que llega el momento en que tiene que mirar sólo por él, por doloroso que le resulte, pues de lo contrario también él se hunde con el débil si el empeño por recuperarlo se convierte en desatino, y eso no está para nada reñido con la deportividad, sino todo lo contrario. Al final, en el deporte, como en la mística, no se puede triunfar sin un sano egoísmo. Aunque también es verdad que, viendo yo los efectos del deporte en Dany, llegué a la conclusión de que el deporte y la mística son incompatibles.

—El deporte te ha hecho débil —le dije a Dany, con toda la delicadeza que pude—. Fíjate qué paradoja.

—No digas tonterías, Rebecca.

Tampoco iba a tenerle en cuenta la salida de tono. Yo sabía que el deporte en general, y el culturismo en particular, siempre le habían servido a Dany de antesala de la penitencia, y puede que en esa fase el deporte sea beneficioso para la mística, porque cuanto más fantástico sea tu cuerpo más meritorio resulta luego desentenderte de él, y comprendía que Dany tuviese al deporte en muy alta estima. Pero su error había sido entregarse con fruición y exceso a la práctica deportiva, en la hospedería exclusivamente masculina de San Juan de La Jara, cuando ya estaba en un escalón bastante aventajado de la escalinata que conduce al elevado coto donde todo es energía espiritual, de manera que el ejercicio físico actuó como una reacción adversa al vuelo del alma y a la vista estaba el resultado: una pájara.

—No digas tonterías, Rebecca. Por favor. El deporte y la espiritualidad se complementan estupendamente.

Era inútil tratar de explicárselo. Supongo que estaba

confuso, no podía admitir que aquellos días pasados entre prácticas atléticas y gimnásticas y en compañía de saludables y bien avenidos ejemplares de sana masculinidad le hubiesen perjudicado tanto, así que prefería cerrarse en banda y faltar a la caridad más elemental diciéndome que lo mío eran sandeces. Consideraba, sin embargo, que mi deber era procurar que, al menos, se hiciera cargo del error que había cometido, porque a veces eso es suficiente para empezar a recuperarse.

—Recapacita, hijo. No te obceques. A lo mejor estás a tiempo de enganchar de nuevo con el grado de fervor interior que ya habías conseguido. A lo mejor lo que te conviene es una temporada de reposo, para limpiar y aligerar tu cuerpo del exceso de ejercicio al que lo has sometido, seguramente con la mejor de las intenciones. Quédate, si quieres, en algún hotel con encanto, de esos que combinan con muchísimo acierto la arquitectura tradicional, el trato relajado pero atentísimo, una cocina sencilla pero esmerada y un precio muy apañado. Seguro que por aquí hay alguno. Quédate el tiempo que necesites, yo te lo pago. Y no es que quiera librarme de ti, entiéndeme, por favor, no es que yo quiera dejarte en la estacada, todo lo contrario. Sólo quiero lo mejor para ti. Y que comprendas que, cuando te dedicas a aquilatar para el Amado las facultades de tu alma, no puedes dedicarte al mismo tiempo a halagar la musculatura.

—Sigues diciendo tonterías, Rebecca —estaba encasquillado—. El deporte es siempre fenomenal. Nos hace enteros, tenaces, alegres y sensatos.

—¡Ahí lo tienes! —salté yo—. Tú mismo acabas de decirlo. Tanto ejercicio en San Juan de La Jara me parece que te ha vuelto sensato. Y la mística es insensatez divina. La mística y la sensatez se llevan fatal.

Además, le costaría mucho convencerme de que el deporte le había dado enteza, tenacidad y alegría. Dany se había desfondado, se le había atravesado el carácter, y no parecía recuperable. Me daba pena, pero no quería que me arrastrara con él, y además seguro que no tenía derecho a consentirlo, porque no sólo no tenía la culpa de que el Amado me hubiese elegido finalmente a mí y no a Dany, sino que mi obligación era celebrar ese honor y defenderlo como una leona, y dejar que todo lo demás pasara a segundo plano. De modo que ya estaba prácticamente decidida a desembarazarme de Dany a menos que ocurriera un milagro, cuando ese milagro ocurrió.

Ibamos por una de las muchas carreteras comarcales por las que habíamos estado dando barzones durante tres días, desde que salimos de San José de los Cuidados. Una noche habíamos tenido que pasarla en el coche, pues no encontramos quien quisiera darnos alojamiento en un pueblo de no más de veinte casas, todas con las puertas cerradas a cal y canto cuando nosotros llegamos, apenas pasadas las ocho de la tarde. Las otras dos dormimos en fondas nada controladas por las autoridades de turismo, pero limpias y ventiladas hasta la exageración. En una de ellas tuvimos que compartir el cuarto, pero estábamos tan cansados que ni Dany cumplió con su promesa de permanecer en vela hasta el alba, dándose golpes de pecho, ni yo fui capaz de escarbar un poco en las honduras de mi corazón para mantener la predisposición al trance en cuanto el Señor quisiera concedérmelo, de modo que, nada más reclinarme un poco en la cama, con el humilde propósito de recuperar algo de fuerzas, me quedé frita. En la otra fonda pudimos disponer cada uno de nuestro propio cuarto, pero hubo muchísima bulla durante toda la noche —por la mañana, la dueña nos dijo que un sobrino suyo había celebrado en el bar de la casa su despedida de soltero—, y no hubo manera ni de conciliar un sueño normal y corriente. Durante el día hacíamos kilómetros y kilómetros y, para que la inspiración y las señales nos encontrasen espabilados, y para no tener un percance, hablábamos sin parar, siempre, por empeño mío, sobre materias espirituales, que yo no quería perder el estatus de lirio entre cardos en el que ya me sentía instalada. De repente, aquella mañana del cuarto día, poco más tarde de las diez, un todoterreno que yo no supe decir de dónde había salido, nos adelantó con gran júbilo de bocina, que a mí me sonó a concierto de trompetas del paraíso, y sus ocupantes, todos ellos varones y todos de buena envergadura, nos invitaron con airosos gestos a seguirles.

Me puse eufórica. Aceleré. Acerqué mi coche cuanto pude al todoterreno y pude distinguir con más claridad la apostura, la gallardía, el brío y el interés que por nosotros mostraban los viajeros de aquel vehículo que, sin duda, acudía en nuestro auxilio. Yo tenía razón: tarde o temprano, un enviado nos pondría en el buen camino. Y, encima, allí no había un enviado solo, sino por lo menos siete. Procuré no faltar a la misericordia regodeándome demasiado en mi acierto, pero mi entusiasmo era legítimo y no había nada de rastrero en que Dany lo notase.

—Hombre de poca fe —le dije—, aquí los tienes: son ángeles.

Dany abrió la boca de un modo bastante ordinario. Después, con ese tono que sacan a la menor ocasión quienes tienen una excesiva facilidad para mostrarse escandalizados, me preguntó:

—¿Qué dices que son?

—Angeles.

De hecho, por las pintas, parecían más bien centuriones selectos del ejército celestial. Fornidos, vestidos de la cabeza a los pies con prendas de cuero —aunque algunos lucían sólo un chaleco que les dejaba los musculosos brazos al aire— y con el pelo muy corto, lograron maravillarme cuando comprendí que en la milicia seráfica también había un cuerpo de élite. Desde luego, no hacía falta que se esforzasen así para lograr llevarme con ellos hasta el fin del mundo.

—No te acerques tanto, por favor.

Dany parecía de veras muy alarmado, pero yo estaba ansiosa de rozar la naturaleza transparente de los ángeles y confirmar mi suposición de que su forma mortal era sólo un detalle que tenían con nosotros, todavía tan humanos.

—¿Pero no ves cómo nos hacen gestos alborozados para que nos lleguemos junto a ellos y recorramos codo con codo el camino que lleva a la próxima morada?

—Son peligrosos, Rebecca —dijo Dany.

—Son mensajeros del Amado.

—¿Pero es que no te das cuenta? —Dany empezaba a impacientarse—. Son adictos al *leather*.

—Son ángeles.

Según Dany, aquellos gestos angélicos que yo sabía serviciales y amistosos eran sólo de burla con no pocas dosis de procacidad. Qué ceguera. Sin duda, una mirada torpe e ignorada por la gracia del Amado podía ver en los ademanes y los movimientos de aquella patrulla de espíritus alados con apariencia terrenal cierta semejanza con los de mocetones en camiseta cuando se retuercen de forma compulsiva, al son de la música, en cualquier discoteca de ambiente, y hasta era posible creer que llevaban en el coche algún disco de Roy Tavare puesto a todo trapo, pero eso no era más que una prueba de la incapacidad del ojo de los hombres para distinguir la señal divina, a menos que se tengan las pupilas traspasadas por un rayo de sublime clarividencia. Yo las tenía.

Los ángeles, dentro del todoterreno, se agitaban con movimientos sincopados, pero llenos de armonía y cargados de contagiosa electricidad. De hecho, la sincronía entre todos ellos era casi perfecta, pese a un aparente individualismo que, a pupilas menos traspasadas que las mías, podía recordarles algún número de danza moderna con raíces centroafricanas. La carretera por la que circulábamos era de categoría ínfima, pero mi alma sentíase tan alada que en absoluto notaba yo patinazos o socavones. Dany, en cambio, no hacía más que quejarse como una pánfila en un columpio.

—Vamos a tener un disgusto —decía—. Déjate de hacer chiquilladas, Rebecca, y conduce como Dios manda.

No eran chiquilladas. Los ángeles saltaban de júbilo y, como es natural, hacían que el todoterreno saltase también. Yo me esmeraba en seguirles, contagiada de su contento y a sabiendas de que nada malo podía ocurrirme, porque a fin de cuentas, y por un atajo o por otro, el desenlace iba a ser el mismo: reclinarme dulcemente, con una postura recatada y sensual a la vez que ya me tenía yo estudiadísima, en el pecho del Amado. Los ángeles me guiaban y, de paso, guiaban a Dany, aunque Dany la verdad es que no estaba para nada en sintonía con aquel prodigio que estábamos viviendo.

—¿No ves que están jugando con nosotros, Rebecca? ¿No ves que son unos cafres?

—Dany, hijo, espabila. ¿No ves que son ángeles veloces?

—Ya verás como al final consiguen que nos estrellemos.

Yo no sé si las pupilas de Dany estuvieron traspasadas alguna vez, aunque mi disposición es a creer que sí, pero era muy lamentable descubrir lo muchísimo que había bajado de nivel su mirada interior y su propio vocabulario.

Los ángeles, a todo esto, se mostraban cada vez más entusiasmados. No sólo iban raudos a más no poder, sino que sus gestos cada vez eran más expresivos y apuntaban mejor a mis puntos sensibles. Comprendo que los movimientos de pelvis de los que iban en la parte de atrás del todoterreno pudieran antojárseles no ya vulgares, sino incluso ofensivos, a unas pupilas obtusas y desconfiadas, pero era tal la profundidad de mi mirada, y tan grande mi entrega a la llamada del Amado, que no se me ocurría que pudiese haber nada más acertado para arrebatarme: la pelvis de los ángeles no es ningún misterio, me dije, sólo que está reservada para almas selectas. Lo mismo que algunos de sus ademanes no eran lo que parecían —en muchos casos, espasmos típicos de las artes marciales— ni uno de los más vibrantes se dedicaba a hacer continuamente cortes de mangas, sino que la fogosidad angélica, cuando toma apariencia terrenal, produce equívocos que sólo cuando ya estás en una fase de misticismo avanzado eres capaz de desentrañar. De lo contrario, como le ocurría a Dany, te confundes.

El intermitente derecho del todoterreno empezó a parpadear con mucha energía, y comprendí que había llegado el momento de recibir el mensaje cara a cara. Había yo distinguido momentos antes, y a pesar del ajetreo, una señal de área de descanso, y estaba claro que a ella se dirigían los ángeles y me dirigían a mí. Los ángeles, en efecto, empezaron a hacer gestos muy aparatosos y seductores para que les siguiéramos. Al fondo, a la derecha, se veía ya una arboleda en la que sin duda se habían dispuesto algunas instalaciones rústicas, pero seguramente acogedoras, para que los viajeros hiciesen un alto en el camino y reposaran un poco, repusieran fuerzas y, en casos especiales como el mío, tuviesen encuentros trascendentales.

—¡Sigue! —me gritó Dany, medio histérico.

—Ni loca.

—Son unos viciosos retorcidos, Rebecca —dijo él, pero se cubrió la cara con las dos manos y eso quería decir que daba por hecho que íbamos a pararnos, con los ángeles, en el merendero.

Porque era un merendero. Había unas cuantas mesas con banquetas alrededor, todo ello fabricado con troncos, y los álamos que daban la sombra parecían cumplir con su misión entre la paciencia y el aburrimiento. El todoterreno frenó con gran estrépito y mucha suficiencia, como queriendo demostrar que estaba sobrado de virtudes mecánicas y de protección divina, y los ángeles saltaron al suelo con una agilidad e inquietud que me hicieron comprender lo impacientes y orgullosos que se encontraban por cumplir con su cometido. Yo consideré apropiado detener mi coche suavemente, incluso con cierta imprecisión que transmitiera la deliciosa conmoción en que me hallaba, y no me afectó lo más mínimo que Dany se empeñase en hacer añicos, con alarmismos improcedentes, la magia del encuentro.

—En cualquier momento sacan las mordazas y las cadenas —dijo él.

—En cualquier momento nos trastornan —susurré yo.

Sonreían, se contoneaban, nos dirigían miradas muy prometedoras. Yo bajé del coche a sabiendas de que la felicidad que reflejaba mi rostro era muy convincente, aunque de pronto me entraron dudas sobre lo adecuado de mi vestimenta, quizá demasiado sobria y deslucida para una ocasión así, pero me obligué a confiar en que la pupila de un ángel estaría por lo menos tan traspasada como la de un embrión de santa, y que por lo tanto apreciarían no sólo mi belleza sino también mi elegancia interior. La mañana tenía esa luminosidad un poco marfileña que siempre me ha favorecido mucho.

—Bonita mañana, ¿verdad? —dijo el ángel con apariencia de domador madurito.

Qué sencillo, me dije: sin duda es el jefe de los ángeles, y se expresa como el portero de mi casa. A mí me falló el aliento, de lo emocionada que estaba, y sólo acerté a sonreír un poco más para adherirme a su opinión de que la mañana era preciosa.

—¿Vais al Gran Encuentro? —preguntó entonces el jefe de los ángeles, y reconozco que en ese instante perdí por completo el control de mi sonrisa de felicidad.

Ibamos al Gran Encuentro. En realidad, el ángel con apariencia de domador madurito lo había preguntado como si tal cosa, sin el menor énfasis, pero yo sabía dónde poner las mayúsculas y lo que eso significaba. El Gran Encuentro era mi meta, y gracias a la ayuda de los ángeles a lo mejor volvía a ser la meta de Dany, y allí estaban ellos para llevarnos en volandas, y yo empecé a estrujarme las manos como hacen las actrices malas y las criaturas sencillas cuando se les desbocan los nervios, y miré a Dany para hacerle partícipe de mi maravillosa descompostura, pero Dany ya había sido abordado con mucha decisión por otro ángel, éste con apariencia de dibujo de Tom de Finlandia.

—¿No nos conocemos? —le estaba preguntando en aquel momento el ángel—. Del Strong Center.

Sé lo que es el Strong Center: un antro de maricuelas con pretensiones de mujeres duras, y con el cuarto oscuro más grande de Europa. Dany puso cara de terror, lo que significaba que también él conocía perfectamente el sitio. Pero es una canallada condenar a alguien por su pasado, sobre todo si ha sido elegido para llegar adonde todo lo corporal se desvanece en la luz que limpia hasta lo más impresentable, y la prueba de que Dany se encontraba entre los elegidos allí la tenía: los ángeles no se enredaron con melindres hasta dar con él en un verdadero tugurio. Además, en lugares si no peores, sí por lo menos tan inconvenientes, me había visto yo a lo largo de mi vida y allí estaba ahora, a dos pasos del Gran Encuentro. Dany, de todos modos, se puso a hacer aspavientos del tipo ¿pero por quién me ha tomado usted?, y el ángel parecía bastante guasón porque le miraba como diciéndole no te sofoques, hombre, que tarde o temprano se sabe todo.

—¿Queréis tomar con nosotros unas cervezas? —invitó, encantador, el ángel con apariencia de domador madurito.

Yo misma me sorprendí de lo recogidita que me salió la voz cuando dije:

—Si no hay más remedio... ¡Estoy tan ansiosa de llegar al Gran Encuentro!

—Hay tiempo, mujer —dijo el ángel—. No empieza hasta el jueves.

Seguramente puse cara de estupor, porque el ángel se sintió en la obligación de aclararme:

—Hoy es martes. De hecho, nosotros vamos a pasarnos antes por la abadía de San Servando. Esos frailes hacen el mejor cuero que hay en el mercado. Lo exportan a todo el mundo. En el coche llevo algún catálogo, por si os interesa.

Mi estupor no hacía sino aumentar. Por una parte, me admiraba que el Amado lo tuviese todo organizado con tanta precisión, sin duda porque en su infinita sabiduría tenía claro que yo no estaría madura para el éxtasis hasta el jueves, y por otro lado el hecho de que ese día el Gran Encuentro no hiciera sino empezar superaba todas mis expectativas: iba a ser un éxtasis de varias jornadas. No le encontraba sentido a que los ángeles apreciaran tanto el cuero que, al parecer, fabricaban los frailes de aquella abadía de San Servando, aunque bastaba con echarles un vistazo para comprender que el cuero era su material favorito a la hora de vestir su apariencia humana, pero hay firmas internacionales de primera línea que trabajan el cuero con verdadero primor, tanto en la confección como en el diseño, y a un ángel cabe suponerle un gusto menos artesanal y primitivo. Claro que tampoco yo era quién, por próximo que estuviera el Gran Encuentro, para censurar el atuendo de los ángeles.

Quitando al que tenía apariencia de domador madurito —y que daba perfectamente el tipo de esos cincuentones que parecen cuarentones y se visten como motoristas veinteañeros—, todos se ajustaban al modelo de soltero de treinta años, mandíbula cuadrada, nariz recta, pelo cortísimo y cuerpo de gimnasio. Había uno cuyas ganas de entrar en acción se le notaban en la forma nerviosa de mirar, en el repiqueteo constante de la pierna derecha y en el apetito con que se pasaba cada dos por tres la lengua por los labios, y además había que ver qué labios; llevaba una gorra de cuero negro muy calada y movía mucho la cabeza de un lado para otro, como si no estuviera seguro de por dónde le vendrían las instrucciones para demostrar de lo que era capaz, y de pronto me miró a mí y a mí me dio un calambrazo, pero se ve que yo no era su tipo, porque enseguida desvió la mirada, y al momento la dejó caer en Dany, y entonces sonrió.

—Ese ángel es tuyo —le dije a Dany, entre dientes, pero sin disimular lo más mínimo que me rompía de envidia.

La envidia ajena, y sobre todo la envidia de las amigas, levanta el ánimo mas desfondado y, sin embargo, Dany se hacía el atónito y el estrecho. Hizo como que buscaba algo a sus espaldas, evidentemente para evitar que el ángel leyese en sus labios cuando dijo:

—Es activo acérrimo.

—¿Es qué?

—Activo furibundo. Fíjate en la gorra. Y en el pañuelo que lleva en la muñeca izquierda.

Hablaba con la voz apagadísima y muy sobrecogida de entonación, como si nos acechara un peligro tremendo. La verdad es que al ángel inquieto la gorra le sentaba divinamente, porque tal como la llevaba, por entero caída sobre los ojos, le daba un toque de experiencia y confianza en sí mismo que le endurecía bastante la naturaleza angelical y aumentaba muchísimo su atractivo. En cuanto al pañuelo, era de color azul oscuro y lo llevaba atado con tanta fuerza que parecía que estuviera aliviándole un esguince. A Dany, tanto el color del pañuelo como el sitio donde lo llevaba le daban ansias.

—El otro al menos lo lleva blanco y en el bolsillo derecho.

El otro era el que parecía salido de una revista de dibujos de Tom de Finlandia, aquel señor que pintaba unos machazos con bultos enormes y músculos reventándoles por todas partes y a los que una que iba de tercera vedete en *Sabor a gloria* —el espectáculo que empezó a darme popularidad y categoría— era adicta profunda, aunque yo advertí enseguida que la condición angelical le daba al ángel finlandés una pátina de misteriosa dulzura que no estaba al alcance del mejor dibujante del mundo. La misteriosa dulzura se le notaba hasta de espaldas y, desde luego, en la finura de haber elegido un pañuelo blanco que le asomaba, con mucha gracia, del bolsillo culero del pantalón, a la derecha. En realidad, los siete ángeles ofrecían una sinfonía de pañuelos de colores, y uno lo llevaba gris, otro verde militar, otro rojo vivo, y dos lo llevaban púrpura, aunque uno en el bolsillo izquierdo del pantalón y el otro en el derecho.

—Hay que reconocer —le dije a Dany— que no les falta un detalle.

—Son fanáticos del cuero y de zurrarse —dijo él.

—Son ángeles con sentido del adorno y del color, sencillamente.

Y la mar de hospitalarios. Habían sacado del todoterreno una nevera portátil llena a rebosar de latas de cerveza, y un ángel con cara de boxeador olímpico las iba repartiendo ya abiertas y espumosas. No es por presumir, pero, cuando me la ofreció a mí, la cara se le iluminó. Me sentí de repente muy respetada, pero muy apetecida.

—Debajo de ese modelo tan sencillo —me dijo, mirándome de la cabeza a los pies— seguro que hay una dominatrix.

Un poco desconcertada me quedé, no voy a negarlo. Confiaba, por supuesto, en que una dominatrix fuese algo así como una criatura mística que sabe lo que se trae entre manos, pero consideré oportuno aclarar las cosas, así que le repliqué al ángel olímpico:

—Perdona: debajo de esta ropa tan sencilla lo que hay es una santa. Bueno, una santa en potencia. Que sea dominatrix o no sea dominatrix supongo que ya dependerá del tipo de santidad que más se adapte a mis características. Claro que si un ángel como tú me ve dominatrix, será que tengo madera. Eso sí, santa de levitar, por descontado.

—Yo levitaré contigo —dijo el ángel olímpico, y se permitió la encantadora travesura de utilizar un tono de voz que recordaba mucho al de un peón de albañil encima de un andamio.

Me subyugó. Pusiéronse mis ojos en blanco, coloqué mis dos manos cruzadas sobre el pecho, noté que por mis labios corría el cosquilleo de una serena pero muy intensa felicidad, y me vi suspendida en lo más alto con la ayuda de mi ángel. La luminosidad de la mañana había pasado del marfileño al oro pálido y ligero, que es un tono que también me favorece una barbaridad. Eché de menos mi melena, que siempre ha tenido una tendencia natural a ondularse y mecerse en cuanto hubiera un soplo de brisa —y que habría flotado sobre mis hombros con unas tranquilas oleadas de mucho efecto—, pero en cambio estaba convencida de que mi cuello, a la vista, ofrecería una esbeltez y una perfección, pulidas por la entrega, envidiables. Los brazos del ángel olímpico eran fuertes, y yo me sentía segura y bien acomodada, sin la menor aprensión a pesar de hallarme a tan considerable altura, y aunque es verdad que noté que era presa del vértigo no fue ésa en absoluto una sensación desagradable, sino todo lo contrario, porque no era consecuencia de los metros que me separaban de la tierra firme, sino del salto tan espectacular que estaba dando hacia la cumbre de la bienaventuranza. Hacía una temperatura ideal, todo lo que nos rodeaba a mi ángel y a mí estaba en silencio, yo me veía a mí misma como una novia llevada en brazos por un padrino hercúleo escaleras arriba, camino de la alcoba donde me aguardaba el Amado, y lo cierto es que era como si volase sola, muy bien conjuntada con el ángel, a lo mejor porque una ya tiene práctica en dejarse llevar, bien en el baile, bien de «paquete» en una de esas motos descomunales en las que o te sincronizas del todo con el conductor, o la moto, el conductor y tú os la pegáis; una vez tuve un novio que venía a recogerme en una moto de ésas a la salida de la sala de fiestas en la que yo trabajaba entonces, y era como si acabara metiéndome dentro de él mientras íbamos a toda velocidad. Dentro del ángel iba yo, o el ángel dentro de mí, en aquel momento.

Y no puedo decir cuánto duró aquel vuelo, porque no se me ocurrió comprobar la hora ni antes ni después. Sólo sé que, cuando aterricé, el ángel olímpico estaba sentado a mi vera, a la sombra de un álamo muy frondoso, y me miraba con cariño, pero con mucha curiosidad.

—¿Te pasa esto muy a menudo? —me preguntó. Parecía bastante asombrado, supongo que porque yo, de entrada y a palo seco, engaño mucho y no parezco ni la mitad de delicada de lo que soy, y me imaginaría incapaz de ser tan etérea.

—Con ángel, ha sido la primera vez —reconocí.

—Pues si vuelve a darte —dijo él, atentísimo—, yo en tu lugar iría al médico.

Estos ángeles de ahora están en todo, me dije; después de un arrebato místico, como después de dar la vuelta al mundo, conviene hacerse un chequeo.

El ángel, con apariencia de domador madurito vino hasta donde estábamos nosotros y dijo que ya era hora de irse. Me preguntó que si me encontraba bien, y le dije que maravillosamente.

—De todas maneras —le dijo al ángel olímpico—, no conviene que conduzca. Su coche lo llevará Ramón y tú, si no te importa, vas también con ellos. Iremos todos juntos hasta San Servando.

Los ángeles me ayudaron a incorporarme. Luego, cuando llegamos hasta mi coche, pude comprobar que Ramón era el ángel que parecía sacado de una revista de dibujos de Tom de Finlandia, y ya estaba al volante. Dany también se interesó mucho por mi estado y dijo que mi ángel y yo podíamos ir atrás, que él iría junto al conductor. Estuvo galantísimo, me abrió la puerta, esperó de pie hasta asegurarse de que yo estaba bien acomodada. Y, cuando se dio la vuelta y abrió la puerta delantera, me di cuenta de que él tampoco había perdido el tiempo: en el bolsillo de atrás del pantalón, a la derecha, Dany llevaba un pañuelo gris, otro rojo, otro azul y otro amarillo, y en la muñeca izquierda, amarrado como si se le hubiera salido un hueso, un pañuelo naranja que no sé por qué me recordó una pulsera de compromiso.

Entonces el ángel conductor tuvo un detalle muy humano y dijo:

—Andamos regular de gasolina.

Pero yo sabía que, para llevarnos a las últimas moradas, los ángeles no necesitaban en absoluto que el depósito de mi coche estuviese lleno de combustible.

La abadía de San Servando tiene planta cuadrada, muros altos y macizos, ventanas muy estrechas y pegadas a los techos —de modo que la vista no pueda dispersarse y remolonear en un paisaje de mirtos, lentiscos, acebuches, pinos piñoneros, encinas y coscojas—, y monjes de la orden de los Siervos de la Estricta Observancia que con sus sayales pardos, sus cíngulos de esparto, sus sandalias de cuerda trenzadas a mano y el pelo cortado al uno contribuyen a crear la atmósfera de austeridad y renuncia a los valores terrenales que tantos estragos han causado en el alma del hombre y la mujer modernos. Eso es lo que dice el pequeño tríptico, modestamente impreso a una tinta, que me llevé como recuerdo de aquel lugar, en el que había ángeles de todas las partes del mundo.

Si no fuera una irreverencia, yo diría que aquello parecía Benidorm, quiero decir que, cuando llegamos, vi a todos aquellos ángeles hablando en todos aquellos idiomas diferentes, muchísimos coches y motos con matrícula extranjera, y las instrucciones para el hospedaje y el comportamiento escritas en español, inglés y francés, lo primero que se me vino a la cabeza fue uno de esos pueblos de la costa en los que, sobre todo en plena temporada de verano, parece que uno está en cualquier parte menos en España. Por lo demás, claro, en San Servando no había luminosos ni rascacielos ni supermercados con señoras gordas haciendo la compra en bañador ni jubilados suecos practicando al aire libre gimnasia sueca: la comparación con Benidorm era, sobre todo, acústica. Porque, quitando a algunos negros muy aparatosos y a un par de japoneses nada menudos para la fama que tienen de poca estatura, aunque inconfundiblemente nipones de cara, el resto de los ángeles —rubios, castaños o morenos— estaban todos cortados por el mismo patrón, todos parecían haberse puesto en manos del mismo cirujano plástico para tener idéntico corte de cara, todos se movían de la misma manera, todos iban vestidos con prendas de cuero y bastante chatarrería, y todos llevaban en las muñecas o en los bolsillos traseros del pantalón, a la derecha o a la izquierda, pañuelos de distintos colores. Sólo se diferenciaban en la manera de hablar.

Puede, de todos modos, que yo tuviera la vista más desafinada que el oído. Tal vez, en aquel vaivén entre lo acostumbrado y lo extraordinario en que me encontraba, mis ojos estuviesen más afectados y no me dejasen distinguir a los altos de los bajos, a los fuertes de los enclenques, a los guapos de los feos, mientras que mis oídos soportaban el ajetreo entre lo de abajo y lo de arriba muchísimo mejor y no confundían los parloteos con músicas celestiales. O quizá yo no estuviera todavía en una fase mística tan avanzada como para que todos mis sentidos se me dislocasen por completo y se librasen de sus cualidades mortales, sino que en el camino recorrido me había dejado la vista, el tacto, el gusto y el olfato, pero al místico puede que le ocurra lo mismo que al que se está muriendo, que el oído es lo último que pierde. El caso es que yo llegué a San Servando en un estado de gustoso desvarío, al que a lo mejor incluso contribuyó un poco cierta dosis de mareo producido por el pésimo estado de la carretera, y toda aquella bulla de ángeles hizo que me sintiese muy arropada.

—Todos van al Gran Encuentro —dijo mi ángel olímpico.

Un lujo, Rebecca; tu encuentro con el Amado va a ser un lujazo, me dije. Vas a tener ángeles por todas partes y, con sus cánticos y otras muestras de júbilo, van a ponérselo muy difícil a la mística que venga detrás de ti, si es que viene alguna. Lástima que estas cosas no salgan todavía en el *¡Hola!*

Me sentí muy mirada. Entre los ángeles no llegué a distinguir a ninguna mujer, aunque por lo visto las había, porque Dany se acercó a decirme que tendríamos que separarnos, que las normas de la casa de hospedaje de la abadía —en español, inglés y francés— dejaban claro que matrimonios y familias podían compartir aposento u ocupar habitaciones próximas, pero que los solteros no podían mezclarse con las solteras y que para cada sexo había una zona determinada. Dada la diferencia de grado místico que ya había entre nosotros, no me pareció un drama, la verdad.

—De todas formas, todos tendrán que registrarse antes en aquel mostrador.

Era un mocetón de uniforme, que por lo visto había escuchado a Dany. ¿Sería también un ángel?

—¿También vas al Gran Encuentro? —le preguntó mi ángel olímpico—. ¿Hay una sección para uniformados?

—Yo soy guarda jurado y me limito a cumplir con mi obligación —le contestó, bastante seco, el chico del uniforme.

Registrarse no me pareció que fuese especialmente engorroso, aunque entre Dany y el ángel olímpico lo hicieron por mí, con la excusa de que yo estaba muy mareada por el viaje, lo que explicaba aquella especie de sonriente ausencia en la que me encontraba y por cuya causa corría el riesgo de que alguien —y, en concreto, el fraile siervo de la Estricta Observancia que se encargaba del registro de huéspedes— me tomase por alcohólica o drogadicta. Por esa razón, por mi situación un poco delicada, estaríamos todos muy agradecidos si mi habitación no quedaba muy alejada de la de ellos, por si yo pudiera necesitar algo en medio de la noche o perdía de pronto el sentido de la orientación o del tiempo, pero el siervo de la Estricta Observancia encargado del registro dijo que por eso no había que preocuparse.

—Tenemos contratado un servicio muy completo de vigilancia. Hay guardas jurados las veinticuatro horas del día en recepción, en la puerta de las dependencias estrictamente monacales, en cada una de las plantas dedicadas a huéspedes, en la entrada de nuestra capilla y en la entrada de nuestro cementerio. Los talleres donde fabricamos nuestros productos de cuero, tan cotizados, y la tienda de venta al público disponen de un sistema propio de seguridad.

Para ser un lugar de renuncia y recogimiento, idóneo para desprenderse de los valores terrenales, no parecía que lo frecuentase gente de mucho fiar. Claro que también podía tratarse de una medida de precaución para evitar accidentes y otros disgustos como consecuencia de esa bendita desorientación que se produce cuando entras en las últimas etapas de celebración del éxtasis, y en la que tal vez fuera harta presunción por mi parte imaginarme sola, precaución que sin duda estaría reforzada por un buen seguro multirriesgo, porque en estos tiempos hasta los más santos pueden descolgarse con reclamaciones millonarias. Un negocio para místicos también tiene sus dificultades.

El resto del día lo pasé sin desentonar demasiado, creo, en medio de toda aquella algarabía angélica. Mi habitación era sencilla, limpia y de paredes tan blancas que se aprovechaba bastante la luz que entraba por las dos ventanas altas, pero de buen tamaño, que daban a campo abierto, lo que se notaba en la fuerza de la claridad, aunque yo no viese más paisaje que un cielo liso y de un azul muy concentrado. Sin embargo, no es que apeteciera horrores quedarse allí dentro, sola, mientras en el resto de la abadía reinaba tantísima animación, y además ya estaba demostrado, con lo que me había pasado en el merendero, que el rapto de mi alma podía volverme en cualquier parte, y a lo mejor hasta convenía tener a los ángeles cerca para que el rapto fuese completo. En el momento de registrarnos se había producido una pequeña confusión, porque yo dije que pensaba quedarme hasta que se celebrase el Gran Encuentro, y el ángel olímpico dijo que él, como el resto de sus compañeros, se quedaría una sola noche, porque siempre preferían llegar al lugar donde el Gran Encuentro se producía un día antes, así evitaban prisas y aglomeraciones de última hora. Yo, extrañada, le pregunté que si el Gran Encuentro iba a resultar tan multitudinario —lo que no me preocupaba, porque una tiene muchas tablas y he llevado espectáculos con más de cien personas en escena, pero no sé por qué me lo había imaginado más íntimo y sin mucho derroche de escenografía, de figuración y de medios—, advertí que de todas maneras tendrían que esperarme, ¿no?, porque no iban a empezar mi Gran Encuentro sin mí, y les rogué que, por si acaso, no me perdieran de vista. Noté que al ángel olímpico algo de lo que yo había dicho le sonaba raro, pero lo achaqué a lo barroca que soy a veces al expresarme, aunque enseguida dijo con mucha picardía, pero con mucho estilo, que pensaba estar encima de mí todo el tiempo que pudiera. Y ése fue otro de los motivos por los que no quise quedarme encerrada en la habitación, que no quería correr el riesgo de que el siguiente rapto me encontrase sin un triste ángel que lo adornase un poco, y salí y me uní a ellos, que estaban todos en la tienda de venta al público de ropa, complementos, regalos y cualquier cosa imaginable en cuero, fabricado en la abadía por los Siervos de la Estricta Observancia.

—La verdad es que se nota la diferencia cuando están

hechos a mano cien por cien —dijo el ángel con apariencia de domador madurito.

Estaba considerando, en aquel momento, un pantalón de cuero negro, con botones forrados también de cuero en la bragueta y con las costuras muy abultadas, lo que le daba un aire tosco y agresivo que al ángel domador, sin duda, le entusiasmaba.

—Y en cualquier *leather shop* no digo ya de Londres o de Berlín, sino de la zona de Chueca, te cuesta fácilmente el doble —le dijo otro de los ángeles del grupo, al que no conseguía verle yo atributos especiales.

—Lo exportamos muchísimo —dijo entonces el siervo de la Estricta Observancia, de buena estatura y mirada experta para distinguir a los mirones de los compradores, que estaba a cargo de la tienda—. No sólo a Londres, a Berlín, a Amsterdam y, desde la caída del comunismo, a Praga y Varsovia, sino también a Nueva York, Chicago y San Francisco. Es un pantalón que tiene una demanda fenomenal.

—Con una buena correa de hebilla un poco vistosa, y con botas altas de tipo rodeo, tiene que sentar de maravilla —dijo el ángel sin atributos.

El siervo de la Estricta Observancia encargado de la tienda sonrió y yo, quizá porque empezaba ya a destemplarme un poco, adiviné lo que estaba pensando: «Vendido».

En la tienda, además de prendas de vestir —pantalones, cazadoras, chalecos, calzones cortos y ajustados, taparrabos simples y de fantasía, y camisetas pensadas para dejar el ombligo al aire—, había botas, gorras, muñequeras, rodilleras, guantes, mochilas, correajes, tirantes, cinturones, todo en modelo liso o adornado con tachuelas o cadenas o con meritorios grabados en el propio cuero, e incluso látigos, cilicios y otro material de martirio o de penitencia. Todo cien por cien de artesanía y de primera calidad. Pero lo mas simpático era la decoración. Consistía, fundamentalmente, en montones de fotos clavadas con chinchetas a lo largo y ancho de las paredes de la tienda, y muchas de las fotos estaban dedicadas a los Siervos de la Estricta Observancia, o a la propia abadía de San Servando, por quienes aparecían en ella, no sé si todos ángeles, pero desde luego todos vestidos de cuero de arriba abajo. Muchos aparecían delante de tiendas o bares de nombres como Bootscoot (Melburne), Le Track (Montreal), Twilight Zone Kellerbar (Berlín), Mr. Chaps Leatherworks (Hamburgo), Stablemaster Bar (Amsterdam), London Leatherman (Londres), Eagle's y The Pleasure Chest (Nueva York), Jackhammer (San Francisco) y SR (Madrid). Y no es que yo me aprendiera de memoria todos esos nombres tan retorcidos, no. Esos nombres son los que aparecen en las fotos del folleto ilustrado a todo color, tan lujoso como un catálogo navideño de Loewe, con el que los monjes de San Servando hacían publicidad de los solicitadísimos trabajos en cuero de sus talleres. Ese folleto, que tanto contrastaba con el humilde tríptico en blanco y negro que informaba sobre la historia y la vida monacal de la abadía propiamente dicha, también me lo llevé como recuerdo, y a lo mejor cualquier día echo mano de él si tengo que dar, en mi vida privada o en mi vida profesional, una imagen dominante y marchosa. En aquel momento, ninguno de aquellos cueros me hacía ninguna falta.

En aquel momento lo importante era mi vida interior. Mientras miraba las fotos que cubrían las paredes de la tienda, me di cuenta de que la vista me funcionaba muchísimo mejor, y eso lo consideré preocupante porque significaría que estaba perdiendo tensión espiritual. Me puse nerviosa. Eché de menos el aliento directo o indirecto que había recibido de Dany, al principio de nuestro viaje, en mis momentos malos, pero Dany, o bastante tenía con intentar volver al camino que lleva a la levitación después del bache que había sufrido por culpa del deporte, o había tirado definitivamente la toalla y no estaba para jalear a nadie. De todas formas, tampoco Dany andaba por allí, de modo que hice un esfuerzo para recuperar el sentido común —a sabiendas de que el sentido común podía asfixiar bastante el arrebato del alma, que carece de toda lógica—, pedí en conserjería información sobre horario de misas y otros actos litúrgicos a los que pudiera asistir, y me dijeron que había una misa diaria para huéspedes a las nueve de la mañana, y que el canto gregoriano de los monjes podía escucharse a las 6.00 (maitines), a las 7.45 (laudes), a las 18.00 (vísperas) y a las 21.45 (completas). La cena formal era a las 20.00, pero podía tomar una merienda-cena a partir de las 17.00 en un buffet sencillo, pero sólido y abundante, dispuesto en la antigua sala de acogida de peregrinos, ahora convertida en comedor de apoyo. No había servicio de habitaciones.

La mención de la merienda y de la cena me recordó que no había comido nada desde el desayuno que tomamos Dany y yo antes de echarnos a la carretera, sin rumbo fijo, aquella mañana. Eran ya cerca de las cuatro de la tarde y, por lo visto, me había privado durante mucho más tiempo de lo que pensaba, y a lo mejor los ángeles que me llevaron hasta San Servando habían hecho un alto en el camino para almorzar y yo ni me había dado cuenta. La consecuencia de aquel desbarajuste no era muy espiritual que digamos, pero cuando se recupera el sentido común se comprende que el organismo también guarda su lógica: tenía apetito. Era verdad que podía ofrecerlo como sacrificio durante una hora más, hasta que abrieran el comedor de apoyo con el buffet, pero corría peligro de volver a la fase punitiva, ahora que ya estaba a punto de entrar a todo plan, con un montón de ángeles haciendo con sus alas una jaima nupcial mientras mi nardo exhalaba todo su perfume, en la fase unitiva. De nuevo extrañé a Dany.

—¿Estás mareada? —El ángel olímpico, del que me había desentendido para no aborrecerlo por tenerlo todo el tiempo demasiado encima y porque no me parecía bonito darle la exclusiva a un solo ángel, me tomó del codo con mucha consideración y no se mostraba nada resentido por haberme comportado con él tan esquiva. Seguramente, su obligación era velar por mí, sin pedir nada a cambio.

—Estoy bien —le dije—. Quizás un poco fatigada. Y algo hambrienta, la verdad. ¿Has visto a Dany?

—Hace un rato. Con Ramón. Creo que congenian estupendamente.

Lo dijo de una manera que me disgustó. Parecía advertirme que no enredase, que Dany y su ángel no me necesitaban ya para nada. Y a mí misma me resultó raro, pero de pronto me sentí muy sola, y no era exactamente que me sintiera abandonada, sino más bien como si hubiera entrado en un camino tan estrecho que no era posible andar por él con alguien al lado. Y tampoco podía decir que el ángel olímpico fuera el típico buitre, uno de esos que saben esperar a que tú necesites encontrar alguna compañía y te eches en sus brazos, no se le veía interesado en llenar ningún vacío. Lo vi claro: él se limitaba a darme los mensajes.

—Creo que será mejor que me retire hasta la hora de la cena —dije—. Sospecho que va a ser una noche muy larga.

Sonrió. Sin duda él sabía muy bien lo que me esperaba aquella noche, y no hizo falta que abriese la boca para que yo supiese que apoyaba con entusiasmo la idea de regalarme un descanso antes de que abriesen el comedor.

—De todas maneras —me advirtió—, deberías tener cuidado con lo que comes.

¿Era una insinuación de que me convendría olvidarme de la cena? ¿Sería la experiencia mística como un análisis de sangre, que te lo tienes que hacer en ayunas? Sabía que me encontraba en un momento crítico. Echaba de menos una voz amiga que me diese consejos claros. Me entraba claustrofobia sólo con pensar que el Gran Encuentro pasaba por encerrarme en aquella habitación de techo altísimo en la que, o levitabas con muchos ímpetus y sin perder del todo la cabeza, o no veías más que la cal de las paredes. Tenía el estómago vacío. Pero, cuando vine a darme cuenta, estaba frente a la puerta de mi habitación y di por hecho que, si el Amado te llama, no hay forma de resistirse.

Lo que luego sucedió es una prueba de que el tiempo no pasa de la misma manera ni los sentidos se comportan del mismo modo cuando estás fuera de ti que cuando te mantienes en tus cabales. Durante un rato que no supe medir estuve como encorsetada por el agobio, que hasta me parecía que me faltaba el aire para respirar dentro de aquella especie de madriguera mal ventilada, pero poco a poco fui entrando en una desgana y una conformidad que, o eran cosa propia del proceso que lleva a los místicos a levitar, o eran el resultado de una anemia. El caso es que me olvidé de las protestas de mi aparato gástrico, me inundó la tranquilidad, me desentendí de todos los ruidos del mundo exterior y empecé a encontrarme cómoda en un lugar que se iba formando como si alguien estuviera inventándolo sobre la marcha, como si alguien estuviera dibujándolo en el aire. Primero fue un cielo amoratado, pero con muchos brillos, lleno de reflejos que se movían con mucha suavidad y que desaparecían y aparecían de nuevo como si estuvieran jugando a zambullirse allá arriba. Después fueron brotando manchas raras que, poco a poco, se convertían en árboles llenos de sombras y pequeños temblores, que una podía imaginar que entre las ramas había pajarillos adormilados que de vez en cuando cambiaban de postura o movían un poco las alas para acordarse de que seguían vivos. Empecé luego a distinguir un camino de tierra anaranjada con ondulaciones que parecían dunas del desierto en miniatura y, al fondo, una tapia blanca y una cancela que dejaba ver una hilera de tumbas, algunas muy historiadas, bañadas por un delicado resplandor violeta. No había guardas jurados por ninguna parte. Oí pasos. Volví la cabeza y vi cómo una figura cubierta con el hábito de los Siervos de la Estricta Observancia aprovechaba la espesura de la noche, entre los árboles, y se dirigía a buen paso al cementerio. La seguí.

No encontré ninguna dificultad ni tuve ningún tropiezo. El pasillo de la zona de mujeres estaba desierto y, aunque sabía que no era necesario en absoluto tomar precauciones —porque ya tenía experiencia suficiente para distinguir un pronto, aunque fuera sonámbulo, de un portento—, me picó la curiosidad y quise saber dónde andaría el vigilante de planta. No tuve que investigar ni zascandilear mucho: estaba en el hueco de la escalera, de palique con un ángel seguramente nórdico y con unas espaldas como un butacón, y los dos parecían empeñados en comprobar si el otro era de carne mortal o espíritu puro, porque no paraban de manosearse. Supuse que era una táctica angélica para allanarme el camino. El silencio era tan espeso que no tenía más remedio que ser tardísimo. Las horas habían pasado sin que yo me diese cuenta, o el sitio por el que yo me movía no tenía nada que ver con aquel otro donde el guarda jurado y el ángel se aplicaban con tanto entusiasmo a sus mutuos tocamientos, pero en este caso no hacía ninguna falta que un ángel se tomase el trabajo de facilitarme la salida. De hecho, también fueron prodigiosas la rapidez y la seguridad con las que encontré el camino del cementerio, la falta de reparo con la que llegué a la cancela que estaba entreabierta, la calma con la que me tomé la visión de dos ángeles —me pareció que uno de ellos era de la falange que nos guió a Dany y a mí a San Servando— que hacían un «sandwich» contra el tronco de un árbol con otro de los componentes del servicio nocturno de vigilancia, y la facilidad con la que descubrí a la figura vestida con el hábito de la Estricta Observancia, muy concentrada en la tarea de remover la tierra de alrededor de una sencilla lápida. Lo que no pude evitar —sin duda, porque así estaba previsto en el portento— fue que quien con tanto ahínco se dedicaba a profanar tumbas también me descubriese a mí enseguida.

Nos miramos. Yo miraba una cara que no veía, unos ojos hundidos en la oscuridad que se apelotonaba dentro de la capucha del hábito, una expresión que trataba de adivinar, y no estaba segura de que fuera de sorpresa o de coraje o de susto o de odio. Luego resultó que era de alivio. También era de alivio, aunque un poco asustado, el tono de su voz cuando dijo:

—No me haga nada, por favor.

Dejó caer la pala de mano con la que había estado escarbando en la tierra. A mí ni se me había pasado por la cabeza ponerme heroica y abalanzarme sobre aquella especie de fantasma con una afición tan macabra y echar mano de toda la fuerza que me quedó de cuando era hombre y agarrarlo bien para que no escapase y pedir ayuda a grito pelado. Además, aquella voz me dejó desconcertada. Esperaba una voz ronca, estropeada, desagradable, la voz de un hombre con mucho vicio y mucha rareza en el cuerpo, con mucha ansiedad en la garganta, con mucha suciedad en la lengua, con mucho trastorno para hacer lo que estaba haciendo, pero era una voz muy suave y muy triste, una voz cansada y temerosa y hasta educadita. Era la voz de una mujer que estaba deseando quitarse un peso de encima.

Yo le dije que tranquila, que podía confiar en mí, que yo estaba allí por pura casualidad, que ya sabía que no eran horas, pero que me había dejado llevar por algo que no sabía explicar y que, en realidad, pensaba que me reuniría con el Amado. Ella me dijo que, entonces, seguro que la entendería, porque una mujer capaz de lanzarse al campo de madrugada para encontrarse con su hombre seguro que no se escandalizaba por las locuras de la carne y del corazón que a ella la obligaban a ir de cementerio en cementerio, levantando tumbas, buscando a alguien que se pareciera a Jefferson. Yo, claro, le pregunté que quién era Jefferson, y ella entonces se quitó la capucha del hábito y vi que era una mujer algunos añitos mayor que yo, nada arreglada, no fea, con una melena canosa que no había visitado una peluquería desde hacía meses, pero con ojos dulces y brillantes, ese tipo de ojos que mejoran cuando están aguantando las ganas de llorar, y el dibujo de los labios era bonito, aunque noté que llevaban muchos años sonriendo de una forma tristona, eso se ve en cómo el labio inferior se va quedando vencido para un lado, y para la edad que se le podía calcular conservaba una piel muy poco castigada, casi seguro que porque la naturaleza se había portado muy bien con ella, porque también se nota cuando la piel se mantiene a fuerza de cremas de calidad y yo estaba segura de que no era el caso. Porque después de quitarse la capucha del hábito me pidió que me acercara y que nos sentáramos juntas en los escalones de un panteón bastante lujoso que estaba frente a la tumba que ella había intentado abrir, y pude fijarme bien en su cara, y se veía que estaba temblando aunque manteniendo la compostura, me di cuenta de que tenía práctica en aguantarse delante de la gente, y entonces me dijo que a Jefferson lo había conocido el verano anterior, en Brasil. Yo me pregunté primero y enseguida le pregunté a ella que cómo había ido a parar a Brasil, y me explicó que por el banco en el que tenía la cartilla de ahorros le había tocado un viaje de una semana a Salvador de Bahía con todos los gastos pagados para dos personas, y que ella se había ido con una sobrina muy dispuesta y con mucha facilidad para moverse en cualquier país del mundo a pesar de que sólo tenía veintidós años, y ella en cambio era la primera vez en su vida que salía de España, casi la primera vez que salía de Monterrojo, que por lo visto era su pueblo, toda la vida muy sacrificada y siempre pendiente de sus padres hasta que murieron, y después se sintió demasiado mayor para dedicarse a disfrutar, que cuarenta y seis años a lo mejor hoy no son nada en una ciudad, pero en un pueblo a esa edad ya no hay nada que hacer, hasta que llegó la carta del banco con la noticia y ella preguntó si podía regalarle el viaje a una sobrina y le dijeron que no, que la sobrina lo que sí podía era acompañarla, y su sobrina Raquel tenía tantas ganas de ir a Brasil que ella se dejó convencer. Como se dejó convencer por Jefferson. Según me contó, Jefferson era taxista, o se hacía pasar por taxista con un coche muy viejo que había llenado de cojines por todas partes para ponerlo un poco más apetecible, y se les había acercado muy charlatán y muy sonriente en cuanto ellas dos salieron del hotel el primer día por la mañana, ella un poco encogida y como fuera de lugar, Raquel loca por patearse de arriba abajo y de la mañana a la noche toda aquella ciudad que parecía a punto de hundirse, porque Salvador de Bahía a ella se le antojó el sitio más viejo del mundo, pero Jefferson la enseñaba, me dijo ella, como si fuera Hollywood, Jefferson les dijo que él no era sólo taxista, sino también el mejor guía turístico de Salvador, y el mejor guardaespaldas, que había que andarse con cuidado y con él no correrían ningún peligro, y que todo iba a salirles muy barato, y sonreía enseñando unos dientes preciosos, pero Raquel le advirtió que tenían que cambiar dólares. Les tocó un tiempo regular, me dijo ella, casi todo el tiempo estuvo nublado y el calor a veces casi no dejaba ni respirar, pero Jefferson se movía con una agilidad y una soltura que a ella desde el principio le pareció poco natural, y además tenía soluciones para todo, aunque a veces eran soluciones que daban grima. Como cuando les dijo que él conocía el sitio donde se hacía el mejor cambio del mundo y las llevó a cambiar los dólares a una funeraria. Yo no pude evitar que se me fuera la vista a las tumbas que teníamos alrededor, porque empezaba a vislumbrar por dónde le venía a aquella criatura la afición a los cementerios, y ella puso aquella sonrisa tristona que yo le había adivinado con sólo verle la forma de los labios, y me dijo que no sabía lo que estaría yo pensando, pero que Jefferson no las había estafado ni nada por el estilo, si era eso lo que se me estaba ocurriendo. Jefferson sólo dijo, sin dejar de sonreír, cuando ellas pusieron cara de susto al verse en la funeraria, que los muertos tenían que vivir de algo. Y el caso es que luego Raquel reconoció que el cambio había sido estupendo, mucho mejor que en las casas que se dedicaban a eso y que había por todas partes, y Jefferson repitió que de él no iban a tener ninguna queja, que él conocía también las mejores tiendas y los mejores restaurantes y las mejores discotecas, y ella me dijo que fue como si les hubiera puesto algo en lo que bebían porque dejaron que las llevara a donde él quisiera, muy obedientes las dos, y todos eran sitios que al principio resultaban raros pero que después no tenían un defecto, vendían cosas bonitas y baratas, daban comidas sabrosas y originales a muy buen precio, estaban llenos de gente de cualquier edad que bailaba sin ningún apuro a pesar de lo tardío de la hora y del calor, que a veces era como si flotara, y todo el mundo saludaba a Jefferson como si lo conociera desde hacía una eternidad. Otra vez, al oír la palabra eternidad, empecé a mirar a un lado y a otro, y llegué inmediatamente a la conclusión de que el color púrpura que tenía la noche no era el color de una noche terrenal cualquiera, y que si conseguía concentrarme de nuevo en mi empuje interior no habría desgana ni vacilación ni enfado ni pena que me alcanzara, pero entonces ella dijo que nunca conseguirá explicarse cómo pudo caer en los brazos de Jefferson y, claro, me alcanzó de nuevo la curiosidad y le pregunté que el tal Jefferson cómo era. Joven —seguramente de más de veinte años pero de menos de veinticinco, me dijo—, con un cuerpo tan bien formado que parecía hecho a medida y con garantías de que no iba a estropearse aunque pasaran siglos, con una cara de las que sólo se ven en las revistas de cine, con unos ojos que todo lo que miraban lo convertían en bonito, con una boca que todo lo que besaba lo hacía sabroso, con unas manos que todo lo que tocaba lo volvían nuevo, con una piel de una suavidad y un brillo que se contagiaban y con una voz y una facilidad para los idiomas que no podían ser de este mundo. Aunque cuando ella, me dijo, comprendió de verdad que Jefferson entero no era de este mundo fue a la mañana siguiente. Ella se levantó completamente aturdida, fue a oscuras al cuarto de baño, a las diez tenían que estar en el aeropuerto, se acordó de repente y con muchísima preocupación de que a Raquel la había dejado en la discoteca bailando con un muchacho amigo de Jefferson, decidió que tenía que llamar enseguida a la habitación de Raquel para comprobar que estaba allí y despertarla, y pensó que todo lo demás lo había soñado. Que había soñado aquella canción tan romántica que había bailado con Jefferson —después de que Jefferson tuviera que emplearse a fondo para conseguir que saliera con él a la pista—, el beso que él le dio de sopetón pero con una ternura y con un buen gusto que no podían ofender a una mujer decente, la repentina seriedad con la que se ofreció a acompañarla al hotel por lo tarde que era y sin preocuparse por Raquel —su amigo la cuidaría como si fuera su propia hermana—, la galantería tan cariñosa con la que la llevó cogida del brazo hasta el coche y que hizo que ella se sintiera una actriz americana y no una solterona de pueblo, la facilidad con que la convenció de que le dejara subir con ella a la habitación del hotel, los besos que se dieron en el ascensor, como si ella también fuese una chiquilla, y todo lo que vino después —ella no pudo evitar que se le escapara la morisqueta típica de quien se muere de gusto— y que, por respeto al sitio donde estábamos, me dijo, no me iba a contar con detalle. Pensó que todo eso lo había soñado, me lo juró, pero cuando volvió a la habitación y encendió la luz allí estaba Jefferson, desnudo y atravesado en la cama, boca arriba, despierto, sonriente, y le preguntó de una manera muy graciosa si lo había pasado bien, y ella seguía empeñada en que todo lo había soñado, pero hay cosas que no se pueden esconder, que no se pueden negar, de las que una no puede olvidarse, y además Jefferson se levantó entonces tal como estaba, en cueros vivos, y la abrazó de una manera que ella no tuvo más remedio que admitir que nada de lo que había pasado lo había soñado, y se descompuso, porque adivinó lo que iba a pasar, que no podría olvidarlo nunca. Y eso que Jefferson, con toda la naturalidad del mundo, le pidió dinero. Yo me quedé pasmada cuando ella me lo dijo. Ella, que notó mi pasmo, hizo un gesto la mar de mundano que quería decir que eso era lo de menos.

De hecho, me dijo, ni siquiera le puso mala cara, ni siquiera se sintió extraña en el momento de preguntarle que cuánto era, ella sólo sabía que aquello no podría olvidarlo, así que le dio el dinero sin rechistar, y eso que era casi todo lo que le quedaba, y Jefferson sonrió derritiéndose de felicidad y dijo exactamente gracias, mi amor, los muertos no somos de piedra, pero tenemos que vivir de algo. Y hasta ese momento, a lo mejor por lo cerca que estaban, ella no descubrió aquel brillo raro que tenían los ojos de Jefferson. Y habría apostado su pensión de orfandad, me dijo, a que era el mismo brillo que tenían los ojos de los dependientes de las tiendas en las que compraron, de los camareros de los restaurantes en los que comieron, de los clientes de la discoteca en la que bailaron. Entonces comprendió que Salvador de Bahía estaba lleno de muertos. Y Jefferson, que le adivinó el pensamiento, le dijo tan campante que allí eran muchísimos y estaban bastante bien organizados. Y el tiempo se echó encima, y ojalá hubiera tenido dinero para quedarse en Salvador o para volver en cuanto se dio cuenta de las ganas que tenía de Jefferson, me dijo. Y aquello era lo que buscaba por todos los cementerios, en las tumbas de muertos jóvenes, en donde se acurrucan los muchachos que se fueron al más allá: alguien como Jefferson, que mire como Jefferson, que toque como Jefferson, que bese como Jefferson, que la haga sentirse otra vez como aquella noche la hizo, me dijo, sentirse Jefferson.

Porque estaba sentada, que si no me caigo de culo. Sólo acerté a decir:

—Es impresionante.

En el cielo empezaba a disolverse el color púrpura. Se oyó, a lo lejos, el canto de un gallo. Me gruñó el estómago, pero era como si lo tuviese anestesiado, se me había pasado por completo el hambre. De todas maneras, una no es tonta y comprendí que se me había escapado el penúltimo tren. Pero tampoco era cosa de guardarle rencor a aquella pobre señora, ni de denunciarla.

—No me haga nada, por favor. —Estaba asustada, pero ya no le noté aquel alivio que me había parecido encontrarle en la voz cuando se vio descubierta; no quería darse por vencida.

Procuré poner cara de sexóloga moderna, le di un beso y, antes de levantarme, le dije:

—Sigue con lo tuyo, mujer.

—Gracias, hija. No creo que volvamos a vernos. Este hábito lo cogí de la lavandería de San Servando, pero no pienso pasarme de nuevo por allí. Lo dejaré aquí mismo antes de irme. Se imaginarán cosas. No cuentes nada.

—Seré una tumba, con perdón. Aprovecha antes de que se haga de día.

Estaba rendida, pero si lograba dormir un poco a lo mejor llegaba en buenas condiciones al Gran Encuentro. Sonaron, todavía adormiladas, las campanas de la abadía. Miré mi reloj: las 6.00, maitines. Cuando llegué a la cancela, oí cómo la mujer disfrazada de siervo de la Estricta Observancia volvía a escarbar alrededor de una lápida, buscando a Jefferson.

Dormí muy bien, me desperté tardísimo, me aseé de mala manera y salí disparada en busca de algo que comer. También quería darles las gracias a los ángeles: cuando salí del cementerio, otro ángel seguía distrayendo con muchos abrazos y restregones al guarda jurado, y lo mismo pasaba con el vigilante de la zona de mujeres, de forma que conseguí pasar de nuevo sin ser vista. Como el refectorio ya estaba cerrado, me fui derecha a la recepción y, al siervo de la Estricta Observancia que aquella mañana cumplía con las obligaciones del registro, le pregunté, primero, si era posible desayunar a aquellas horas en algún sitio, y, segundo, si el muchacho de la 17 estaba en su habitación. El fraile miró el casillero de Dany, cogió un sobre, me miró con cierta lástima y me dijo:

—Se fue esta mañana y ha dejado esto para usted.

Dentro del sobre había una carta y un folleto a todo color. La carta decía:

«Querida Rebecca: Perdóname. Me voy con ellos. Sé que te he decepcionado, pero menos de lo que tú te crees. He vuelto a intentarlo, y he vuelto a fracasar. Me hizo mucha ilusión oírte decir, cuando nos conocimos, que me habías visto levitar dentro de aquella iglesia. Te equivocaste, yo no he levitado en mi vida. Pero te dije la verdad, que me habías visto en éxtasis porque tus ojos estaban limpios y porque tenías madera de santa. Creo que la sigues teniendo. Ojalá lo consigas. Por mi parte, prefiero seguir con ellos, creo que por lo menos me lo pasaré bien. Eso sí, en caso de que vuelva a intentarlo, me gustaría tenerte cerca. Hasta el domingo, estaremos en el Gran Encuentro. Te dejo el folleto por si te interesa. Acuérdate de mí cuando llegues a la séptima morada, Dany».

Miré el folleto a sabiendas de que iba a llevarme un sofocón, y decidida a que el sofocón no se me notase. En la portada, con letras que simulaban estar hechas de cuero, ponía: «Gran Encuentro Internacional del Leather». Se celebraba, según podía leerse debajo, del jueves 8 al domingo 11 de mayo. En páginas interiores, se informaba con todo lujo de detalle de los expositores, los actos organizados, el concurso de Mister Leather, Mister Amo y Mister Esclavo y sus correspondientes «misses», las casas fabricantes de prendas y material variado de cuero, las principales empresas de «export-import», y un plano para llegar al recinto ferial, un plano del recinto ferial propiamente dicho, y recomendaciones dietéticas y sanitarias. En una de las páginas pares había un gran anuncio de la abadía de San Servando, con la leyenda «Artesanos talabarteros de prestigio internacional». Y en la contraportada, una explicación detalladísima —y en la que no voy a entrar por el respeto que me tengo— de lo que significa y lo que hay que hacer o dejar que te hagan si llevas un pañuelo azul o blanco o amarillo o naranja o verde militar en el bolsillo derecho de atrás del pantalón, o en el bolsillo izquierdo, o en la muñeca derecha o en la muñeca izquierda. Para desmayarse.

Me controlé estupendamente. No quise mirarle a la cara al fraile de la recepción para no ver hasta dónde había llegado la lástima con la que me miraba. Le pedí, eso sí, aunque como si hablara con el escote cerrado del jersey marrón que me había puesto aquella mañana, que me preparase inmediatamente la factura. Otra vez se me había pasado el hambre. No pensaba deprimirme. Fui a mi habitación, recogí mis cosas, le di los buenos días con una dicción estupenda —a la ida y a la vuelta— al guarda jurado de turno, y pagué la factura con la tarjeta Visa. No dejé el diez por ciento recomendado como limosna. No me importaba seguir sola. Ni se me pasaba por la cabeza volverme atrás. Llegar a los brazos del Amado se me estaba poniendo, y nunca mejor dicho, muy cuesta arriba, pero allí tenía el ejemplo de la mujer de Monterrojo, loca por Jefferson.

Si ella seguía, yo también.

Séptima morada

La hospedería del monasterio de La Altura estaba abarrotada. Apenas se veían personas solas, pero había parejas de todas las edades, grupos de amigas en general talluditas, excursiones mixtas con toda la pinta de haber sido organizadas por parroquias o comunidades cristianas de base, familias con niños vestidos de primera comunión. Y no faltaban las celebridades.

Nada más llegar, reconocí a una señora muy elegante, con mucho estilo, con mucho golpe de chófer y secretaria particular, famosísima por un libro que ha escrito sobre las reliquias que hay en las iglesias y los conventos de toda España y el milagro en el que está especializada cada una de ellas, un best-séller, y ella sale cada dos por tres en televisión, y le hacen montones de entrevistas en la radio, y da conferencias por todas partes, y viaja muchísimo, que hasta en el extranjero se ha hecho famosa, y también aparece una barbaridad en las revistas del corazón, pero sólo en las serias, y yo la había visto una vez en una charla que dio en la Casa de León, Zamora y Salamanca, al principio de mi arrebatamiento espiritual, antes de meterme de lleno en la lectura de nuestros místicos, y me dejó colapsada por las cosas tan interesantes que contó, que todavía me acuerdo de las más impactantes. Por ejemplo, la historia de una chiquilla con poliomelitis, que se curó cuando la cubrieron de cintura para abajo con huesos verdaderos de los santos inocentes asesinados por Herodes y traídos de Tierra Santa por un obispo español, precisamente de Astorga, o el milagro del minero al que se le quitó una gangrena que le llegaba ya hasta la rodilla en cuanto le bañaron la pierna en barro auténtico del que Dios hizo a Adán y se la limpiaron después con la toalla con la que Jesús les lavó los pies a los apóstoles. Aunque lo que más me impresionó fue saber que, en una ermita de Cuenca, se conserva nada menos que una pezuña petrificada del diablo, como todos pudimos ver en una diapositiva a todo color que aquella señora tan fina y tan bien hablada nos puso para despejarnos cualquier duda. Y ahora aquella celebridad estaba allí, alojada como uno más en aquella hospedería de tanto prestigio pero sin lujos de ninguna clase, aunque no iba a dar ninguna conferencia, sino que, según me dijeron, estaba recogiendo material para su *best-seller,* que iba por nosecuantísimas ediciones, y por lo visto acababa ella de descubrir que allí se conservaba y se veneraba una sandalia de san Pedro.

Pero ella no era, ni mucho menos, la única persona famosa que había pasado por La Altura. Las paredes de la cafetería estaban llenas de fotos dedicadas, como los restaurantes típicos del viejo Madrid. Había una de un actor norteamericano, muy conocido, del que se decía que viajó hasta allí directamente desde Beverly Hills, en avión privado, sólo para curarse una depresión y recuperar la ilusión de vivir, y que, desde entonces, daba para obras de caridad el dos y medio por ciento de lo que le pagaban por las películas. Había otra foto de una actriz también americana y también conocidísima que lleva escritos dos o tres libros sobre sus experiencias sobrenaturales y salió una vez en el *Diez Minutos* haciendo el Camino de Santiago, con una ropa sencillísima y casi nada de maquillaje, lo justo para defender el cutis y corregir algún defectillo de esos que no es que afeen, sino que más que nada molestan: para su edad, estaba monísima. Y, por supuesto, había retratos de toreros y de tonadilleras, que siempre han sido de mucho rezar y mucho llevar medallas y escapularios, pero también el de una cantante inglesa que en sus tiempos fue un verdadero pendón y cantaba unas cosas de escándalo, y es verdad que las cantaba en inglés, pero por los gestos tan descarados que hacía se le entendía todo, y el Vaticano no tuvo más remedio que excomulgarla, aunque recuerdo que la Nancy, una amiga del mundo del artisteo que se las daba de saberlo todo, me dijo que el Vaticano no la podía excomulgar porque no era católica, sino protestante; el caso es que luego salió diciendo en todas las revistas que se había convertido y que, de ahí en adelante, iba a dedicarse en exclusiva a cuidar su paz interior y a disfrutar de las cosas espirituales, y eso que seguía vistiéndose de un modo muy exagerado. No como aquella artista que armaba tantísimas broncas y que hizo la película de la mantequilla y se fotografiaba con una novia rubia que se echó y yo creo que también la excomulgaron, y ahora no hay quien la reconozca, va de catequista por la vida y, eso sí, despotricando contra los sinvergüenzas que la explotaron y se aprovecharon de lo inmadura y lo atolondrada que era entonces, para hacer pornografía y para forrarse. Esa no estaba entre las que habían dejado una foto dedicada como recuerdo de su paso por el monasterio y en prueba de gratitud por la felicidad que había encontrado su alma —eso era, más o menos, lo que escribían todos—, seguramente porque aún no había tenido tiempo para pasarse por allí, pero sí que estaba la foto de la primera Miss Europa española, de familia modesta, pero que con el tiempo se casó con un rico heredero suizo que la llenó de caprichos y la introdujo de lleno en la alta sociedad, tuvo con él un hijo al que le dio por las carreras de coches y por echarse novias muy catetas —aunque siempre se ha dicho que, de tapadillo, lo que tiene son novios—, enviudó, atravesó una racha de mucha bulla y mucho desarreglo, se estropeó una barbaridad, se lió durante un tiempo con una pintora de esas que pintan como los niños chicos, cayó en una crisis muy comentada y, cuando aceptó que su célebre belleza no era más que un préstamo que Dios le había hecho y a Dios le había devuelto, descubrió que tenía facultades para ver el ángel custodio de cada persona, aprendió a pintarlos, y actualmente se dedica a hacer exposiciones de óleos con los ángeles de la guarda de personajes del mundo del espectáculo, de la cultura y de la política, incluidos los de todos los miembros de la Familia Real.

—Aquel de la chaqueta celeste —me dijo el célebre *chef* Manuel Villegas— es un productor de discos muy importante que busca algo que sea un bombazo como el gregoriano de los monjes de Silos. Aquí cantan unas misas preciosas.

El de la chaqueta celeste estaba en la barra y parecía un feriante endomingado.

El célebre *chef* Manuel Villegas, del restaurante Almunia de Majadahonda —un verdadero templo de la gastronomía moderna, pero con raíces, según me dijo—, ya se había encargado de presentarse, con todos los adornos habidos y por haber, en cuanto le di permiso para que se sentara a mi mesa. La cafetería estaba de bote en bote. Y la verdad es que enseguida comprendí que no era el típico moscón que anda al acecho de mujeres solas y empieza con mucho caracoleo a tentar la suerte. Se había limitado a darse humos, bien es cierto que adornándose y recreándose mucho en la faena, pero me di cuenta de que sólo le importaba dejar claro que no era ningún pelagatos y podía considerarme bien acompañada. Yo había llegado a la hospedería muy temprano, con un estado de ánimo muy entonado, sin volver la vista atrás, con el convencimiento de que aquel lugar ofrecía garantías y escarmentada de dar bandazos. Tuve que esperar a que mi habitación la dejaran libre y la limpiaran, así que me fui a la cafetería y me convencí todavía más de que había ido a parar al sitio adecuado. Quizás estuviera un poco masificado, pero tanta gente, normal o distinguida, no podía equivocarse. Allí estaba, sin ir más lejos, Manuel Villegas, un cocinero de postín, un hombre hecho a sí mismo, un profesional con inquietudes y con instinto para adivinar por dónde va a ir el gusto de la gente de buen comer, que la cocina imaginativa de inspiración francesa tuvo su momento, pero es un concepto culinario que se agota, como todo, y la cocina mediterránea es muy relajada y muy saludable y tiene una relación muy cordial —algo así me dijo— con nuestra idiosincrasia y nuestro ritmo de vida, pero es quizá demasiado epidérmica —si le permitía la expresión— y, aunque todavía aguanta con dignidad si la carta está bien estructurada, ya empieza a notarse cierto cansancio, de modo que hay que evolucionar y aportar novedades y él, Manuel Villegas, estaba seguro de que el próximo exitazo en los mejores fogones y los mejores manteles iba a ser la cocina monacal. Interpretada, por supuesto. Ollas de legumbres con hortalizas, huesos y carnes, o guisos de abadejo, pescados de salazón y sardinas en arenque, sin olvidar las ancestrales sopas de ajo, el arroz con higadillos y los clásicos potajes, serían la base para aplicar toques creativos que acabarían convirtiendo lo que llamaríamos gastronomía del ancestro, en su rama conventual, en platos de alta escuela: alcachofas gratinadas rellenas de caviar de salmón, o sopa de ahumados con puré de coliflor, o bacalao con escama de patatas con pil-pil. Todos esos platos, y otros por el estilo pero aún poco definidos, iba él elaborándolos ya en su imaginación, y estaba seguro, me dijo, de que podía cocinarlos en aquel mismo momento sin cambiar un ápice ni la clase ni la cantidad de los ingredientes, hasta el punto de que me regaló los apuntes completos de las recetas, una cuartilla que todavía tengo y que me permite ahora explicar los platos con todo detalle. Mientras estaba de gira, Manuel Villegas cocinaba todos aquellos platos mentalmente y, según él, les ponía el sabor, el olor, la temperatura que buscaba, igual que hacía, en lo suyo, un conocidísimo diseñador que se había ido un par de días antes de que yo llegara, después de haber disfrutado en La Altura de dos semanas de intensiva concentración espiritual, hasta que prácticamente se definieron solas las líneas maestras —depuradísimas— de su próxima colección otoño-invierno.

—Y la que todavía anda por aquí —me dijo el celebérrimo *chef* Manuel Villegas— es la Moltó. Parece que está preparando un nuevo programa de debate y dicen que busca monja, buena comunicadora y con buena imagen, que aporte siempre un enfoque religioso, pero en plan relajante, de los temas que se discutan, cualesquiera que sean.

Entonces me dije: si la Moltó, con lo que ella es, ha venido hasta aquí para asegurarse un éxito, es que este sitio merece la pena.

No era, desde luego, el lugar más tranquilo del mundo. Pero tenía solera, daba un servicio competente y seguro en todos los aspectos, era versátil y nada elitista a la hora de repartir el producto de la espiritualidad y si, por incapacidad tuya, te ibas de vacío, por lo menos tenías la oportunidad de conocer a gente interesante. De cualquier modo, pensé, convenía advertirle a mi compañero ocasional de mesa que mi intención era mantenerme retirada el mayor tiempo posible y nada comunicativa con el resto de los hospedados, no fuese él a suponer que había encontrado una agradable y sensible compañía para andar a todas horas de palique.

Lo hice. Le dije que hervía de impaciencia por encontrarme por fin a solas y disponer mi alma para el amor inefable. Que notaba yo que el tiempo y el esfuerzo que hacen falta para alcanzar la cumbre donde se produce el encuentro con quien es la hermosura misma los había superado con creces, y que ya sólo faltaba darme a mí misma el sosiego y la confianza que, en mi opinión, me tenía más que merecidos. Que sería muy largo de contar, pero las vicisitudes tan extraordinarias y los vaivenes tan acusados por los que había pasado desde el comienzo de mi periplo sólo podían superarse con la ayuda de un divino empecinamiento del que, aun a riesgo de resultar pretenciosa, me sentía en deuda. Y que había aprendido una cosa: el escenario es importante, el apoyo de alguien que te anime cuando desfallezcas y te haga ver tus limitaciones cuando te embalas se agradece mucho, un poco de mimo en forma de música deliciosa que sólo tú escuchas o de fragancias incomparables que sólo tú hueles no amargan a nadie, sino todo lo contrario, y el aleteo de los ángeles conforme vas acercándote al desposorio espiritual tiene que ser una maravilla, pero ese desposorio es una cosa entre el Amado y tú, y a la hora de la verdad no cuentan para nada los decorados, los amigos, las músicas, las fragancias ni los ángeles, a la hora de la verdad sólo cuentan la amada y el Amado. Manuel Villegas dijo que estaba de acuerdo.

La animación de la cafetería era cada vez mayor. Ya eran más de las doce de la mañana y, aparte de que el ambiente de la hospedería se encontraba sin duda en su mejor momento, mi habitación ya estaría dispuesta. Pedí al señor Villegas permiso para retirarme y cogí el ticket de caja para pagar mi consumición a la salida, como indicaba el correspondiente letrero, pero el señor Villegas no lo consintió. Le di las gracias procurando no sonreír demasiado, con el fin de que comprendiese que para mí cualquier halago de este mundo ya era relativo, y me dirigí con serenidad, pero muy ilusionada, al mostrador de recepción, atendido con eficacia por personal contratado.

En efecto, ya podía ocupar mi habitación. Las instrucciones eran muy claras y la verdad es que no se prohibían demasiadas cosas. Por mí, podrían habérmelo prohibido casi todo. Estaba llegando a donde nunca supe si podría llegar. Me sentía en paz, descansada, ligera. Cogí mi equipaje, tan exiguo, y me dispuse a subir la escalera por la que se iba a mi cuarto, en el primer piso.

Y entonces, al pie de la escalera, como recién llegada de no sabía dónde, como pasada de moda, mirándome como si estuviera mirándose en un espejo, mirándome no sólo como si supiese quién era yo, sino también como si supiese quién había sido, con su pelo corto, con sus ojos nerviosos, con su cara de niño, vi a aquella niña vestida de primera comunión.

El tiempo pasa como un caballo de fuego y va quemando muchas cosas de tu vida, pero siempre vuelve lo que consiguió abrirte el corazón por la mitad. La primera mirada de mi padre cuando se dio cuenta de por dónde quería yo echar a correr y de dónde me iban a venir los sufrimientos; la primera vez que puse el pie en la calle, vestida como si fuera a hacerle los coros a la representante española en el Festival de Eurovisión, y no pensé en que por la mañana tendría que ponerme de nuevo ropa de muchacho y no sentí que estuviese disfrazada, y cuando me di cuenta de eso me emocioné tanto y me lié a llorar con tantas ganas y tan a gusto que la Débora y la Gina no sabían si correr a la farmacia de guardia por calmantes o encenderle una vela a la Virgen de la Caridad para agradecerle el buen rato que yo estaba pasando; aquel día en que apoyé la cabeza en la falda de mi madre y ella me acarició como si lo hiciera por todo lo que no me había acariciado durante los años que nos habíamos pasado sin vernos; el beso que me dio Juan, el primer hombre que me disfrutó y que disfruté después de la operación, cuando le dije que sí, que también yo había terminado, y que me había llevado a la gloria... Y aquella niña vestida de primera comunión, que estaba a mi lado conforme yo iba saliendo de la anestesia, nueve horas y media después de que me metiesen en el quirófano.

Yo estaba convencida de que la operación iba a salir bien. Ya sé que lo normal habría sido estar muertecita de miedo, como estuvieron casi todas las que conozco, porque ni la medicina lo tiene esto tan controlado ni la cabeza ni el corazón podían seguir igual que si te operasen de apendicitis. Pero yo me había empeñado en no asustarme, en no dejar que la angustia me estropease aquel día del que era justo que me acordase como de la fiesta más bonita o del homenaje más grande que me hubiesen hecho jamás, yo no quería que el miedo lo ensuciara. Ninguna novia se merece ir a casarse con el miedo metido en el cuerpo, ninguna novicia va asustada a hacer sus primeros votos, incluso estaba segura de que no hay misionera que se vaya al Congo o a sitios peores encogidita por el susto. Y para mí la operación era igual que convertir a un país entero al cristianismo, como si yo fuera tierra de misiones y yo misma me estuviera salvando; era como contraer votos perpetuos no sólo con mi alma femenina, sino con mi cuerpo de mujer; era igual que una noche de bodas en la que el bisturí iba a ser dulce y experto como el mejor de los novios. Así que la operación no tenía más remedio que salir bien y sería un pecado que me asustara.

Durante un tiempo, pensé hasta en organizarlo todo como si de verdad fuera una boda por todo lo alto. Estaba segura de que el cirujano, un hombre delicadísimo y de una formalidad casi arzobispal, lo entendería, a fin de cuentas la clínica era suya y ya encontraríamos la manera de que lo festivo no estuviese reñido con la seriedad y el prestigio del centro ni, por descontado, con el respeto a los demás. Mi idea, en los momentos de más entusiasmo, era mandar incluso invitaciones, encargar una especie de lista de bodas, en una buena tienda de regalos, elegir a un par de padrinos cuya misión fundamental consistiría en acompañarme de cháchara hasta la puerta misma del quirófano, contratar o bien un cuarteto de cuerda para que tocase música clásica mientras duraba la intervención, o bien algo más moderno, pero no estridente —algo del tipo Sergio y Estíbaliz, pongamos por caso—, con un repertorio flexible y adecuado para acompañar el acto quirúrgico propiamente dicho y amenizar después el convite y el baile, porque no podía faltar ninguna de las dos cosas, para lo cual lo más cómodo sería confiar en un cátering de mucho nivel y dejar en manos de especialistas el montaje de las mesas, los aspectos florales y los demás detalles de decoración. Comprendo que todo eso, visto desde fuera, pueda parecer una patochada, pero, aparte de ser típico de mi temperamento buscarle a todo un marco bonito y la atmósfera más positiva posible, estoy dispuesta a admitir que a lo mejor pasé por una etapa de cierta preocupación y que un modo muy mío de espantarme los agobios siempre ha sido armar bulla y poner a todo el mundo contento. Además, teniendo en cuenta la fortuna que iba a costarme la operación, incluido el atentísimo y medidísimo tratamiento previo, lo menos que podía permitirme era un poquito de celebración.

Sin embargo, conforme se fue acercando la hora de

la verdad fui comprendiendo que aquel trance era como un sacramento que tenía yo que vivir a solas. Algo me decía que en el quirófano iba a ocurrirme algo más importante que perder un aparejo que odiaba y ganar otro con el que llevaba soñando toda la vida, con ser ése un milagro que me dejaba traspuesta de felicidad cada vez que me ponía a pensar en él. Sabía muy bien que estaba a punto de cruzar una frontera que nunca podría ya volver a cruzar en la otra dirección, como en una película de arte y ensayo que vi una vez, en la que salía una muchacha que tenía una curiosidad grandísima por lo que pasaba dentro de una casa la mar de destartalada que había en las afueras de la ciudad donde ella vivía y en la que se celebraban cada dos por tres unas fiestas muy misteriosas, llenas de invitados estrambóticos a los que siempre se les veía llegar pero nunca se les veía salir, todos muy elegantes, pero con una elegancia de otro tiempo, y la muchacha se dio cuenta de que, aunque todos llegaban con mucho jolgorio y dispuestísimos a pasárselo en grande, todos en el último momento, cuando estaban a punto de entrar en la casa, se volvían a mirar atrás y a todos les cambiaba de pronto la cara, era como si de repente se sintieran completamente perdidos y entonces salían unos criados con uniformes impecables que les ayudaban a entrar, porque se habían quedado sin sentido de la orientación; la muchacha descubría la verdad cuando por fin entraba en el parque que rodeaba la casa, subía las escaleras del porche, se prometía una noche fabulosa al escuchar la música y las risas de la fiesta que se celebraba dentro, tocaba el timbre de la puerta y, en el mismo momento en que la puerta se abría, ella volvía la cabeza y descubría que todo al otro lado de la verja del parque iba desapareciendo, todo iba quedándose vacío para siempre. La verdad es que esa película la había visto hacía un montón de tiempo y, la primera vez que me acordé de ella —ya iba por el tercer mes de tratamiento de hormonas, con mucho control de mi médico y con mis sesiones de comprobación mental y emocional con una psicóloga— me impresionó, pero decidí no darle demasiada importancia, sólo que con el tiempo aquella película llegó a obsesionarme y se lo conté a la psicóloga y ella me dijo que tendríamos que analizarlo, que, si aquello era señal de falta de verdadero convencimiento por mi parte de lo que iba a hacer, aún estaba a tiempo de replanteármelo todo. Yo le dije enseguida que ni loca. Sabía perfectamente en lo que me había metido, sabía que no era una cabezonada ni —mucho menos— una ventolera, sabía que era como desembarcar por fin en otro continente y que ningún barco podría ya recogerme nunca para llevarme de vuelta, sabía que lo que le pasaba a la muchacha de la película era exactamente lo que iba a pasarme a mí, y no estaba asustada. Así que nada de arrepentimientos y de tirarlo a aquellas alturas todo por la borda. Lo único que ocurría era que cada vez se me antojaba más improcedente organizar un festejo multitudinario para celebrar la operación, y ni siquiera una merienda con los más íntimos, y que con la única persona con la que tenía que enfrentarme cuando estuviera a punto de entrar en la anestesia y cuando saliera de ella era conmigo misma.

Y el caso es que a todo el mundo le pareció una locura mayor que la otra. Cuando me puse a contar mi idea de organizar una fiesta en la misma clínica, aunque yo tuviera que asistir en una de esas uvis ambulantes que ahora tienen los servicios municipales de salud, a todos les pareció de entrada que había perdido la cabeza, pero a la mayoría le faltó tiempo para apuntarse a la juerga y aportar sugerencias, todas muy descabelladas y algunas bastante siniestras, como la de Eleonora Goretti —ya hace falta valor para ponerse un apellido como ése, con el ajetreo de bajura que se traía la elementa—, que me propuso proyectar en pantallas gigantes el vídeo de la operación durante todo el festejo. Era de cajón que a todos les pareciese aquello un delirio y lo que hacían era jugar a ver a quién se le ocurría un disparate mayor, pero cuando se me ocurrió decirles que lo que de veras pensaba era ingresar sola en la clínica cuando llegara el momento, que ni siquiera pensaba avisar de la fecha exacta de la operación, y que incluso daría orden de que no se admitiesen visitas durante todo el tiempo que durase la convalecencia, todo el mundo se echó las manos a la cabeza y decidió que eso no se podía consentir, que en un momento como ése la compañía de los amigos es fundamental, más fundamental incluso que la de la familia, porque con una familia normal y corriente no se puede hablar con confianza de ciertas cosas, y todo el mundo decía que, durante la convalecencia, iba a necesitar hablar mucho, contarle a alguien mis cosas más íntimas, abrirle a alguien de par en par mi cabeza y mi corazón. Pero yo estaba segura de que se equivocaban. Yo estaba segura de que, durante mucho tiempo, durante todo el tiempo que hiciera falta hasta que me sintiese completamente restablecida, querría guardarme todas las sorpresas, todas las preguntas, todas las esperanzas, todos los reparos y todos los sentimientos sólo para mí.

Así se lo dije también a mi médico y a mi psicóloga. Mi médico —una eminencia que había hecho la especialidad en Dinamarca y que te dejaba claro desde el principio hasta dónde la ciencia podía llegar y lo que no se conseguía de ninguna manera— no puso mayores inconvenientes, él se hacía responsable de que las cosas salieran bien desde el punto de vista quirúrgico y de que tuviese en todo momento a mi disposición los últimos adelantos de la medicina, y por dentro me consideraba preparada de sobra para dar aquel paso, porque de lo contrario no se habría ocupado de mí. Eso sí, me recomendaba discutirlo con la psicóloga y no convencerme demasiado de que todo iba a ocurrir tal y como yo me imaginaba, porque él ya tenía experiencia suficiente para saber que cada persona lo vive de un modo distinto y que al final todas confiesan que se lo habían figurado de otra manera. La psicóloga —una chica joven, moderna, lista para arreglarse hasta quedar siempre resultona sin valer nada, con un sentido del humor algo caprichoso, que yo nunca sabía hasta dónde estaba dispuesta a que bromeásemos con mis comprobaciones mentales y emocionales, pero que siempre se daba cuenta de cuándo yo hablaba realmente en serio— me confesó que le parecía raro aquel empeño mío por vivirlo todo a solas, pero que no tenía ningún derecho a extrañarse, porque ella no estaba allí para obligarme a que me comportara de una forma o de otra, sino para ayudarme en caso de detectar alguna disfunción mental o emocional. Y reconocía que las disfunciones que me había detectado eran de poca monta. Me consideraba mental y emocionalmente estable, y capaz, por supuesto, de vivir aquella experiencia como me pareciese oportuno. ¿Sin compañía ninguna? Le intrigaba la idea, desde luego, y le encantaría —se retiró un mechón de pelo de la cara con un gesto que quería decir que no había barreras entre ella y yo—, realmente le encantaría que hablásemos del porqué.

Se lo dije. Le dije cómo me imaginaba yo la operación, como una noche de bodas en la que el bisturí me hacía completamente mujer con mucho cuidado y mucha ternura, tomándose todo el tiempo que hiciera falta, llegando hasta el final con mucha paciencia y mucho miramiento, para no lastimarme. Pero que yo sabía, porque mi médico me lo había explicado perfectamente, que hay sitios adonde el bisturí no llega: la voz, por ejemplo, que siempre estará ahí, grave y encasquillada, perteneciendo a otro, como el peñón de Gibraltar pertenece a Inglaterra. La voz es como el alcázar que no se rinde, la voz es como el último apache escurridizo que trae en jaque a todo el ejército de la Confederación. Pero eso, le dije, ya lo sé, para eso estoy preparada, eso lo he visto en otras que ya han pasado por donde yo ahora voy a pasar, eso no me intriga, lo que de verdad me intriga, y lo que quiero descubrir a solas, no es eso. La psicóloga, procurando dejar claro que su curiosidad era sincera pero nada dramática, me preguntó a qué me refería. Yo le dije: «A la memoria».

No lo pudo evitar: noté que no se esperaba una cosa así. Incluso noté que le daba un poco de grima cuando le dije que no estaba segura de si el bisturí llegaba hasta ahí. Después de la operación, ¿cómo iba a ser mi memoria? ¿Cómo, de quién iban a ser los recuerdos, todos aquellos recuerdos que había ido guardando hasta entonces? ¿Iban a desaparecer, seguirían ahí, pegados en mi cerebro durante el resto de mi vida, como recuerdos de otro? Una vez le oí decir a una artista famosa que había salido radiante de la operación que ella prefería ya no acordarse de nada, que se sentía como si de repente tuviese de nuevo uso de razón y todo lo anterior se le había quedado como en una nebulosa, que empezaba de nuevo a descubrir el mundo, que quería aprenderlo todo como una niña cuando llega a la pubertad, que todo lo que sabía de los demás, y todo lo que sabía de sí misma, iba a procurar olvidarlo porque no quería que los recuerdos —algunos recuerdos— le estropeasen todo lo bueno que le quedaba por vivir. Pero eso no es posible, le dije a la psicóloga. Nadie se corta la memoria como se corta la melena.

Pero que no se alarmase. Yo no estaba asustada por eso. No había empezado a titubear. Seguía estando segura de lo que quería hacer y la mar de contenta. Sólo tenía muchísima curiosidad y estaba impaciente por saber lo que iba a ocurrir y quería descubrirlo sola, porque me daba cuenta de que aquello era lo más hondo a lo que podía llegar, y sabía que hasta allí no podía acompañarme nadie. Sabía que cuando saliera de la anestesia y tuviese el primer recuerdo, sería como si me bautizaran.

Así lo hice. No avisé a nadie de la fecha de la operación. Durante las semanas anteriores, hubo quien me preguntó, pero siempre dije que lo habíamos aplazado unos días por compromisos del cirujano. Ingresé en la clínica tres días antes de la fecha que había elegido el médico para intervenirme, me hicieron las últimas pruebas y en ningún momento me puse nerviosa o me sentí acorralada. Había llegado el momento, sencillamente. La psicóloga vino la víspera, por si quería charlar un rato, pero nos pasamos la tarde cotorreando sobre los príncipes de Mónaco, no sé por qué. Cuando ella se fue, me recogí en la habitación y estuve mucho rato pensando en cómo era yo en aquel momento: estaba sana, tenía buen tipo y una cara con personalidad, no le debía dinero a nadie, me convenía no enamorarme de nuevo, seguramente me enamoraría de alguien cuando menos me lo imaginara, y tenía que procurar dormir mis ocho horas de siempre, porque a las nueve vendrían las enfermeras para empezar a prepararme. Y así, tranquila y en ayunas, entré en el quirófano, y nueve horas y media después, ya en mi habitación, cuando empecé a despertarme, allí estaba ella, allí estaba yo, junto a mi cama, sonriéndome, mirándome con mis ojos sorprendidos e inquietos, allí estaba aquella niña vestida de primera comunión, pero con cara de niño, y supe que mi memoria seguiría conmigo para siempre.

Muy educada —o muy maternal, porque es una cosa que siempre me ha pasado con los chiquillos, que no me gusta perderlos ni un momento de vista no vaya a ocurrirles algún percance en un descuido mío—, dejé que la niña entrara antes que yo en la habitación.

—Es mona —dijo la niña—. Y esa calzadora es clavada a la que le compró mamá a los primos Sañudo, cuando la otra abuela de ellos se murió, que dijeron que lo vendían todo porque sólo querían dinerito, y después mamá la tapizó con una cretona muy alegre. ¿Te acuerdas?

Me acordaba estupendamente. Mi primo Paco Sañudo era la criatura más bonita que he visto en mi vida, tenía carita de Niño Jesús, con unos rizos rubios que se le formaban por lo natural, sin que la tía Regla tuviera que hacerle nada, que él tampoco se habría dejado, porque todo lo de precioso de cara que tenía lo tenía también de cafre y de puñetero, y le gustaba mucho mortificarme y yo, claro, desde que éramos renacuajos estaba enamoradísima de él. Vivía unas cuantas calles más abajo de nosotros, en una casa todavía más chica y más apretujada que la nuestra, pero yo, desde que me levantaba, no veía la hora de irme a jugar a donde tía Regla, nada más llegar empezaba a provocar a Paquito y a él le faltaba tiempo para cogerla conmigo y hacerme perrerías y a burlarse de mí diciéndome y diciéndole a todo el mundo: «¡El hijo de Vinagre no tiene picha!». A mí me gustaba pelearme con él, sacarlo de sus casillas hasta que se echaba encima de mí y se ponía a retorcerme los brazos y a estrujarme contra el suelo, y me apretaba el cuello con su cuello hasta que me dejaba sin respiración, que era una llave que él había inventado —porque desde pequeñito presumía de que iba a ser campeón de lucha libre—, y su cara estaba tan apretada contra la mía que a mí no me importaba asfixiarme. Una vez hasta me desmayé. Me desmayé sólo un momento, pero yo seguí haciéndome el desmayado y todavía recuerdo cómo intentaba él hacerme el boca a boca, cómo me chupaba los labios y trataba de soplar al mismo tiempo, lo bien que sabía su saliva, lo asustado que estaba él y lo a gusto que me sentía yo, hasta que pensé que ya se había ganado quedarse tranquilo y abrí los ojos como una artista de cine y a él le entró una risa nerviosa y se puso a darme abrazos y a restregarse conmigo loco de alegría, y me llevó la mano a su bragueta y me dijo mira cómo me he puesto del susto. Teníamos once o doce años, éramos de la misma edad y habíamos hecho juntos la primera comunión, y siempre me acordaré de aquel día, los dos vestidos de marineritos, yo con el pelo oscuro y repeinado y moreno de piel como mi madre, él sonrosado y con aquellos rizos que parecían de oro, que ahora me doy cuenta de que hacíamos una pareja fatal y, además, engañosa, cualquiera que nos viese pensaría que él era un querubín muy delicado y muy sensible, a lo mejor hasta un poco sarasete, y yo un futuro sargento de la Legión, quiero decir por la pinta, y si nos estábamos quietecitos, que después bastaba con que nos moviésemos un poco para que estuviese claro que él iba para figura de las artes marciales y yo para primera vedette del *Alazán, encanto y belleza* deseosa de sentar cabeza junto a un marido y unos hijos, y si hubieran podido mirarnos por dentro, si hubieran podido ver lo que estábamos pensando, ya sí que tendrían el cuadro completo: yo me moría de ganas de acercarme a comulgar, al lado de mi primo Paco Sañudo, vestido como una novia en miniatura, con un traje de seda salvaje con muchos pliegues y jaretitas y un velo muy lindo y larguísimo y sujeto en un peinado de peluquería por una diadema de rosas blancas naturales, lo que para una criatura de ocho años era de premio, el mismo traje y el mismo velo que llevaba la niña con cara de niño que ahora estaba en mi habitación de la hospedería del monasterio de La Altura, el mismo traje con el que me veía yo cada vez que mi primo, a partir de aquel día en que nos peleamos y yo me desmayé, me enseñaba cómo se había puesto no ya por el susto, pero sí por el calor o por el vino o por culpa de una niñata con muchas ganas de lumbre y muy descuidada de mecha o por el tiempo que hacía que no mojaba, y así durante muchos años, hasta que terminó la mili y anduvo dando bandazos por ahí, que cuando volvimos a vernos yo iba ya a todas partes con mis hechuras y mi vestuario de mocita vistosa y con gusto, aunque aún no me había operado, y él había entrado en la policía municipal y un día me llevó a un chalé en construcción que había por La Rijerta y se dejó hacer de todo y cuando, ya completamente fuera de sus costuras, echó mano al archipiélago del Peloponeso, como llamaba una amiga mía a sus intimidades, le entró la risa temblona y el capricho de trajinar y dijo, medio desparramado, vaya gloria de equipamiento, prenda, y mira que dije veces que el hijo de Vinagre no tenía picha, ¿te acuerdas? Claro que me acuerdo.

—¿Qué te pasa? —preguntó la niña, que sin duda se había dado cuenta perfectamente del sofoco en el que yo estaba entrando.

—Un vahído, supongo. O el Amado, que escribe derecho con renglones torcidos.

—¿Por qué no abrimos un poco la ventana?

—Porque el silbo del pastor —le dije, y yo me entendía— no necesita que la ventana esté abierta para enajenarme.

Había en la habitación un silencio que no tenía más remedio que ser milagroso, porque no era posible que la hospedería entera se hubiese vaciado de repente o que todos los huéspedes, niños incluidos, hubieran entrado de pronto y a la vez en el más profundo recogimiento, y eso era lo que parecía. La niña había ido a colocarse en un rincón, como en una de esas fotos artísticas en las que se ve lo desatendida que está la infancia, y desde allí me miraba con más calma que resignación o curiosidad. La niña tenía los mismos ojos que tuvo siempre, los ojos oscuros e incómodos que yo sé que se me ponían a mí cuando alguien me miraba con desconfianza o cuando, antes de que yo me operase, un hombre dudaba de repente de si quería enredarse y disfrutar, por lo fuerte o por lo ligero, con lo que estaba adivinando.

—¿Te acuerdas del agobio que le entraba siempre al pobre Fermín, el que hacía de chófer y guardaespaldas del señor Gaztelu, el empresario del Continental, hasta que se metía en faena y ya no había forma de que soltara el Peloponeso? —me preguntó la niña.

—Era una copia de Sean Connery, pero de Cuenca. Luego siempre se apuraba un montón y decía que había perdido la cabeza por completo.

—¿Y te acuerdas de aquel alférez de aviación, de buenísima familia, que iba a buscarte de noche al Baby Face y te metía de estraperlo en el dormitorio que ocupaba en un lateral del edificio del Cuartel General del Ejército del Aire, lo que ya era el colmo del atrevimiento, y allí se ponía tu ropa y te pedía que te pusieras su uniforme y conseguía que tú te sintieras una mujer única y degenerada, muy caliente y retorcida, sobre todo cuando los dos perdíais por entero los papeles y él, en lo más fuerte del frenesí, con el Peloponeso dentro, te pedía «llámame Rebeca»?

—Una locura. Fue una época de mucho desorden, la verdad. Pero si soy sincera, nadie, nunca, me ha besado como él.

—Y ya sé que no te gusta que te lo mienten, porque hay que ver lo que te hizo sufrir, pero de Jaime no podrás olvidarte nunca aunque te raspen la cabeza por dentro, que ese hombre jamás tuvo la menor vacilación al demostrarte que tú eras su hembra, para lo bueno y para lo malo, que fueron cuatro años de alegrías y penalidades, y tuviste la debilidad de hacerte ilusiones y llegaste a pensar que iba a ser el hombre de tu vida —aquella niña hablaba como uno de esos muñecos de los ventrílocuos, como si estuviera quitándome de la boca los dichos y la voz—, llegaste a pensar que merecía la pena haber pasado tanto si el premio era haberle encontrado a él.

—No me lo mientes, por favor, no me lo mientes.

—Pero tú sabes que no hace falta que te lo miente para que te acuerdes de cómo sabía quitarte el sentido, que luego han llegado muchos otros, antes y después de la operación, pero ninguno ha sido capaz de borrarte el recuerdo que tienes de él. Santos, el que trabajaba de tramoyista en un teatro de mucho empaque de Madrid, que era tan cariñoso y tan detallista y siempre se empeñaba en apagar la luz, y además se le saltaban las lágrimas cuando te decía que nunca había sentido con nadie lo que sentía contigo, pero tú no podías decirle lo mismo a él, porque se achicaba si lo comparabas con Jaime. O Paulo, un brasileño que se hacía unas chapas cotizadísimas en una agencia de chicos pero decía que el corazón lo guardaba para ti, y la verdad es que tú no te lo querías creer pero te lo creías, sobre todo cuando dejaba el corazón a un lado y ponía en funcionamiento todo lo demás, aunque no lo hubieras dudado ni un segundo si tuvieras que elegir entre Jaime y él. O, ya operada, aquel representante de grifería, casado, jugador de fútbol profesional en su juventud, aunque lo máximo que consiguió fue militar en un equipo de segunda división, quejoso de que su mujer no se arreglaba nada, que por lo visto a la señora no le gustaba pintarse ni ir a la peluquería ni una ropita un poquito especial ni una alhajita para que se le viera un poder, y así el pobre te decía

Rebecca, tú sí que vas siempre como una reina, contigo sí que da gusto salir, y le encantaba llevarte de compras y darte consejos sobre lo que te sentaba bien y lo que te sentaba de maravilla, y es verdad que nunca llegó a regalarte la gargantilla que una tarde visteis en el escaparate de una joyería, pero te la enseñó muchísimo, que no había tarde que no salierais y no te llevara a ver lo finísima que era, pero al hombre se le notaba la buena voluntad, y no como a Jaime, al que sólo se le notaba el talento que Dios le dio para poner a hervir a una mujer y la verdad es que cuando el de la grifería, que se llamaba Anselmo, se metía en faena no había color. Sólo Juan, el que te estrenó como mujer por dentro y por fuera, el que cada vez que iba a verte conseguía convertirte en las cuatro estaciones completas de Vivaldi, el que, a fuerza de ser un hombre corriente, tuvo la habilidad de hacer que te sintieras una mujer como cualquier otra, aguantó durante un tiempo la comparación con Jaime; lástima, hija, que a ti el gusto de ser una mujer como otra cualquiera te durase tan poco. Y allí seguía Jaime, ocupando en un santiamén el lugar que los demás iban dejando vacante, no literalmente, claro, sino con esa manera de resucitar a alguien que se llama echarlo de menos, pero tampoco hacía falta esperar a que las historias terminaran, que en medio de cualquier refriega que parecía preciosa con Santos, con Paulo, con Anselmo, con Juan, Jaime estaba allí: los ojos impertinentes y un poco tristes de Jaime, aquella boca de ternerillo agonioso que tenía Jaime, las manos siempre templadas y siempre tranquilas y con tanto tino de Jaime, aquella manera de adelantar y apretar los muslos cuando se te acercaba, que siempre era el arma que usaba para desarmarte Jaime...

—El silbo del pastor —dije yo— viene por los montes y por las cañadas y mi alma ha salido a su encuentro.

De reojo, vi cómo la niña iba agachándose y acurrucándose en el rincón, como buscando a la vez no molestar y ponerse cómoda para disfrutar del espectáculo.

El silbo del pastor, de hecho, ya se había colado en la habitación, y yo respiré hondo tres veces para no aturullarme cuando apareciese el Amado.

Lo primero que llegué a percibir fue el rumor refrescante de una fuente que no hacía falta que viese para saber lo limpia y poderosa que era, capaz de convertirme en un huerto maravilloso. Después se me aflojaron todos los sentidos, señal de que el Amado iba a encontrarme como una mansión con todas las puertas y balcones abiertos de par en par. Y luego apareció el Amado. Tenía los ojos impertinentes y un poco tristes de Jaime, y yo le dije mira, luz que alimenta mi mirada, cómo me he acicalado para ti, que si bien por fuera era un modelo de sobriedad y un dechado de modestia envuelta en tonos discretos, por dentro me veía yo engalanadísima, con adornos y afeites de todos los colores, pero no es que mi alma fuera pintada como un zulú en sus fiestas patronales y enjoyada según el gusto de Anselmo, en realidad la combinación era a la vez muy intensa y muy delicada y muy virtuosa, como en esos pájaros exóticos y escasísimos que tienen plumas de mil coloraciones y, sin embargo, no tienen un color determinado. Cómo quemaban los ojos del Amado, y cómo aquel mirar no se paraba en barras y se dirigía derecho a los recovecos donde se guarda lo que más enloquece, hasta tal extremo que noté cómo me llevaba las manos pudorosamente a mis puntos más sensibles y me consta que puse cara de quien ruega un poco de misericordia para ayudarme a conservar la compostura, y entonces el Amado sonrió como sonreía Jaime para advertirme de que en dos minutos me iba a tener descompuesta. Y me entró entonces un temblor que reconocí enseguida, y la verdad es que, tal como yo lo recordaba, no tenía mucho de místico, que era como cuando Paulo dejaba a un lado aquel corazón brasileño que guardaba para mí y ponía el resto en pleno funcionamiento, y el caso es que ahora, cuando ya se me había acercado un poco más, le veía yo al Amado aquel color canela y aquel suave brillo que tenía la piel de Paulo y que con tanto acierto combinaba con mi color levemente tostado, y se me metió en la cabeza que la piel del Amado era también tan fina y tan templada como la de Paulo, y el Amado seguía mirándome de aquella forma, y yo no tuve más remedio que suplicarle que se fijase un poco más en mis sentimientos y un poco menos en lo vistosa que era sin duda la carrocería de mi alma, o no respondía de mí. Me dijo entonces el Amado, con una voz clavada a la de Anselmo, que es que iba arreglada de maravilla, y una cosa así no hay mujer de verdad que no lo valore, pero casi sin darme cuenta le dije lo que le decía a Anselmo en tales ocasiones, que a cualquier amada con un poco de respeto por sí misma y por los demás le gusta ir copuestita, pero que al final el secreto estaba en que él me miraba con buenos ojos, aquellos ojos tan descarados, pero un poco tristes, de Jaime. Empezó a sonar, desde un lugar tan hondo que todo lo arrastraba y engullía, la «Primavera» de Vivaldi. Yo noté que desfallecía, de puro arrobamiento, y tuve que apoyarme en el Amado, y, parecerá mentira, pero en aquel momento al Amado le entró la risa nerviosa que le entró a mi primo Paco Sañudo cuando se creyó que me había salvado de la muerte por hacerme el boca a boca y cuando descubrió en mí el Peloponeso y se quedó de piedra, pero nada traumatizado, sino más bien en la gloria, al comprobar lo aparente que era y lo durísima que estaba aquella atrocidad que ojalá me hubiesen arrancado de cuajo el día que nací. El Amado había adelantado los muslos, que eran como los cedros del Líbano o como columnas de ébano que entretienen el silbo de los aires amorosos, y apretaba como apretaba Jaime, y a mí me entró de repente un apuro grandísimo, porque volvía a notar el crecimiento de aquella atrocidad, lo que no era técnicamente posible, pero ya había sufrido en otras ocasiones aquel inconveniente psicosomático, aquel accidente retrospectivo, aunque el momento nunca fuese tan inoportuno. El Amado, cuyos brazos tenían ya la alegría incansable de las enredaderas y cuyas manos dejaban pequeño el tino de las manos de Jaime, adivinó mi turbación, hizo caso omiso de mi insistencia en que se fijara un poco más en mi emoción y un poco menos en mi constitución, y me susurró al oído, como lo hacía Santos, que no me preocupase, que todo formaba parte de mi alma y que nunca había sentido con nadie lo que sentía conmigo. Yo no lo comprendí demasiado bien, pero supuse que había entrado por fin donde no sabes dónde entras y te quedas no sabiéndolo, así que lo mejor era dejarse llevar. Seguían sonando las *Cuatro estaciones* de Vivaldi, una detrás de otra. Y entonces me percaté de que el Amado quemaba pero no dolía, y que hacía siglos que no sentía en mis adentros un terremoto así, y que estaba empapada en sudor, y que gemía como sólo gimen las muy finas o las muy tiradas, y que si aquello era un éxtasis yo los había tenido antes a montones —con Jaime, con Paulo, con Juan, incluso alguna vez con Santos y con Anselmo—, y que había una niña delante, si es que no había salido corriendo, escandalizada.

La niña, muy quieta y muy encogidita en el rincón, no parecía impresionada por lo fuertecito del espectáculo.

Yo tardé en reaccionar. Tardé incluso en darme cuenta de hasta qué punto la postura en que había quedado atentaba contra el decoro. Pero tardé menos en convencerme de que aquella niña vestida de primera comunión, aquella niña con cara de niño, aquella niña que tanto se parecía a la niña que yo quería ser el día en que comulgué por primera vez —vestido de marinerito, junto a mi primo Paco Sañudo—, sabía perfectamente lo que iba a pasar.

—Sé lo que estás pensando —le dije.

—Lo mismo que estás pensando tú —dijo ella, y seguía mirándome como antes, con más calma que resignación o curiosidad.

Se oían voces en el pasillo.

—Dime la verdad.

—Tú sabes que no hace falta que te la diga.

A pesar de que la ventana seguía cerrada, se coló de pronto en la habitación el rugido indecente de una moto. No quedaba ni rastro de Vivaldi. Le aguanté la mirada a la niña.

—Siempre me pasa lo mismo.

—Cariño, de la mañana a la noche una no deja de ser lo que es.

Eché de menos un espejo. Aunque tampoco lo necesitaba para saber que, al menos, había adelgazado bastante.

—He puesto de mi parte todo lo que he podido.

—No te castigues. No te reproches nada. Y no te creas más alocada, más desnortada o menos constante que los demás.

No merecía la pena mirar la hora. No iba a servirme de mucho saber si era corto o largo el rato que llevaba dentro de la habitación. Cuando tuviese hambre, siempre sería posible tomar algo en la cafetería. La verdad es que me habría hecho ilusión que en la cafetería pusieran una foto mía con una dedicatoria llena de agradecimiento.

—Hay quien lo tiene más fácil. La prueba está en que

aquí la ocupación, durante todo el año, prácticamente es del cien por cien.

—Cariño, hay quien se conforma con poco.

El aire estaba un poco cargado. Empecé a ponerme discretamente la ropa en su sitio. Tenía que reconocer que el subidón, fuera de lo que fuese, había sido tremendo, pero yo era la primera en saber que mi naturaleza fue siempre temperamental y pujante, desde chiquitita, o desde chiquitito, que tampoco tiene sentido pasarse el resto de la vida pisoteando lo que durante tantos años no tuviste más remedio que ser. Por la claridad que entraba por la ventana, se notaba que se estaba poniendo una tarde maravillosa. De pronto, me sentía agotada, pero no abatida. Me senté en el borde de la cama y procuré estar a gusto. La mirada de la niña, que no estaba dispuesta a perderse un detalle, parecía ahora un poco más cariñosa. Volví a mirarla a los ojos por derecho. Era mejor aclararlo todo de una vez.

—Sé sincera: ¿tú crees que en el santoral hay sitio para mí?

La niña bajó los ojos, porque tenía que lastimarme.

—Rebecca —dijo después, muy tranquila—, no tienes ningún motivo para deprimirte. Pero la respuesta, sincera y objetiva, es: no.

Me levanté. Cogí la bolsa de viaje. No tenía sentido que me quedase allí. Eso sí, no pensaba deprimirme. Así que dije, con muchísima soltura:

—Pues santa Rebecca de Windsor habría sido, para los altares, un nombre moderno, con gancho y precioso. Lo siento por el santoral.

A la intemperie

Paré el coche en un camino que podía llevar a cualquier parte. Había salido de la carretera en un desvío sin ninguna señal, y eso que ya era tarde y no calculaba lo que tardaría en llegar a un sitio con un buen hotel, a una buena bañera, a una buena cama, a un poco de lujo, con un montón de estrellas y un atento y rápido servicio de habitaciones las veinticuatro horas del día. Tenía prisa por mimarme un poco. Pero vi aquel desvío, aquel camino de tierra que se metía en el campo como un niño chico cuando de repente coge una dirección distinta a la que lleva todo el mundo y se extravía, y seguro que fueron las ganas de desahogo las que me empujaron a aventurarme por él.

El cielo se estaba metiendo en nubes. A lo lejos, como si estuviera cosido de cualquier manera al horizonte, había un resplandor de color hueso y deshilachado, un poco comido por las sombras por la parte baja y débil y difuminado cuando se juntaba con los nubarrones. Estaba refrescando y no sé por qué se me ocurrió que a lo mejor era por mi culpa, como cuando te descuidas o no te tomas ningún interés y dejas abiertas al buen tuntún las ventanas y se forma corriente.

Y la verdad es que si paré el coche fue más por miedo a no estar sola del todo que por temor a alejarme demasiado de la carretera. No se veían casas ni parecía que por aquel camino hubiese la menor circulación, pero pensé que a la vuelta de una curva podía aparecer un pueblo, un cámping o un rebaño de ovejas, y por eso decidí no seguir adelante, porque me di cuenta de que lo que yo buscaba era un lugar solitario para despacharme a gusto. La carretera hacía ya un rato que la había perdido de vista.

Cuando apagué el motor, fue como si me quedara sorda de golpe. Todo estaba tan quieto que por un instante tuve la sensación de que había ido a parar a un sitio disecado. Había algunas encinas desperdigadas por el campo, muy desmejoradas, y mucha retama bravía y todavía sin flor, pero se me antojó que ni siquiera se habían movido un poco con el aire desde hacía muchísimo tiempo, como si allí no cambiara nunca el clima y siempre hiciera aquel calmón un poco destemplado y ese silencio que seguro que hay en los sitios de los que nadie se acuerda. Estaba convencida de que por allí no había pasado nadie desde hacía meses. Era un buen lugar para ajustarle las cuentas al Amado.

Yo estaba tranquila, pero tenía en el pecho unas ganas muy comprensibles de dejar las cosas claras y en la garganta un montón de palabras peleándose unas con otras para ver cuál me salía primero por la boca. No tenía el ánimo encogido ni escocido el amor propio ni achicada la confianza en mí misma, pero tampoco quería quedar como una aventurera sin fundamento, una psicópata ciclotímica o una fantasiosa llena de pretensiones y con menos cimientos que un sombrajo. Había dejado La Altura sin quedarme a dormir allí ni una sola noche, aunque pagándola religiosamente a pesar de que tenían lista de espera, y el personal de recepción, tan profesional, se mostró preocupadísimo por si había encontrado algún fallo garrafal o me causaban demasiadas molestias mis vecinos de planta, en cuyo caso podían intentar cambiarme a otro cuarto, en una zona de más sosiego, aunque tal vez peor comunicada. Les aseguré que mi decisión de marcharme de inmediato no tenía nada que ver ni con las instalaciones ni con la atmósfera general de la hospedería y del cenobio, que consideraba perfectas, sino sólo con mis propias deficiencias. Pero dije eso porque no tenía ningún derecho a abochornar a unos empleados tan amables y cumplidores, y no me importaba lo más mínimo quedar ante ellos como cortita de puntería y de facultades. Hacer balance de la experiencia con el Amado ya era otra cosa.

Bajé del coche. Algún ruido hice, claro, al abrir la puerta, al poner los pies en el suelo, al recomponerme un poco la vestimenta —que ya me moría de ganas de quitarme de encima tanto decoro y tanta sobriedad—, pero lo que contaba era la perorata que me iba subiendo por dentro. En el cielo había ya, entre las nubes, unos desgarrones amoratados que acentuaban el dramatismo de la situación. Me alejé unos pasos del coche, con toda la intención de sentirme de verdad al descubierto, y me puse a dar paseos cortos, de ida y vuelta, apretujando una mano contra otra a la altura de la cintura, balanceando con criterio la cabeza para quitarle rigidez al cuello, ajustándole el compás a la respiración, moviendo con recato pero con perseverancia las mandíbulas para excitar las glándulas salivares y lubricar la garganta, entrando en calor. De pronto me paré, respiré hondo, levanté bien la cabeza para que se me viera el temple, me humedecí bien los labios para que el discurso no tropezara y que me quedase fluido, me puse de nuevo a caminar por los tres o cuatro metros que ya me había marcado en el calentamiento, pero ahora con empaque, y dije:

—Aquí me tienes. Ya sé que no hay nada que hacer, pero podías habérmelo avisado antes. No es que me arrepienta, no es que yo crea que he perdido el tiempo, ni que me dé coraje poner los pies en el suelo y saber hasta dónde puedo saltar, ni que me achare por ser como soy y tenerlo todo como lo tengo, pero esto era cosa de dos y alguna explicación habrá que dar. Yo sólo quería llegar a lo más alto y lo más lejos que pudiese, y poner en un trono lo más bonito que tiene toda persona, que es su interior, y por nada del mundo quería ponerme a llorar encima de los destrozos que a este cuerpo serrano, como a cualquier otro, le causa la edad, y no quería acabar en un saco de pellejo y, lo que es peor, con el corazón andrajoso. Yo quería estar por tu fuego lacerada, y salirme de mí y llegar a tanta altura que un solo vuelo valiera por mil, y saciarme del agua de la fuente de donde viene todo origen, y esparcir tus cabellos mientras el aire de la almena lastimaba mi cuello y suspendía todos mis sentidos, y estar contigo tan a gusto que no me importasen los años ni los achaques ni las miserias de este mundo, sino sólo tú. Y no me digas que no tenía derecho a pretenderlo. Tenía tanto derecho a intentarlo como cualquiera, pero se ve que soy poca cosa para tan altos deliquios, ya ves. No voy a quejarme, no te creas. No voy a reprocharte nada. Pero que conste que lo he puesto todo de mi parte, que no me ha importado dejar de lado mi amor propio y los truquitos que una tiene para disimular los deterioros, confiar como una lela en un tarugo como Dany, vestir para los ojos de los demás como una intelectual prehistórica, castigarme el gusto y el olfato con lo que me gusta un perfume y con el trabajito que me ha costado encontrarle la ciencia a la cocina creativa, educarme el oído para no caer en trance con Juanita Reina o Barbra Streisand —cada una en su estilo— sino con los motetes, y aprenderme prácticamente de memoria las obras de los místicos, que bien sé yo el tiempo que me hará falta para quitarme del todo esta manera de hablar. Lo único que no hice, es cierto, fue castigarme el cuerpo. Pero es que este cuerpo ha sido mi salvación, ¿comprendes?, con este cuerpo he aprendido a quererme, por este cuerpo me he jugado la vida, para este cuerpo me he inventado mi nombre, sin este cuerpo habría sido incapaz de enfrentarme al mundo. Seguramente no soy tu tipo, qué le vamos a hacer. Sabré llevarlo con gracia, no te preocupes. Maduraré con estilo, aprenderé a llevarme bien con mis destrozos, tiraré de mis ahorros si no encuentro una ocupación que me siga poniendo en mi sitio, y trataré de ser buena gente. Y este cuerpo me acompañará. Este cuerpo y todo lo que he pasado. Y cuando este cuerpo y mi memoria me pongan a hervir, me soltaré como unas castañuelas. A la edad que tenga. Esté con quien esté. Me cueste lo que me cueste. Y aunque te eche de menos por no haberte tenido nunca. Pero yo no me voy a achicar. No me voy a desfondar. No voy a castigarme. Y no voy a echarme a perder ni voy a tener remordimientos ni voy a acomplejarme. Porque yo no tengo la culpa de haber nacido tan sexy.

Últimos Fábula